D1926388

Stefan Murr

Ein Toter stoppt den 6 Uhr 10

Stefan Murr

Ein Toter stoppt den 6 Uhr 10

Kriminalroman

Stefan Murr: Ein Toter stoppt den 6 Uhr 10
Lizenzausgabe für die Naumann & Göbel Verlagsgesellschaft mbH
in der VEMAG Verlags- und Medien Aktiengesellschaft, Köln
Copyright © 1998 by Autorengemeinschaft Stefan Murr
und AVA GmbH, München-Breitbrunn

Gesamtherstellung: Naumann & Göbel Verlagsgesellschaft mbH
Printed in Germany
Alle Rechte vorbehalten
ISBN 3-625-20912-8

Der Sechs-Uhr-Zehn wurde elektrisch gefahren, und seitdem das so war, hatte auch der Alltag Friedrich Düreckes sein graues Gesicht ein wenig verändert. Um Viertel vor sechs Uhr erst stieg er in dem matt erleuchteten Schuppen in die Kanzel der modernen elektrischen Lokomotive, ließ den Strombügel hochfedern und setzte die Motoren in Gang. Nach fünf Minuten war es im Führerstand warm, nach zehn Minuten ließ er die Maschine langsam und gravitätisch über die Weichenbahnen nach vorn gleiten, hielt mit einem kurzen Pfiff in Höhe der Möbelfabrik an und setzte die Lok dann, rückwärts stoßend, vor die Garnitur, bis sie mit einem sanften, nachfedernden Schlag zum Stehen kam. Dann sah er durch das herabgelassene Fenster nach hinten, wo die Leute einstiegen. Er kannte sie fast alle, die täglich mit ihm reisten, die Arbeiter, die Monteure, die Meister und Bauführer, die jungen Dinger, die zum Tippen, und die älteren Frauen, die zum Putzen fuhren. Auch Angestellte waren dabei und sogar ein Prokurist, der die erste Klasse benützte. Hennigmann, den Zugführer, und Krause oder Binder als Schaffner begrüßte er mit einem kurzen Tipp des Zeigefingers an die Mütze. Hennigmann kam schlendernd nach vorn.

»Na, Fritz«, er sah nach oben. »Wie schaut's so?«

Dürecke hob die Schultern.

»Ausschlafen möchte man mal. An einem anderen Tag als am Sonntag«, sagte er. Hennigmann nickte. Das wollte er auch schon lange. Und mit diesem Wunsch waren beide nicht allein. »Na ja, denn«, sagte Hennigmann. »'n schönen Tag auch, Fritz.« – »Wird schon«, sagte Dürecke. »Es ist jeden Tag das gleiche. Was soll groß sein?«

Es war wirklich wie jeden Tag in diesen fünf Jahren, und als Dürecke jetzt weiter hinten Meyer mit der roten Mütze über die

Gleise stapfen sah und Binder pfiff, drehte sich Dürecke zurück in die Kanzel, um den Fahrstrom einzuschalten. Noch ein kurzer Blick nach draußen. Der Zeiger der Uhr sprang auf sechs Uhr zehn. Meyer hatte die Kelle gehoben. Dürecke schloß das Fenster und schob die Hebel nach vorn. Die wuchtigen Magnettöpfe saugten die Räder in zitternd drehende Bewegung, und von jetzt an brauchte Dürecke nichts mehr zu machen als nach vorn zu schauen und in regelmäßigen Abständen die Sicherheitsfahrschaltung zu betätigen, bis er hinter dem Tunnel den Zug in der nächsten Station zum Halten zu bringen hatte.

In der Feuchtigkeit des Morgens, vor den Scheinwerfern glitzernd, zeichnete sich die Fahrstraße durch das Gewirr der Schienen und Weichen in die Ausfahrt. Wieder die Möbelfabrik, die Straßenbrücke, die sanfte Kurve zum Fluß hinüber und dann schon das grüne Licht vom Block eins. Vierzig nach der donnernden Brücke über den Fluß, fünfzig, und dann die lange Gerade mit siebzig und achtzig. Rhythmisch schlugen die Schienenstöße an die Räder. Die matte Instrumentenbeleuchtung war wohltuend und beruhigend. Wenn er nachher dieselbe Strecke zurückfuhr, war es schon hell. Sanft überhöht zog die Lokomotive den Zug in langer Biegung quer über das Tal, in dem etwas Nebel lagerte. Gespannt blickte Friedrich Dürecke nach vorn, wo sich in ein paar Sekunden das schwarze, von altmodischem Mauerwerk umgebene Maul des Tunnels öffnen mußte, in dessen Röhre die Strecke achthundert Meter lang den Höhenrücken durchstieß. Jetzt sah er es vor sich, jetzt war es da, ein kurzer Pfiff, vom dröhnenden Mauerwerk schon halb verschluckt. Rhythmisch ratternd und dröhnend füllte das Fahrgeräusch alles um ihn her aus. Schwach zerrten die Scheinwerfer eine kurze Strecke der feuchtglänzenden Quader der Tunnelwandung, die beiden Fäden der Gleise und dahinter die Dunkelheit an sich heran. Friedrich Dürecke war dieses Bild seit fünf Jahren gewohnt.

Aber jetzt, in diesem Bruchteil einer Sekunde, schien es ihm um eine Nuance anders als sonst. Der eine schimmernde Strich der Gleise schien ihm für eine winzige Strecke verbogen oder verdeckt. Es war wie ein Schatten, ein Sack oder sonst etwas Unbestimmtes, das auf der blinkenden Schiene mit einer Geschwindigkeit von achtzig Kilometern die Stunde auf ihn zugetragen wurde.

Und dann, viel zu spät zum Bremsen, erkannte Dürecke, daß dort jemand lag. Mit der Schnelligkeit einer fotografischen Belichtung sah er im matten Licht der Scheinwerfer eine sonderbar hochgebäumte Hand, die unter dem Rand seines Frontfensters verschwand. Dürecke war wie gelähmt. Aber es war genau die Sekunde, in der er den hartnäckig hupenden Sifa-Knopf hätte drücken müssen, und die automatische Bremse nahm ihm den Entschluß ab. Als halte ein Riese von vorne die Hand gegen die Lok, verminderte sich die Fahrt kreischend, stoßend und nach heißem Metall riechend. Dürecke wurde nach vorn geschleudert, klammerte sich fest und wartete, bis nach Jahrzehnten, wie es ihm schien, der Zug mit einem letzten harten Ruck zum Stehen kam. Er riß die Tür auf, sprang hinaus, stolperte und rannte am Zug entlang nach hinten. Auch in den Waggons öffneten sich Fenster und Türen. Binder hatte seine Vorschriften im Kopf. »Ein Haltsignal«, rief er, »nur ein Haltsignal. Kein Grund zur Aufregung.« Die Fenster schlossen sich, und die Leute machten sich daran, ihre Zeitungen zu Ende zu lesen.

»Es ist einer auf der Strecke gelegen«, keuchte Dürecke Hennigmann zu, der ihm mit der Karbidlampe entgegenkam. »Ich habe es genau gesehen. In dem Moment ging die Automatische los. Komm mit, es kann nicht weit sein.«

Das Licht der Karbidlampe war noch schwächer als das der Lok. Das Bündel lag etwa sechzig Meter hinter dem letzten Waggon des Zuges, dessen rote Rückleuchten sicher und vertrauenerweckend strahlten. Die drei Männer sahen etwas, von dem sie sich zeit ihres Eisenbahnerlebens gewünscht hatten, es niemals sehen zu müssen.

»Herrgott im Himmel«, sagte Hennigmann, und Binder schlug ein Kreuz.

»Ich habe ihn nicht totgefahren«, sagte Dürecke mit fliegender Stimme. »Das kann ich beschwören. Er war schon tot, wie er da lag. Das weiß ich genau.«

Schotter knirschte unter ihren Stiefeln.

»Was das wohl für einer ist?« sagte Binder und wußte nicht, daß es einer war, den die gesamte Polizei des Landes seit gestern fieberhaft suchte, und daß die Geschichte vor einem Dreivierteljahr damit angefangen hatte, daß in Hamburg ein Mann vom Hauptbahnhof in Richtung der Markthallen ging.

Für die drei Männer war das im Augenblick auch gar nicht so wichtig. Für sie war es wichtiger, Hilfe heranzuholen und einen Vorgesetzten. Die Nische mit dem Streckentelefon war nicht weit entfernt. Hennigmann nahm den klobigen Hörer aus dem Blechkasten. Er wußte, daß er keine Verbindung bekommen würde, kaum daß er ihn am Ohr hatte. Hennigmann leuchtete mit der Karbidlampe. Und er brauchte nicht lange zu suchen. Das Kabel der Streckenleitung war dicht bei seinem Austritt aus dem grauen Metallkasten durchschnitten.

Der Mann kam vom Bahnhof, und er ging zu Fuß. Er hatte kein weiteres Gepäck als einen kleinen Koffer, der in seiner rechten Hand baumelte, trug einen schäbigen Mantel mit hochgestelltem Kragen und einen schäbigen Hut mit heruntergebogener Krempe. Da es regnete, fiel das nicht weiter auf. Der Mann fiel überhaupt nicht weiter auf, und darauf kam es ihm an. Er hatte aus diesem Grunde kein Taxi genommen, ja nicht einmal eine Straßenbahn bestiegen, und es war ihm recht, daß es die Stunde zwischen sechs und sieben war, zu der Hunderttausende andere ebenfalls mit hochgeschlagenen Kragen und heruntergebogenen Hutkrempen durch den penetranten Nieselregen nach Hause eilten.

Wahrscheinlich war er allerdings der einzige von ihnen, der vor etwa sechsunddreißig Stunden auf dem in der ersten Frühjahrshitze kochenden Bahnsteig des Hauptbahnhofs von Athen in den direkten Urlauberzug gestiegen war, der achthundert braunhäutige, dunkelhaarige und temperamentvolle Männer wie ihn zurück nach Deutschland an ihre Arbeitsplätze brachte. Auch unter ihnen war er nicht weiter aufgefallen. Der einzige

Unterschied zwischen ihnen und ihm bestand nur darin, daß er neben der Fahrkarte in seiner Brieftasche noch eine zweite Fahrkarte bei sich trug, die für die gleiche Fahrt und den gleichen Zug galt, nur genau sieben Tage später, am Donnerstag der kommenden Woche. Aber das wußte außer ihm selber niemand.

Der Mann sah sich nicht einmal um. Er brauchte sich auch gar nicht umzusehen, denn es gab für niemanden in dieser Stadt eine Veranlassung, auf ihn zu achten. Zielbewußt und mit stetigen Schritten bog er um Ecken und überquerte Straßen, folgte Häuserwänden. Schließlich, in einer der schachtartigen Gassen, wo es schon zu den Markthallen hinunterging, bog er in die Torfahrt eines unauffälligen Hauses zwischen einer Briefmarkenhandlung und einer winzigen Schiffahrtsagentur, durchschritt einen Hof, eine zweite Durchfahrt und noch einen Hof und tauchte in ein Treppenhaus, dessen Stufen knarrten, als er nach oben stieg.

Der Mann war in dieser Gegend und in diesem Haus noch niemals in seinem Leben gewesen. Aber Zlamitzer hatte ihm alles in seinem Brief mit solcher Gewissenhaftigkeit geschildert und aufgezeichnet, daß es ihm möglich gewesen war, sich jede Einzelheit einzuprägen und sich jetzt so zu bewegen, als sei er hier zu Hause, ohne zu fragen, ohne zu zögern, mit der Selbstverständlichkeit eines Menschen, dem die Einzelheiten seiner täglichen Umgebung in Fleisch und Blut übergegangen sind.

Den Brief hatte er vernichtet, aber seinen Inhalt hatte er im Kopf. Die Tür war im fünften Stock. Sie hatte einen stumpf gewordenen Messingknauf in der Mitte. Rechts war das Fenster, wo es auf das flache Blechdach ging, und richtig, direkt zur Linken die eisenbeschlagene Tür, die zum Boden führte. Wieder lachte der Mann lautlos vor sich hin, denn er hatte sich diese Tür genauso vorgestellt, wie sie wirklich aussah. Sein Blick schweifte nach oben. Da war die ausgebrochene Ecke Mauerwerk über dem rechten Teil des Eisenrahmens, wo sich der Schlüssel befinden sollte und in die man provisorisch ein Stück Ziegel gesteck hatte. Der Mann stellte den Koffer zu Boden, griff nach oben und zog es heraus. Seine Finger tasteten in die Höhlung. Sie spürten Zement, Mörtelbrocken, Staub. Aber sie spürten kein Metall. Er tastete noch mal und wieder. Schließlich zerdrückte er einen Fluch zwischen Zunge und Gaumen. Aber das, was er hatte sagen wollen, schluckte er hinunter, als er plötzlich nur im Augenwinkel bemerkte, daß zwischen dem Rahmen und dem Flügel der Tür mit dem matten Messingknauf ein schmaler dunkler Spalt klaffte. Einige Zehntelsekunden blieb er regungslos stehen und hörte die Geräusche weiter unten im Haus. Dazwischen pulste der Schlag seines eigenen Herzens. Mechanisch schob er den Ziegel wieder an seine Stelle, ließ die Hand sinken und drehte fast unmerklich den Kopf.

»Komm schon rein«, hörte er ihre Stimme. »Hat dich jemand gesehn?«

Er hob den Koffer hoch und trat durch die Tür.

»Niemand«, sagte er. »Dich hoffentlich auch nicht.«

Sie drückte die Tür hinter ihm zu und drehte den Riegel.

»Nein«, sagte die Frau. »Und wennschon? Ich habe ja hier gemietet. Also hat alles geklappt? Den Brief hast du bekommen? Mach kein Licht«, fügte sie rasch hinzu, als er nach dem Schalter tastete, »man kann hereinsehen.«

Er zog den Mantel aus, warf ihn über ein Möbelstück und legte den Hut darauf.

»Ich habe Hunger«, sagte er und versuchte sie in der Dunkelheit zu erkennen.

»Du kannst essen. Es gibt sogar einen Kühlschrank hier. Setz dich doch.«

Er hörte, wie sie den Kühlschrank öffnete, und holte sein Feuerzeug und die Zigaretten aus der Tasche. In der aufleuchtenden Flamme sah er ein einfach möbliertes Zimmer mit einer Couch, ein paar Sesseln und einem flachen Tisch. In einer Ecke befanden sich Waschbecken und Kühlschrank. Lenora Zlamitzer brachte Brot, Butter und eine Büchse Sardinen. Er setzte sich auf die Couch und beobachtete, nachdem sich seine Augen an das schwache Licht gewöhnt hatten, das von draußen hereinfiel, wie sie einen Teller auf den Tisch stellte und das Besteck daneben legte. Sie hatte an alles gedacht.

»Wann ist es soweit?« fragte er, während sie ihm Brot abschnitt.

»Morgen«, hörte er sie antworten. »Es verläuft alles planmäßig. Du wirst Rod nicht mehr sehen. Erst dort. Du weißt ja Bescheid.«

Aristide wußte Bescheid. Es war alles mit Rod seit Monaten abgesprochen. Der Plan war ausgearbeitet bis in die letzten Einzelheiten. Rod Zlamitzer und er kannten ihn auswendig wie eine Dienstanweisung. Nur der genaue Tag mußte noch in das Räderwerk eingesetzt werden, dann begann es zu laufen. Und dieser Tag war morgen.

»Hast du vorgesorgt?« fragte Lenora.

»Natürlich«, sagte Aristide, legte seine Zigarette in einen Aschenbecher, den sie ihm gebracht hatte, und versuchte die Lasche der Sardinendose in die Öse des Öffners zu schieben. »Ein Freund von mir liegt mit Verdacht auf Magengeschwüre für einige Tage im Krankenhaus in Nikosia. Das Krankenhaus wird später nur noch anhand der Krankenblätter eine Auskunft geben können.«

»Du lieber Gott«, sagte Lenora.

»Unter meinem Namen natürlich. Du kennst die Hospitäler in Nikosia und ihre Krankenblätter nicht«, sagte Aristide, »sonst hättest du keine Bedenken.«

Er lachte und rollte den Deckel der Fischdose zurück. Sie wunderte sich, wie schon so oft, über sein fehlerfreies Deutsch. Dieses Talent machte alles wesentlich leichter.

»Und Rod?« fragte Aristide.

»Wir sind über das Wochenende bei mir zu Hause in Dänemark«, sagte Lenora. »Rod würde von der Fährdampferkarte bis zur Hotelrechnung lückenlos alles vorlegen können.«

»Ist es nicht komisch, wenn wir alle diesen Tag über im Ausland sind?«

»Es gibt kein besseres Alibi als eines im Ausland«, sagte Lenora. »Und außerdem wird es so weit gar nicht kommen.« Aristide konnte sie jetzt deutlicher sehen. Vor allem ihr helles Haar, das manchmal mattschimmernd im Dunkeln aufleuchtete, wenn sie den Kopf bewegte. Aristide hielt das angebissene Sardinenbrot eine kleine Weile in der halberhobenen Hand und starrte auf dieses Haar.

»Was würde Rod eigentlich sagen, wenn er wüßte, daß du jetzt hier bist?« sagte er dann.

»Er weiß es«, sagte Lenora. »Er hat mich hergeschickt. Rod ist doch kein Kind.«

Aristide schob den Rest des Brotes in den Mund und rieb die Hände aneinander sauber. Dann stand er auf. »Ich auch nicht«, sagte er und ging hinüber zum Fenster. Nach unten verlor sich hinter dem schmalen Blechdach der Hof in eine konturlose Dunkelheit. Die anderen Fenster waren nicht erleuchtet, denn sie gehörten zu Kontoren, Lagerräumen und Büros. Weiter oben zeichneten bizarre Firste und Schornsteine eine aufregende Kulisse vor den wolkigen Himmel, den der Dunst der Großstadt rötlich von unten herüberhauchte. Es hatte etwas von einer faszinierenden Hölle.

»Was überlegst du?« hörte er Lenora fragen und spürte, daß sie ihn ansah.

»Ich überlege, wie gefährlich es ist, so etwas mit einer Frau zu machen«, sagte er. Lenora schwieg ein paar Sekunden und stand dann auf.

»Und besonders mit so einer wie mir, nicht wahr?«

»Mit jeder«, sagte Aristide. »Ich wollte, wir hätten es ohne Frauen gemacht.«

»Hör mal zu«, sagte Lenora und stellte sich schräg hinter Aristide an das Fenster, »ich bin auch kein Kind.«

Aristide lachte. Aber sein Lachen klang so nachsichtig, als lache er wirklich über ein Kind.

»Alle Frauen sind Kinder«, sagte er. »Für euch ist die Liebe das Wichtigste. Aber das stimmt nicht. Das Leben ist hart.«

»Eben«, murmelte Lenora. »Deswegen bin ich hier. Wir haben eine ganze Nacht Zeit, Aristide. Ich muß mit dir über etwas Wichtiges sprechen.«

In einem anderen Teil der Stadt, einem hübschen Vorort mit Villen, Gärten und Parks, schob zur gleichen Zeit eine andere

Frau das Kipptor der Garage nach unten, zog den Schlüssel aus dem Schloß, drückte noch einmal prüfend den Griff und ging auf den teuren Natursteinplatten hinüber zur Haustür. Wenn man abends zurückkam, das Haus sah, den gepflegten Garten und das feste zuverlässige Holz der schweren Tür, schien eigentlich alles in Ordnung zu sein. Sie lebten gut. Aber diese Existenz hatten sie hart erarbeiten müssen. Der Sicherheitsschlüssel schob sich ins Schloß. Alles war einbruchsicher, doppelt und dreifach mit raffinierten Tricks abgeschirmt. Das war Eberhards Spezialgebiet und gleichzeitig sein Hobby. Schon wenn jemand versuchen würde, das Garagentor unbefugt zu öffnen, würden strahlend helle Scheinwerfer ihn beleuchten und jeden weiteren Versuch, einen der Wagen zu stehlen, unmöglich machen.

Einen der beiden Wagen ... Doris Morissey seufzte, als sie daran dachte. Der andere Wagen stand ohnehin nur selten in der Garage. Auch jetzt stand er nicht dort. Sie hatte es festgestellt und die Tatsache dann weggeschoben, wie sie es seit fast einem Jahr jeden Abend tat. Jeden Abend tat sie dann, wenn sie das Haus betreten und in der Diele Licht gemacht hatte, noch etwas anderes. Sie blieb nämlich vor dem Spiegel stehen und sah hinein. Sie sah darin eine hübsche, nicht mehr ganz junge Frau, mit guter sportlicher Figur und einem leichten Anhauch von sehnsüchtiger Mütterlichkeit, der vielleicht gerade daher kam, daß sie keine Kinder hatte. Sie sah aber auch den entschlossenen Zug einer Frau, die daran gewöhnt war, sachlich zu arbeiten und dabei gut zu verdienen. Außer in der Diele war es im ganzen Haus dunkel und still. Was mag es nur sein, das zwischen uns steht, dachte Doris und zog den Mantel aus. Sie bewunderte sich nicht gerne selber. Aber daß sie nicht mehr attraktiv genug für Eberhard war, das konnte es nicht sein. Sie hatte bisher nicht den Mut gehabt, durch ein Detektivbüro feststellen zu lassen, wo Eberhard an den Abenden und in den Nächten war, in denen das Telefon in seinem Büro nicht abgenommen wurde. Es wäre ihr entwürdigend vorgekommen. Sie ahnte, daß es mit einer Frau zu tun hatte oder auch mit mehreren, aber es zu wissen, dazu fehlte ihr der Mut. Erst in der letzten Zeit hatte sich in ihrem Bewußtsein die Erkenntnis durchgesetzt, daß es so nicht bleiben könnte. Und jeden Tag rückte der Augenblick näher, da sie spürte, daß sie würde handeln müssen.

Davon wußte Eberhard Morissey nichts, und er dachte auch nicht daran, als er jetzt in der Rothenbaumchaussee in der Nähe der Hallerstraße den Wagen verschloß, den Doris in der Garage vermißt hatte. Es war nicht leicht, um diese Zeit in dieser Gegend einen Platz für einen Wagen zu finden. Er stand auch nicht unmittelbar vor dem Haus, zu dem er wollte. Aber das hatte den Vorteil, daß er deutlich die erleuchteten Fenster sehen konnte. Aufatmend steckte er die Wagenschlüssel zu sich und wartete am Fahrdamm. Eine nicht enden wollende Kette von Autos schob sich an ihm vorbei und daneben eine zweite in entgegengesetzter Richtung. Dazwischen steckten Omnibusse wie stumpfe Dinosaurier, und Straßenbahnen klingelten hektisch.

Ein feiner Nieselregen sprühte. Eberhard war froh, als er den Hausflur betrat. Der Aufzug summte und bot Geborgenheit. Die anonyme Geborgenheit eines Hauses, in dem fünfzig und mehr Parteien wohnten und in dem jemand, der wissen wollte, wohin er sich begab, schon mit ihm im Aufzug fahren und ihm unmittelbar folgen mußte. Aber das war bisher noch niemals vorgekommen. Mit einem federnden Ruck hielt die Kabine an. Eberhard betrat den Treppenflur und schritt an den abweisenden, dunkelbraunen Türen entlang. Er brauchte nicht zu läuten, denn in dem Augenblick, da er vor derjenigen stand, zu der er wollte, wurde sie geöffnet.

Bayar war im Morgenrock, den sie sich eng um die Schultern zog.

»Du bist schon wieder so spät«, sagte sie und ließ Eberhard in die Wohnung treten. »Wir haben so wenig Zeit.«

»Ich habe lange zu tun gehabt«, sagte Eberhard. »Mußt du schon wieder weg? Aber für eine Tasse Tee wird es doch reichen?«

Sie sah, daß er den Mantel ausziehen wollte.

»Er ist fertig«, sagte sie. »Schon seit halb sechs. Hast du den Schmuck vergessen?«

Eberhard griff sich mit der flachen Hand an die Stirn.

»Nein«, sagte er und schlüpfte wieder in den Mantelärmel, aus dem er schon herausgefahren war. »Ich habe ihn im Wagen. Ich hole ihn rauf.«

»Im Wagen ...« Bayar lachte. »Ein kleines Vermögen vergißt du im Wagen.«

»Es wird schon nicht gerade jetzt jemand darauf kommen, daß gerade in diesem Wagen wertvoller Schmuck liegt.«

Eberhard war gereizt. Er brachte ihr den Schmuck gerne. Aber manchmal, wenn er ihn ihr brachte, kam er sich vor wie ein Briefträger. Dann schien es ihm, als liege ihr an ihrem kostbaren Schmuck mehr als an seiner Anwesenheit. Bayar spürte diese Aufwallung sicher und sofort.

»Nicht böse sein, Eberhard ...«, ihre Wange an seiner war fest und weich, »... er ist so ziemlich das einzige, was ich habe.«

Eberhard nahm sich zusammen.

»Es war dumm von mir, Bayar, entschuldige. Ich bin gleich wieder hier. Mach schon den Tee zurecht.« Er ging hinaus in den Flur. Dort drehte er sich noch einmal um. »Und ein paar Brötchen mit Gervais.«

Wieder summte der Aufzug, kühl, unpersönlich und sachlich. Als er aus dem Haus trat, sah er die Straße nach rechts und links hinunter. Der Verkehr hatte nachgelassen, aber der Regen war stärker geworden. Bis zu dem Wagen hatte er immerhin eine oder zwei Minuten zu gehen.

Er hatte schon manchmal über das Sonderbare ihrer Situation nachgedacht. Bayar besaß einen Schmuck, der den durchschnittlichen Wert auch eines nennenswerten Familienschmukkes bei weitem überstieg. Das Appartement, in dem sie wohnte, war hübsch, aber nicht luxuriös. Die Möbel gehörten dazu und waren nicht ihr Eigentum. Das hatte sie ihm in ihrer manchmal etwas entwaffnend anmutenden Offenheit gesagt. Wagen besaß sie keinen. Aber sie zog regelmäßig ein Taxi der Untergrund- oder der S-Bahn vor. Sie hatte ihm eine Geschichte erzählt, nach der sie aus Syrien stamme. Jüdisch-syrischer Adel oder so. Eltern umgekommen. Er hatte sie bedauert, aber sich für diese Dinge nicht sehr interessiert, nicht mehr jedenfalls als für die Geschichte jeder anderen Frau, die man nicht heiraten konnte. Er hatte sich manchmal gefragt, ob er es denn wollte, selbst wenn er gekonnt hätte. Damals, als er sie kennengelernt hatte, hatte sie ihm Wärme entgegengebracht, Teilnahme und Bewunderung. Alles, was Doris seit ein paar Jahren nicht mehr tat, seitdem sie ihre frühere Tätigkeit wiederaufgenommen hatte und mehr mit dem Institut verheiratet war als mit ihm. Dann hatte auch Bayar angefangen zu arbeiten, und die Behaglichkeit und Geborgenheit, die er in den ersten Wochen mit ihr genossen hatte, waren zu Ende. Es war eine Beziehung flüchtiger Stunden geworden und nur noch eine Illusion von Liebe und Nähe, die er selbst blind hätschelte.

Zum Teufel, schimpfte er innerlich vor sich hin, als er jetzt achtlos in eine boshaft glänzende Pfütze trat, sich die Hosenbeine ausschüttelte und dann an der Reihe der geparkten Wagen entlangblickte, wie weit es noch bis zu seinem war. Das »zum Teufel« kam jetzt deutlicher aus seinem Mund, als er dort auf dem Bürgersteig einen Mann stehen sah, der sich bemühte, mit einem im Wind immer wieder verlöschenden Feuerzeug durch die regennassen Scheiben ins Innere zu blicken. Eberhard beschleunigte seine Schritte.

»He, Sie …«, rief er schon aus großer Entfernung den Mann an. »He, Sie, was wollen Sie da, warten Sie …, bleiben Sie stehen …«

Einige Passanten wendeten sich um und starrten Eberhard entgegen, der jetzt zu laufen begonnen hatte und auf seinen Wagen deutete. Aber in diesen wenigen Sekunden hatte der Mann mit dem Feuerzeug schnell reagiert, war auf die Fahrbahn gesprungen und in gewagtem Lauf quer durch den flutenden Verkehr auf die andere Seite der Straße gelangt, wo er in dem Gewühl der Menschen verschwand.

Heftig atmend erreichte Eberhard den Wagen. Hastig schloß er die Tür auf, ließ sich in den Sitz fallen und tastete nach rückwärts. Na also, da war ja der Koffer, kühl, glatt und hart wie immer. Eberhard zog ihn nach vorn. Der Koffer war unversehrt, die Verschlüsse waren in Ordnung. Gewissenhaft untersuchte Eberhard sämtliche Fenster und Türen des Wagens. Sie waren alle geschlossen und unversehrt. Aufatmend nahm er den Koffer an seinem Griff, versperrte den Wagen und ging denselben Weg zurück zu Bayars Wohnung. Er hätte es sich nie verziehen, wenn er durch seine Nachlässigkeit und Gedankenlosigkeit Bayar um ihre einzige Sicherheit gebracht hätte. Was war nur mit ihm los?

Während des Gehens blickte er sich um. Aber nirgends war eine Spur von dem Mann zu sehen, von dem er nur bemerkt hatte, daß er einen hellen kurzen Mantel und einen kleinen Hut mit schmaler Krempe getragen hatte. Nachdem er sich beruhigt hatte, begann Eberhard nachzudenken. Es gab in der Tat nicht einen einzigen Menschen, der wissen konnte, daß er, Eberhard Morissey, einen Koffer mit kostbarem Schmuck, den seine Besitzerin ihm heute morgen aus dem Stahlfach der Handels- und Kreditbank in sein Büro gebracht hatte, jetzt in seinem Wagen zur Rothenbaumchaussee mitgenommen hatte, wenn er von dem einen oder anderen seiner Angestellten absah, der ihn vielleicht damit gesehen haben konnte. Aber keiner von ihnen würde sich einfallen lassen, mit einem Feuerzeug in seinen Wagen zu leuchten. Dafür konnte er die Hand ins Feuer legen.

An Zufall jedoch konnte er ebensowenig glauben. Aber schließlich hing der Koffer ja unversehrt in seiner Hand, und niemand war weit und breit zu sehen, der auch nur im entferntesten den Eindruck erweckte, als beobachte er, wo Eberhard mit diesem Koffer hinging.

Er sah sich noch mal um, ehe er Bayars Haus betrat, und spürte in diesem Augenblick bedrückend, daß die Rolle, die er als erfolgreicher Mann in angesehener Position, in einer zumindest nach außen harmonischen Ehe lebend und mit einem Kreis kultivierter und angesehener Freunde, spielte, zu allen diesen Dingen nicht im geringsten paßte. Einen Augenblick lang dachte er an Doris, die jetzt vielleicht alleine, ihren Magentee trinkend, vor dem Fernseher saß. Ob sie sich endlich wehrt und mir einen Schnüffler nachschickt, fuhr es ihm im Aufzug flüchtig durch den Kopf. Natürlich, das war die einzige Erklärung. Und sie berechtigte ihn, das zu tun, was er auch ohnedies getan hätte, nämlich Bayar diesen Vorfall zu verschweigen.

Sie war schon angezogen, als sie ihm die Wohnungstür zum zweiten Mal öffnete.

»Alles in Ordnung«, sagte Eberhard. »Hier ist er.« Er gab ihr den Koffer, den sie in ihr Zimmer trug. Eberhard zog den Mantel aus und versuchte jene Stimmung befriedigter Entspannung wiederzufinden, die er so oft gespürt hatte, wenn er diese Wohnung betrat. Aber es gelang ihm nicht. Mißmutig ging er in das Zimmer und setzte sich. Tee und Gervaisbrötchen waren fertig. Mechanisch nahm er eines der Brötchen hoch und biß hinein. Dann lehnte er sich zurück und starrte kauend vor sich hin. »So kann es nicht weitergehen, nicht wahr?« Bayar setzte sich ihm gegenüber und goß ihm Tee ein. Er sah sie an. Sie war für den Abend gekleidet und trug zwei oder drei Schmuckstücke, die er ihr eben gebracht hatte.

»Woher weißt du, daß ich daran denke?«

Sie zuckte mit den Schultern. »Es liegt in der Luft. Ist es nicht so?«

»Doch«, sagte Eberhard. »Es ist so.«

»Weiß sie es denn jetzt?« fragte Bayar.

»Nein«, murmelte er. »Sie hat keine Ahnung.«

Sie sah ihn mit einem Blick an, wie er ihn schon manchmal an ihr beobachtet hatte. In diesen Blicken war eine Mischung aus Kalkül und Verachtung.

»Je mehr Zivilisation, desto weniger Mut«, sagte sie. Eberhard richtete sich hoch und rückte an die Kante der Couch.

»Das verstehst du nicht«, sagte er.

»Sie kann dir doch nichts geben«, sagte Bayar. »Sie ist zehn Stunden am Tag im Institut und abends ist sie abgespannt. Ihr habt euch auseinandergelebt. Aus. Das habe ich alles schon ein dutzendmal gehört. Aber dir habe ich es geglaubt. Du kannst lieben. Also muß es an ihr liegen, dachte ich.«

Eberhard schwieg.

»Haus, zwei Autos, Stellung und Vermögen«, sagte Bayar.

»Aber keinen Mut. Bei unseren Männern ist das genau umgekehrt.«

»Wenn du nur nicht jeden Abend fort wärst«, sagte Eberhard. »Dann wäre es wenigstens zwischen uns besser.«

»Ich muß aber das Geld verdienen, um hier leben zu können.«

»Von mir willst du ja nichts.«

»Dich macht ja schon das Seelische fertig«, sagte Bayar. »Wenn das andere auch noch dazukäme ...?«

Eberhard spürte dumpf, wie recht sie hatte.

»Ich muß jetzt gehen«, sagte sie und stand auf. Durch die offengebliebene Tür sah er zu, wie sie draußen in dem kleinen Flur einen Mantel überzog und ihr Haar ordnete. Danach kam sie wieder ins Zimmer und beugte sich zu ihm herunter.

»Ich bringe dich hin«, sagte er.

»Nein, du bringst mich nicht hin. Ebensowenig wie sonst.«

Sie nahm für den Bruchteil einer Sekunde sein Gesicht zwischen die Hände.

»Morgen habe ich eine ganze Nacht für dich Zeit, Eberhard. Dann werden wir uns wieder so gut verstehen wie früher.«

Er stand auf, zog sie an sich und küßte sie.

»Ich freue mich darauf«, sagte er und spürte, daß es nicht stimmte.

»Komm früh«, sagte sie. »Jetzt kannst du noch hierbleiben, wenn du willst. Nach Hause möchtest du ja doch nicht.«

Er ging mit ihr hinaus in den Flur.

»Bevor ich es vergesse«, sagte er, als sie den Türgriff schon in der Hand hatte, »wenn du am Montag den Schmuck zurückbringst, komme mittags. Am hellichten Tag. Und nimm dir ein Taxi.«

»Warum?« sagte Bayar. »Ist irgend etwas los?«

»Nichts Bestimmtes. Es ist nur sicherer.«

Sie sah ihn ein paar Sekunden an.

»Wenn du meinst«, sagte sie dann. »Also bis morgen.«

»Bis morgen«, sagte Eberhard und starrte von innen auf die Tür, die sie hinter sich zugezogen hatte.

Er atmete einmal tief durch und wendete sich um, um in die Küche zu gehen. Im Kühlschrank standen Flaschen. Eberhard zog eine davon heraus. In diesem Augenblick läutete das Telefon. Die Flasche in der Hand, noch halb nach vorn gebeugt, wartete Eberhard auf das zweite Klingeln, das mit automatisch präziser Pünktlichkeit kam. Er stellte die Flasche weg und ging hinüber in Bayars Wohnzimmer. Einige Sekunden lang starrte er den regelmäßig klingelnden Apparat an, ehe er den Hörer aus der Gabel hob.

»Ja bitte?«

Aus dem Hörer kam keine Antwort.

»Hallo! Ist jemand dort?«

Es kam wieder keine Antwort aus der Muschel. Aber Eberhard wußte, daß jemand am anderen Ende der Leitung war. Er glaubte sogar, das Atmen des Betreffenden hören zu können, und manchmal übertrug die Leitung schwachen Verkehrslärm. Der Anrufer mußte sich in einer Zelle befinden.

»Hallo, melden Sie sich doch«, sagte Eberhard. »Wer sind Sie denn? Was wollen Sie?«

Höhnisch und beunruhigend kam nur das schwache, regelmäßige Atmen durch die Muschel. Also betrog sie ihn bereits.

»Hören Sie«, sagte Eberhard, »Sie haben kein Recht, hier anzurufen und zu schweigen. Sie haben überhaupt kein Recht, hier anzurufen, verstehen Sie. Sie sind an der falschen Adresse bei mir. Ich werde den Anruf zurückverfolgen lassen, wenn Sie jetzt nicht Ihren Namen nennen ...«

Zu seinem Erstaunen merkte Eberhard, daß die Verbindung von seinem Gesprächspartner nüchtern und sachlich bereits unterbrochen worden war, noch während er sich in Zorn geredet hatte. Langsam ließ er den Hörer zurück in die Gabel gleiten und überlegte.

Ging es um Bayars wertvollen Schmuck oder ging es um ihn? War der Anrufer jemand, der wissen wollte, ob die Wohnung leer war? Jemand, der eine Bestätigung dafür suchte, daß er, Eberhard Morissey, sich an diesem Donnerstag abend gegen acht in Bayars Wohnung aufgehalten hatte? Waren seine hektisch herausgestoßenen Sätze von dem Anrufer auf ein Band geschnitten worden? War es nur ein Freund Bayars oder war es ein Schnüffler oder war es gar Doris selbst gewesen, deren Atmen er am anderen Ende der Leitung wahrgenommen hatte?

Für einen Mann in einer so komplizierten Lebenssituation gab es Dutzende von Möglichkeiten. Von ihnen schied nur eine einzige aus, nämlich daß es ganz harmlos eine Bekannte oder Freundin Bayars gewesen war. Denn wenn es so gewesen wäre, hätte sie nicht geschwiegen. Eberhard schlug nervös und rhythmisch die linke Faust in die feuchte Fläche der rechten Hand und ging zurück in die Küche. Er brauchte einen Whisky. Nacheinander zog er die Flaschen aus dem Kühlschrank. Aber bis auf einen kleinen Rest in einer Rotweinflasche waren sie alle leer. Wütend stellte er die Flaschen in das Kühlfach zurück, daß sie klirrten, und schlug die Tür zu. Er brauchte einen Whisky. Und wenn hier keiner war, mußte er einen trinken gehen.

Es ist weit mit mir gekommen, dachte er, während er in seinen Mantel fuhr. Ein Mann, der Whisky braucht, wenn ihm die Schwierigkeiten über den Kopf wachsen, die er sich selbst eingetunkt hatte. Einen Augenblick lang erwog er, die Beziehung zu Bayar abzubrechen. Jetzt, sofort. Unmittelbar nachdem er die Wohnungstür hinter sich zugezogen haben würde. Aber dann siegte die Eigenliebe. So würde er sich nicht abhalftern lassen. Er war kein Mann, der es nötig hatte, sich abhalftern zu lassen. Morgen würde er sie zur Rede stellen. Und vielleicht würde sich alles aufklären lassen. Er riß einen Zettel von Bayars Telefonblock und schrieb: »Bis morgen. Gruß Eberhard.« Den Zettel schob er in den Rahmen des Garderobenspiegels. Dann verließ er die Wohnung, um seinen Whisky trinken zu gehen. Es war weit mit ihm gekommen. Und an diesem Abend ahnte Eberhard Morissey noch nicht einmal, daß das alles erst der Anfang war.

»Es ist Zeit«, sagte Rod, blies das Streichholz aus und ließ es in die blecherne Tabaksschachtel fallen, in der er und Aristide alle ihre Zigarettenkippen, Asche und Streichhölzer sorgfältig verwahrt hatten. Aus der Dunkelheit kam Aristides Frage:

»Wie spät?«

Seine Stimme klang dumpf und hallend von den Betonwandungen des leeren Löschwasserbehältnisses zurück, in dem sie hockten.

»Sprich doch leise. Vier Minuten vor neun. Hast du die Maske auf?«

»Natürlich«, murmelte Aristide. »Ich kriege kaum Luft. Man muß sich daran gewöhnen. Sind die Schlüssel klar?«

»Sind sie«, sagte Rod Zlamitzer. »Ich geh' rauf, und du gibst mir den Koffer. Dann leuchtest du noch mal rum, ob nichts liegengeblieben ist, und ich zieh' dich hoch. Los jetzt. Halt' mir die Hände.«

Aristide räkelte sich empor und lehnte sich mit dem Rücken an die Betonwand. Mit den weichen schwarzen Turnschuhen trat Rod in die gefalteten Hände und schwang sich nach oben auf den Rand des Beckens. Aristide reichte ihm den Koffer, in dem ihre Mäntel, Hüte, Schals, Straßenschuhe und das Seil waren. Unten ließ Aristide ein Streichholz aufleuchten und dann noch eins. Beide verschwanden in der Blechschachtel, die Aristide zu sich steckte. Nichts ließ darauf schließen, daß sich in diesem entleerten Löschwasserbehälter auf dem Dachboden der Bank seit dem späten Vormittag zwei Männer aufgehalten hatten, die es auf den Tresor im Tiefkeller abgesehen hatten. Nicht auf die plump-primitive Weise allerdings, mit Schneidbrennern und Brechstangen, sondern mit Hilfe ihrer natürlichen Intelligenz, ihrer Fachkenntnisse und der Erfahrungen ihres bürgerlichen Berufs.

»Okay«, flüsterte Aristide, als er oben neben Rod auf dem schmalen Betonrand kauerte. Sie lauschten. Nichts rührte sich auf dem weitläufigen Dachboden, der vollgestellt war mit ausrangierten Büroschreibtischen, Aktenböcken, Drehsesseln und Regalen.

»Daß die hier nicht besser aufpassen«, flüsterte Aristide, nachdem sie lautlos zu Boden gesprungen waren. »Was liegt denn näher als so was?«

»Bisher nie vorgekommen«, murmelte Rod. »Komisch, daß die Phantasie, Geld zu schützen, immer kleiner ist als die, Geld zu kriegen.«

Lautlos bewegten sich die beiden Männer quer über den Dachboden und erreichten eine Stahltür, die nach draußen in den obersten Teil eines Treppenhauses führte, der lediglich dem Personal diente und, weniger pompös und großartig als der Hauptaufgang, in engen, eckigen Windungen durch die Stockwerke führte. Rod zog das Schlüsselbund aus der Tasche und drehte sich so, daß er in dem schwachen Widerschein des Großstadtlichtes, das durch eine Dachluke fiel, den Schlüssel erkennen konnte, den er brauchte. Das rhythmische Aufblenden einer Leuchtreklame, wahrscheinlich auf dem Dach der Versicherung gegenüber, half ihm dabei.

»Tolle Erfindung so ein Hauptschlüssel, was?« flüsterte er, während sich die schmale Metalinase in das Sicherheitsschloß schob. »Was meinst du, was wir ohne diese praktische Sache für Schwierigkeiten hätten. Und von jetzt an nur noch flüstern, klar?«

»Klar«, flüsterte Aristide, und die Tür schwang zurück. Draußen im Treppenhaus war es bedeutend heller, denn es hatte hohe schmale Fenster zur Straßenseite hin. Das oberste war rund und rosettenförmig. Kühl und öde wehte es ihnen aus dem Treppenschacht entgegen. Wenn sie nach unten blickten, konnten sie schräg durch die hohen Fenster Autos fahren und Menschen gehen sehen. Es war der Abend, an dem der zweite Teil einer lange angekündigten Kriminalserie im Fernsehen lief. Mindestens zwanzig Millionen Menschen im Lande interessierten sich dafür. Ihr Plan war darauf aufgebaut, daß es auch der Wachmann tat, der unten in der Fernsprech- und Sicherheitszentrale seinen Dienst versah. Er fühlte sich natürlich völlig sicher, denn alle Vorkehrungen waren eingeschaltet. Niemand konnte auch nur ein Fenstergitter oder gar das schwere Stahlgitter des Eingangstores berühren, ohne daß die Alarmanlage losschrillte und der sofortige automatische Polizeinotruf ausgelöst wurde. Rod lächelte in sich hinein, als er daran dachte.

Vorerst liefen sie noch keinerlei Gefahr. Sie stiegen die Treppen nach unten bis ins nächste Stockwerk. Dort ging es einen stillen Flur entlang, in dem es nach Bohnerwachs roch. Vor einer Tür blieb Rod stehen und zog den Hauptschlüssel. Sie traten in einen kleinen Büroraum mit einfachen Möbeln, offenbar das Arbeitszimmer eines subalternen Angestellten. Rod schloß die Tür und versperrte sie von innen. Auf dem hellen Schreibtisch stand ein Telefon.

»Ein Amtsanschluß«, sagte Rod. Aristide war skeptisch.

»Und wenn sie ihn inzwischen über Vermittlung geschaltet haben?«

»Das Risiko müssen wir eingehen. Beobachte mich genau. Wenn er unten drangeht, hebe ich die Hand und lege auf. Dann zurück auf den Boden und in den Behälter. Ich schließe alles ab. Er wird einsehen, daß er sich geirrt hat.«

»Dann sind wir aber geplatzt«, sagte Aristide.

»Raus kommen wir immer«, sagte Rod. »Ich muß es riskieren. Morissey ist unberechenbar. Aber heute hat sie ihren freien Abend, und wenn er dort ist, bleibt er auch dort.«

»Wenn sie sich nicht in die Haare kriegen«, sagte Aristide.

Rod hob die Schultern. Dann nahm er den Hörer hoch und lauschte, ohne ihn ans Ohr zu nehmen. Der gespannte Ausdruck seines Gesichts löste sich, als er das regelmäßige Freizeichen hörte. Jetzt leuchtete unten am Schaltpult eine kleine grüne Lampe auf. Aber es sprach wenig dafür, daß der Wachmann gerade in diesem Moment vor dem Schaltpult stand und es sah. Und das kaum wahrnehmbare Klicken konnte er schon dann nicht hören, wenn nur das Fernsehgerät eingeschaltet war. Rod hielt Aristide flüchtig den Hörer hin, damit er das Blöken auch hörte, und wählte. Das Weckzeichen kam nur zweimal. Dann wurde abgehoben.

»Ja, hallo?« hörte Rod Bayars Stimme und schwieg.

»Hallo ..., hallo ...? Ist jemand da?« Die Stimme wurde unwillig und erstaunt.

»Hallo ... hallo ...?« Dann schien die Frau sich umzuwenden, denn ihre Stimme klang jetzt schwächer. »Da ist wieder niemand dran. Komisch.«

Rod hielt die Muschel jetzt etwas vom Ohr entfernt und winkte Aristide, mitzuhören. Aristide näherte sein Gesicht dem Rods. Schwach, aber doch verständlich vernahmen sie die Stimme Eberhard Morisseys, der sich offenbar dem Telefonapparat näherte: »War das schon öfter? Gestern war es nämlich auch schon mal, kurz nachdem du fort warst. Da macht sich jemand einen Scherz.«

»Kann man denn so jemanden nicht belangen ... ?« sagte die Frau.

»... hallo?« war plötzlich ihre Stimme wieder nah und vordergründig in der Muschel. Dann knackte es. Behutsam legte Rod den Hörer in die Gabel zurück und lächelte in einer ganz bestimmten, etwas hämischen Art, von der er glaubte, sie bringe persönliche Überlegenheit zum Ausdruck.

»Ob das nicht auffällt?« sagte Aristide.

»Du hast doch gehört. Ich mache das schon seit Wochen. Ich habe an alles gedacht. Dumme Sache für ihn. Aber warum betrügt er seine Frau. Das ist eben mal gefährlich.«

»Und jetzt?« sagte Aristide.

»Hier wären wir«, sagte Rod und ließ sich in einen der einfachen Schwedensessel fallen. Er zog eine Zigarettenpackung hervor und hielt sie Aristide hin. »Gib die Schachtel her.«

Aristide zog die Blechschachtel aus der Hosentasche und öffnete ihren Deckel. Dann schoben beide die schwarzen Strumpfmasken nach oben und rauchten. Rod sah auf das teure Armbandchronometer, das er sich eigens für dieses Unternehmen, bei dem es nachher um Sekunden gehen würde, gekauft hatte.

»Um zehn macht er die Runde und sticht seine Uhren. Vielleicht wird es heute Viertel nach zehn, wegen dem Krimi. Solange müssen wir warten.«

Doris wäre an diesem Abend besonders einsam und bedrückt gewesen, wenn nicht schon am Vormittag Matthi aus Hannover angerufen hätte, daß er die Absicht habe, bei ihr zu nächtigen. Matthi Kübler war Doris' Bruder, zwei Jahre älter als sie, und hatte seinen merkwürdigen Kosenamen aus Kindertagen bei ihr beibehalten. Der Bruder von Doris' und Matthis Vater, Albrecht Kübler, war der Vorstandsvorsitzende der Handels- und Kreditbank, bei der Eberhard angestellt war. Ein Bankier von altem Schrot und Korn, der Eberhard trotz der Heirat mit seiner Nichte nicht mehr als eine Chance gegeben hatte, sich emporzuarbeiten, eine Chance, die Eberhard mit Verbissenheit und Erfolg wahrgenommen hatte.

Doris hatte sich auf diesen behaglichen Abend mit Matthi und Eberhard gefreut, hatte die Hausbar aufgefüllt und war seit langer Zeit wieder in einer ausgeglichenen und freudigen Stimmung, bis gegen Mittag Eberhard anrief, daß er auch heute abend nicht nach Hause kommen werde.

Fast seit halb sieben, seitdem Matthi angekommen war, hatte Doris dann etwas getan, was sie seit über einem Jahr vermieden hatte. Sie hatte sich mit ihrem Bruder über ihre Ehe ausgesprochen.

Jetzt wanderte Matthi, das Wermutglas in der Hand, vor dem Kamin hin und her. »Warum hast du nur nicht schon früher etwas gesagt?« brummte er und blieb stehen.

»Das hätte doch gar nichts genützt, und ich dachte, es renkt sich schon wieder ein«, sagte Doris. Matthi schüttelte den Kopf.

»Ihr Frauen verschwendet viel zuviel Liebe. Ein Kapital, das sich selten amortisiert.«

»Ich kann nicht anders«, sagte Doris. »Ich liebe ihn eben.« Matthi setzte sich jetzt zu ihr und stellte das Glas weg.

»Ich kann mir das alles schon vorstellen, Doris«, sagte er. »Der Aufbau seiner Karriere hat ihn hart rangenommen. Ich weiß, was Onkel Albrecht verlangt, vor allem von Spitzenkräften. Und du bist zu aktiv, um diese ganzen Jahre nur als wartendes Muttchen zu verbringen.«

»Natürlich«, sagte Doris. »Deshalb ging ich auch wieder ins Institut. Professor Heberkamp rief ohnehin fast jeden Monat einmal bei mir an.«

»Und dann warst du eben wieder eingespannt, genau wie früher.«

Matthi schwieg ein paar Sekunden.

»Sag mal«, fuhr er dann fort, »könnte es nicht sein, daß du den Augenblick verpaßt hast, wo Eberhard wieder Atem holen konnte und Zeit und Energie für seine Ehe hatte. Denk mal genau nach.«

Doris brauchte gar nicht genau nachzudenken, um jetzt, als Matthi es aussprach, zu wissen, daß er recht hatte.

»Eberhard hat furchtbar schuften müssen, denn er ist ehrgeizig. Für uns blieb wirklich kaum noch Raum. Und eine Ehe muß gepflegt werden.«

»Aber von beiden«, sagte Matthi. »Ich weiß, ich rede leicht. Als Junggeselle ...«

»Du hast recht«, sagte Doris. »Vielleicht habe ich den gleichen Fehler gemacht wie er. Zuerst saß ich ganze Abende und Wochenenden herum, und er war nicht da ...« Sie brach ab und betrachtete, sie einzeln abspreizend, ihre Finger.

»Und dann war es plötzlich umgekehrt«, ergänzte Matthi. Doris sah starr und gerade aufgerichtet vor sich hin.

»Ich sehne mich nach einem Kind«, sagte sie. »Dann wäre alles anders gekommen.«

Sie sah Matthi jetzt direkt an.

»Eine fürchterliche Leere, Matthi, du kannst es dir gar nicht vorstellen.«

»Und diese Leere hat eine andere ausgefüllt.« Sie zuckte mit den Schultern.

»Hast du denn niemals versucht, mit ihm zu sprechen?«

»Du kennst das nicht«, sagte Doris müde. »Es ist dann, als wäre eine Barriere zwischen uns, die keiner durchbrechen kann, selbst wenn er wollte.«

Matthi stand auf und begann erneut im Zimmer hin und her zu wandern.

»Du weißt also nicht einmal, wer es ist«, sagte er.

»Nein«, sagte Doris. »Ich weiß auch nicht, wo er sich jetzt herumtreibt ...«

»Doris ...«, unterbrach sie Matthi.

»Ja, herumtreibt«, wiederholte Doris hartnäckig. »Wenn du

Hunderte von Abenden auf deinen Mann wartest, hast du das Recht, das zu sagen. Du kennst das nicht«, fügte sie hinzu, und es klang, als wolle sie sagen: Sei froh, daß du es nicht kennst. Matthi blieb jetzt vor ihr stehen.

»Vielleicht ist er ganz harmlos in seinem Büro, Doris.«

Doris wehrte diesen Gedanken mit einer verächtlichen Handbewegung ab.

»Tu mir einen Gefallen«, sagte Matthi, »und ruf in der Bank an. Vielleicht bist du ungerecht.«

»Das habe ich mir schon ein dutzendmal gesagt«, murmelte Doris. »Und er war nie in der Bank. Aber wenn du darauf bestehst ...«

Sie stand auf und strich sich den Rock glatt. Dann ging sie hinüber zum Telefon.

»Du solltest sie sehen«, sagte Aristide. »Ich durfte einmal im Hafen einen Kutter rudern, wie sich die oberen Zehntausend zur Kreuzfahrt eingeschifft haben. Unsere oberen Zehntausend haben nämlich auf einem einzigen Dampfer Platz, weißt du.«

Aristide hatte sich weit und bequem in den zweiten Schwedensessel des Büros zurückgelehnt, in dem sie warteten.

»Und?« sagte Rod und drückte seine Zigarettenkippe in der Blechdose aus.

»Na ja«, sagte Aristide, »da habe ich sie von nah gesehen. Alle die, die reich geworden sind. Reich wird man immer von anderer Leute Geld, sage ich dir. Und diese anderen bleiben arm. Ihr hier kennt das nicht so. Aber ich kenne die Lastenträger in unseren Häfen, die Schauerleute, die kleinen Arbeiter und Handwerker, die man nichts lernen läßt. Solange sie arbeiten, reicht es zum zweiten Hemd und einer Sonntagshose für die Kirche. Danach nicht mehr.«

»Deswegen tust du es also.«

»Ich weiß genau, warum ich es tue, Rod. Ich kenne das von unseren Reedern, Ölschiebern und Olivenmaklern. Die Häuser solltest du sehen und die Jachten. Und die Weiber. Und dann die

Generäle. Die sorgen dafür, daß alles auch so bleibt. Es kommt nur darauf an, reich zu sein. Wie man es wird, ist egal.«

Aristide schwieg eine Weile.

»Mein Bruder predigt mir immer, es sei gut und gottgefällig, arm zu bleiben«, sagte er dann. »Aber er ist ein Priester, weißt du ...«

»Tja«, sagte Rod, »die eine Art reich zu werden ist straflos, die andere nicht. Ich wäre schon froh, wenn ich das Einkommen eines Zahnarztes hätte oder eines Rechtsanwalts.«

»Wegen Lenora, nicht wahr?« sagte Aristide.

Rod sah ihn an und nickte.

»Auch wegen Lenora«, sagte er.

»Die sucht sich sonst einen, der ihr mehr bieten kann, was?«

»Laß das«, sagte Rod kalt. »Mach dich lieber fertig.«

Auch Aristide drückte jetzt den Rest seiner Zigarette in der Blechschachtel aus, verschloß sie und steckte sie zu sich. Dann schoben beide die Strumpfmasken wieder nach unten über die Gesichter, und ihre Stimmen klangen dumpfer und tiefer. »Nimm den Koffer«, sagte Rod. »Und zuerst in den ersten Stock.« Aristide nickte und nahm den Koffer am Griff. Rod schloß die Tür auf und öffnete sie. Nach kurzem Lauschen glitten sie auf den Korridor. Rod versperrte gewissenhaft die Tür.

Sie hatten beide schwarze Turnschuhe an, dunkle Rollkragenpullover und trugen die Hosenbeine sorgsam mit Fahrradklammern zusammengesteckt. Sie waren anzusehen wie Froschmänner und hoben sich in der Tat kaum von der Dunkelheit des Treppenhauses ab, in dem sie sich jetzt nach unten tasteten. Völlig geräuschlos erreichten sie den ersten Stock. Rod öffnete eine nicht verschlossenen Verbindungstür, die von dem Nebenaufgang in die offizielleren Trakte des Bankgebäudes führte. Hier waren die Flure breiter, höher und mit Velour ausgelegt, die Türen schimmerten matt und mahagonifarben. Vor einer von ihnen blieb Rod stehen und zog wieder den Hauptschlüssel. Am Ende des Flurs befand sich ein Bogenfenster mit Kleinscheiben, durch welches von der Hauptstraße her ein milchiges Lichtmuster hereinfiel.

»K. E. Morissey«, las Aristide auf einem unaufdringlichen Schildchen neben dem Seitenpfosten der Tür.

»Muß es ausgerechnet dieses Zimmer sein?« sagte Aristide, und Rod schloß die Tür auf.

»Ja«, sagte er, als sie das Zimmer betreten hatten und die Tür wieder versperrt war. »Komm her, dann kannst du sehen, warum.«

Er ging Aristide voran zum Fenster und deutete hinaus. Das Fenster zeigte auf eine besonders schmale und menschenleere Seitenstraße und besaß keine Gitter.

»Rechts und links Säulen, Ornamentik und Karyatiden aus den Neunzigern. Dazwischen kommen wir leicht runter. Da sieht uns kein Mensch.«

»Und das Fenster?« fragte Aristide. »Wie willst du das Fenster von außen wieder zukriegen?«

»Ich ziehe es nur ran. Vielleicht fällt der Riegel von selbst runter. Und wenn nicht – morgen früh kommen sowieso die Putzfrauen und machen die Fenster auf. Keine wird sich daran erinnern, daß gerade an diesem Fenster der Riegel nicht eingerastet war. Hauptsache ist, daß diese Fenster nicht an die Sicherheitsanlage angeschlossen sind.«

Aristide näherte sich dem Fenster und untersuchte Riegel, Angeln und die nähere Umgebung der Fensternische mit geschickten Fingern. Eine übertünchte Klingelleitung lag da, die Reste einer ehemaligen Erdung für ein Radiogerät und schließlich dick und breit die Telefonstrippe. Nirgends auch nur die Andeutung einer jener verräterischen hell und dunkel spiralierten Minilitzen, wie sie für gewöhnlich nachträglich eingebaute Alarmanlagen erkennen lassen.

»Nichts«, sagte Aristide und richtete sich hoch. »Unter Garantie.«

»Fein«, sagte Rod und sah sich im Zimmer um. »Muß auch ganz schön verdienen, so ein Bursche.«

»Ja«, sagte Aristide, »nur braucht er sich nicht so dafür zu placken wie wir.«

Er stellte den Koffer in einer Ecke ab.

»Jetzt kommt es auf die Nerven an«, sagte Rod. »In einer halben Stunde können wir reiche Leute sein. Sehr reich sogar. Nervös?«

»Nein«, sagte Aristide. »Wir haben doch viel weniger zu verlieren als zu gewinnen.«

»Stimmt«, sagte Rod und beobachtete auf dem Chronometer an seinem Arm, wie der große Zeiger quälend langsam auf die Marke fünf Minuten vor zehn kroch.

In diesem Augenblick schraken sie zusammen, denn auf dem Schreibtisch schrillte laut und aufdringlich das Telefon. Rod berührte beruhigend und doch erschrocken Aristides Arm, und beide starrten auf den Apparat, der drei-, viermal hintereinander läutete, ehe er wieder schwieg.

Sie atmeten auf, gerade als unten in der Zentrale Weidenstock sagte:

»Tut mir leid, Frau Morissey, Ihr Mann ist nicht oben. Ich hätte ihn auch gesehen. Er hätte mich angerufen oder läuten müssen, damit ich die Portalsicherung ausschalte.«

»Es ist schon gut, Herr Weidenstock«, sagte Doris Morissey. »Vielen Dank und gute Nacht.«

Oben in Morisseys Zimmer hatten Rod und Aristide nervös gewartet, ob sich der Anruf wiederholen würde. Aber das Telefon blieb stumm.

»Es ist nichts«, sagte Rod und ließ ein paar weitere Sekunden verstreichen. »Los, und von jetzt an Schnauze ...«

Sie verließen das Zimmer auf demselben Wege, auf dem sie es betreten hatten, glitten den Flur zurück und erreichten denselben Seitenaufgang wie vorher. Einen weiteren Treppenlauf stiegen sie nach unten und noch einen halben. Sie standen lautlos im Halbkeller hinter der Tür, die sie noch von dem Flur trennte, an dem die Sicherheits- und Fernsprechzentrale lag.

Dort war das Fernsehgerät eingeschaltet. Weidenstock hatte soeben mit größter Spannung das Ende der Kriminalserie miterlebt, und die weißlich flimmernde, schweigsame Uhr auf dem Bildschirm mit ihrem ruckartig wandernden Sekundenzeiger erinnerte ihn an seine Pflichten. Schwerfällig erhob er sich aus seinem Sessel, ging zum Schaltpult der Fernsprechvermittlung und schaltete sie auf Hausruf. So konnte er in jedem Stockwerk hören, wenn ein Anruf kam, und war auch während seines Kontrollgangs jederzeit erreichbar. Danach nahm er seine Mütze, das Schlüsselbund und die Stablampe, verließ den Raum, versperrte ihn, wie es seine Pflicht war, von außen und schlurfte in Richtung auf die Tür davon, die weiter vorne in die Eingangshalle und das Haupttreppenhaus führte.

Rod hatte das Ohr an das Holz der anderen Tür gepreßt. Die Spannung in seinem Gesicht und seiner ganzen Haltung löste sich, als er Weidenstocks Schritte sich entfernen hörte. Zwar hatte der alte Mann seine Gewohnheiten, aber es hätte ja sein können, daß er einmal in seinem Leben, aus Eingebung vielleicht, intuitiv, vielleicht auch aus Langeweile, den Kontrollgang nicht durch die Haupthalle, sondern durch den Nebenaufgang begann.

Kaum wahrnehmbar hörte Rod durch das Holz, wie drüben die andere Tür geschlossen und vorschriftsmäßig versperrt wurde. Er wartete noch eine halbe Minute und öffnete dann mit dem Hauptschlüssel die Tür, hinter der sie standen. Auch sie mußte wieder versperrt werden. Aber mit demselben Schlüssel, mit dem das geschah, konnte er Sekunden darauf die Tür zur Zentrale öffnen.

Es war eine sonderbare Empfindung, diesen Raum zu betreten, wo das eingeschaltete Fernsehgerät, die aufgeschlagene Zeitung, die Kippe einer noch glimmenden Zigarette und ein lose eingeschlagenes restliches Butterbrot die warme Atmosphäre des einzigen Platzes verbreiteten, an dem sich zu dieser Zeit in dem weitläufigen Gebäude der Bank jemand aufhielt. Aber Rod gab sich solchen Empfindungen nicht lange hin. Mit einem geschickten Griff hatte er an seinem Bund einen weiteren Schlüssel herausgefischt und war zu der Wand getreten, wo sich hinter einer zweihundert Millimeter dicken Stahltür, in die Betonwand eingelassen, die gesamte Schaltung für die Sicherheits- und Alarmanlage befand.

Mit raschem Griff hatte Rod das Stahlfach geöffnet, und Aristide trat heran und sah hinein. Aber plötzlich stieß Rod ihn an.

»Den Hausrufschalter, schnell. Das hätte ich beinahe vergessen.«

Aristide sprang die vier, fünf Schritte zum Schaltpult und stellte den Schalter wieder auf Zentrale. Dann kam er zu Rod zurück, der angespannt sein Chronometer betrachtete.

»Jetzt muß er drunten raus sein«, sagte er. Und nach einigen Sekunden Wartezeit: »Los, schau dir den Kram an.«

Vier rote Lämpchen flimmerten in der quadratischen Höhlung unter vier dazugehörigen Hebelschaltern. Eine einzige Lampe innerhalb des Stahlfachs war dunkel, und der Hebel dazu stand nach unten. Ein weiterer Hebel und ein brennendes Lämpchen befanden sich in einer außerhalb des Stahlfachs in die Wand versenkten und mit einem einfachen Blechtürchen mit Knebelgriff verschlossenen Vertiefung. Daneben befand sich ein kleiner Bildschirm in Monitorformat. Aristide hatte in wenigen Sekunden begriffen, wie das alles zusammenhing.

»Unterbrecher Hauptportal«, sagte er und deutete auf das kleinere Kästchen. »Wenn jemand Befugter herein will. Hier das TV-Auge dazu. Das lassen wir alles in Ruhe.«

Er untersuchte die Anlage im Stahlfach.

»Alarm außen«, las er an dem ersten Hebel ab. »Das lassen wir auch in Ruhe.«

Der nächste Hebel war mit »Alarm innen« bezeichnet, und Anistide drückte ihn nach unten.

»Selenzellengatter …« Aristide schob auch diesen Hebel nach unten, und im gleichen Augenblick erloschen unten in der Tresorschleuse sechsundneunzig tückische, träge aufgerissene Lichtaugen, die in eingeschaltetem Zustand auch nicht eine Maus die Schleuse hätten passieren lassen, ohne daß im gleichen Augenblick eine Hölle aus Lärm losgebrochen wäre.

»Tausend-Volt-Schutzgitter«, las Aristide weiter. »Schalten wir ab.« Der Hebel klickte, und das Lämpchen erlosch. Der letzte Hebel, der nach unten stand und dessen Lämpchen dunkel war, machte Aristide zunächst Kopfzerbrechen. »Stromkreis, Riegel- und Triebwerk«, las er und schon nach wenigen Augenblicken hatte sein wacher Intellekt begriffen, um was es hier ging.

»Die Stahltüren laufen elektrisch«, flüsterte er Rod zu. »Müssen wir einschalten.«

Rod, der keine Sekunde die Augen von der Uhr ließ, nickte. »Also auch Totalstromausfall würde nichts nützen, weil der Strom nicht nur sperrt, sondern auch öffnet. Raffiniert«, fügte Aristide hinzu und drückte den Schalter nach oben.

»Aber jetzt stimmt alles.«

»Red nicht so viel«, murmelte Rod, schob die Stahltür zu und verschloß sie.

»Und wenn er nachsieht?« flüsterte Aristide.

»Er hat nicht einmal einen Schlüssel«, sagte Rod. »Den bringt erst morgens sein Kollege mit. Man müßte ihn schon totschlagen und die Tür aufschweißen. Aber er hat einen entsicherten Revolver griffbereit. Hier unten haben sie schon an alles gedacht. Wie wir.«

Es traf zu, daß sie an alles gedacht hatten. An fast alles. Denn einen Umstand hatten sie in ihre Rechnung nicht mit einbezogen, die väterliche Sympathie eines alten Mannes zu einer jungen Frau, die nicht wußte, wo ihr Mann war, sich darüber Sorgen machte und diese Sorgen krampfhaft zu verbergen suchte. Als Weidenstock oben in der ersten Etage an Morrisseys Zimmer vorbeikam, blieb er deshalb stehen, schloß dann in einem augenblicklichen Impuls die Tür auf, ließ das Licht aufflammen und warf einen Blick durch den Raum. Einen Moment lang wunderte er sich, daß Herr Morissey einen Koffer in dem Zimmer zurückgelassen hatte. Dann dachte er, daß es Doris vielleicht beruhigen würde, wenn sie es wüßte, ging zum Schreibtisch und rief sie an.

»Ich bin jetzt gerade bei Ihrem Mann im Zimmer«, sagte Weidenstock. »Er hat einen Koffer hier stehenlassen.«

»Einen Koffer?« sagte Doris. »Wie komisch. Was für einen Koffer denn?«

»Einen schwarzen, unauffälligen mit zwei Riemen. Ich dachte mir, vielleicht kommt er noch, um ihn abzuholen. Soll ich ihm dann etwas ausrichten?«

»Sagen Sie ihm nur, ich hätte angerufen, Herr Weidenstock. Sonst nichts. Und vielen Dank für Ihren Anruf. Gute Nacht.«

»Gute Nacht, Frau Morissey«, sagte Weidenstock, legte auf, warf noch einen Blick durch das Zimmer, schaltete dann das Licht aus, verließ es und versperrte die Tür.

Unten in der Zentrale kontrollierten in diesem Augenblick die beiden Männer noch einmal, ob auch nicht die geringste Kleinigkeit verriet, daß sie sich hier aufgehalten hatten. Als letztes schaltete Aristide den Hausrufschalter wieder zurück, dann begaben sie sich hinaus auf den Flur und lauschten. Nichts rührte sich und nichts deutete darauf hin, daß in diesen wenigen Minuten die ausgeklügelten Sicherheitsvorkehrungen einer Großbank von innen her ihrer Wirksamkeit beraubt worden waren.

Rod und Aristide wendeten sich nach links. Rasch und sicher brachte Rod mit den beiden passenden Schlüsseln das Zylinderschloß der Stahltür zur Funktion, die den Zugang zum Stahlkeller verschloß. Hier lag ihr einziges wirkliches Risiko, denn diese Tür stand tagsüber offen und war von innen nicht zu öffnen. In dem Augenblick, da sie ins Schloß fiel, griffen auch die Riegelzapfen in die Nuten. Sie konnten sie aber auch nicht offenstehen lassen, da Weidenstock hier schon vorbeikommen konnte, wenn er nur die Toilette aufsuchen mußte. Rod brachte eine hauchdünne und doch widerstandsfähige PVC-Folie hervor, die er an der Stelle, wo einer der Riegelzapfen aus der konischen Türfüllung trat, zwischen Füllung und Stahlrahmen schob, als die Tür zuschwang.

»Die Zapfen funktionieren im Verbundsystem«, flüsterte er. »Wenn einer gehemmt ist, sind es alle.«

Die Tür verarbeitete die dünne Folie. Mit klopfenden Schläfen lauschte Rod. Aber das gefürchtete Klicken blieb aus. Er stieß Aristide an.

»Halb gewonnen«, keuchte er ihm zu. »Das andere ist leicht.« Sie wendeten sich um zur Treppe. Unten sahen sie schon das geschlossene Scherengitter, dessen Tausend-Volt-Ladung Aristide soeben in der Zentrale ausgeschaltet hatte. »Achtung Hochspannung« verkündete ein Schild. »Im geschlossenen Zustand nicht berühren. Lebensgefahr.«

Aber die rote Warnlampe, die neben dem Gitter in die Betonwandung versenkt war, war erloschen. Rod schlug mit der flachen Hand gegen das Schild, das metallen klapperte, und sah durch das Gitter in die Selenzellenschleuse. Sie war taghell erleuchtet, ungefähr vier Meter lang, und an jeder Wand befanden sich achtundvierzig Lichtstrahlöffnungen, die mit achtundvierzig anderen an der gegenüberliegenden Wand korrespondierten. Hier war es schon aus Zeitgründen nicht mehr möglich, diese Sicherung mit den modernen Spiegelreflexmethoden zu unterlaufen. Aber die sechsundneunzig verräterischen Augen waren tot.

Rod schloß das Gitter auf und schob es behutsam ein Stück zur Seite. Sie glitten in die Schleuse. Es war ein herrliches Gefühl, keinerlei Überraschungen ausgesetzt zu sein, denn oben besaß Weidenstock nicht einmal den Schlüssel, der notwendig war, um alle diese Vorkehrungen wieder einzuschalten, die ihnen gefährlich werden konnten. Jetzt standen sie vor der zehn Tonnen schweren Chromnickelstahlpforte, die den Tresor schützte wie ein Sesam-öffne-dich. Ihre Spannung erreichte einen Höhepunkt, von dem sie beide wußten, daß es der letzte war, ob nämlich die Kombinationschiffre, die Rod besaß, noch stimmte und seit damals nicht abgeändert worden war. Die Zahlen für den heutigen Tag lauteten nach dieser Chiffre: neun, neun, drei; sieben, eins, vier; zwei, fünf, acht. Mit leicht zitternden Händen drehte Rod an den Knöpfen. Dann sahen sich beide ins Gesicht. Rod gab Aristide den zweiten Schlüssel. Den ersten schob er in das in eine tiefe Mulde gebettete Schloß und drehte. Einmal, zweimal, dreimal. Der Schlüssel ließ sich zurückziehen.

»Los«, flüsterte Rod, und Aristide schob den zweiten Schlüssel ein.

»Dreimal muß er gehen«, flüsterte Rod. Und er ging dreimal und ließ sich zurückziehen.

»Also«, sagte Rod und Aristide ergriff das Handrad und drehte es. Elektromotoren liefen summend an und zogen zunächst die zwölf schweren Zylinderbolzen aus ihren Öffnungen. Danach sahen sie wie vor den Kopf geschlagen zu, wie sich die mächtige Tür Zentimeter um Zentimeter aus ihrem Rahmen drehte und den Tresorraum mit seinen rings an den Wänden aufgereihten Stahlgitterfächern ihren Blicken freigab. In einer Neunziggrad-Stellung blieb die Tür stehen. Rod mußte Aristide einen heftigen Stoß versetzen, daß er es wagte, den Raum zu betreten.

»Hast du vielleicht Respekt vor Geld?« flüsterte er.

Sie standen vor Fächern und Schüben, in denen Bargeld, teilweise noch in Säcken mit der schwarzrotgoldenen Banderole, teilweise schon abgezählt und in Bündeln geordnet, aufgestapelt war.

»Das sind ja Millionen«, keuchte Aristide überwältigt. »Millionen ...«

»Natürlich«, sagte Rod. »Monatsende. Was meinst du, was die Bank jede Minute, die das Zeug hier liegt, allein an Zinsen verdient.«

Zwischen Hose und Pullover zog Rod jetzt den hauchdünnen Perlonsack hervor, den sie brauchten, um das Geld zu tragen. »Nur Tausender«, sagte er sachlich. »Notfalls Fünfhunderter. Die werden zwar registriert, aber alles andere steht in keinem Verhältnis zwischen Wert und Umfang.«

Und sie fanden genügend Tausender, um das Verhältnis zwischen Wert und Umfang zu wahren. Schließlich mußten sie ja den Wohlstand für das restliche Leben zweier Männer in einem normalen, mittelgroßen Handkoffer aus dem Haus transportieren können. Aristide hielt den Sack geöffnet, und Rod wählte. Er achtete dabei darauf, keine Unordnung in den Fächern entstehen zu lassen. Aristide, der ebensowenig wie Rod jemals so viel Geld auf einmal gesehen hatte, ging es viel zu langsam.

»So mach doch schon«, flüsterte er heiser und griff selber wahllos in die Fächer.

Rod schlug ihm kräftig auf die Hand.

»Überlaß das mir«, sagte er und hob Bündel kleinerer Werte auf, die Aristide zu Boden gefallen waren. »Zu Geld gehört Disziplin. Das habe ich gelesen und das stimmt auch.«

»Du wirst doch nichts hierlassen wollen, du Idiot.«

»Alles, was nicht in den Koffer geht«, sagte Rod und maß den Sack mit den Augen. »Und das ist jetzt erreicht. Oder willst du, daß uns auf der Straße die Bündel aus dem Mantel fallen?«

Widerstrebend und mit gierig gewordenen Augen, die noch immer gut gefüllten Fächer musternd, gab Aristide nach.

»Ein paar noch«, stammelte er. »Du hast ja recht. Aber ein paar noch.«

Rod griff nochmals in die Fächer, und noch ein paar weitere Bündel landeten in dem Sack.

»Schau jetzt nach draußen«, flüsterte Rod. »Das wird ja zur Orgie bei dir. Schau nach draußen, was wir geschafft haben, und was wir noch schaffen müsssen. Denk an die Wirklichkeit.« Er gab Aristide einen so heftigen Stoß, daß er durch die Stahltür in die Schleuse wankte. Und der Anblick der offenen Panzertür, der sechsundneunzig toten Lichtaugen und des halboffenen Starkstromgitters ernüchterten Aristide wirklich. Er fühlte seine Knie zittern und mußte sich einen Augenblick lang zusammennehmen, um nicht einfach fortzulaufen. Dann allerdings dachte er daran, daß sie aus dieser Hölle aus Beton, Stahl und Technik nur mit der gleichen Präzision wieder herauskommen würden, wie sie hineingekommen waren – oder nur in Handschellen. Rod war schon ein Teufelskerl.

Die Zeit bis zwölf, da Weidenstock seinen nächsten Rundgang machte, verbrachten sie unmittelbar hinter der Schutztür zum Kellerflur. Ein Jahrhundert schien ihnen vorüberzuschleichen, bis Rod endlich mit einem Blick auf die Uhr sagte: »In zehn Minuten kommt er.«

Und dann würde alles darauf ankommen, daß Weidenstock nicht bemerken würde, daß die Tür, an der er vorbeiging, nicht versperrt war. Sie hörten die restlichen Minuten nur ihr eigenes Atmen und hielten auch damit inne, als sie dann gedämpft und schlurfend die Schritte vernahmen. Und Weidenstock ging vorbei.

Nach einer von Rod mit eisernen Nerven eingehaltenen Wartezeit von vollen zwei Minuten verließen sie den Keller und spulten das Knäuel, das sie vorher aufgerollt hatten, ebenso exakt wieder zurück, nur daß sie Morisseys Zimmer jetzt über den Hauptaufgang erreichen mußten, da sie in dem Nebenaufgang Weidenstock auf seinem Rückweg begegnet wären.

Der beiden Männer hatte sich eine Art Euphorie bemächtigt. Sie hatten ihre Kleidung und das Seil aus dem Koffer genommen und sich umgezogen. Dann hatten sie die Säcke und Notenbündel in den Koffer getan, und Rod hatte gesagt, daß er sich gar nicht traue, auch nur überschlägig zu zählen. Endlich hatten sie fast gejubelt, als ein Blick durch das Fenster ihnen gezeigt hatte, daß die Nacht draußen neblig zu werden begann. Wenn sie noch eine viertel, noch eine halbe Stunde warteten, konnten sie das Gebäude in der stillen Seitenstraße völlig ungefährdet verlassen. Zu einer Zigarettenlänge zu warten, hatten sie sich soeben entschlossen.

Diese Zigarettenlänge allerdings sollte den Dingen eine andere Wendung geben. Weidenstock fühlte sich in seiner Haut nicht wohl. War es das unruhige Gefühl nicht vollkommen erfüllter Pflicht? War es eine unbewußte Ahnung, daß im Hause nicht alles in Ordnung war, der Reflex auf irgendeine Beobachtung oder Veränderung, so geringfügig, daß sie gar nicht konkret bis in die Gehirnnerven gedrungen war? Weidenstock wußte sich selbst keine Rechenschaft darüber abzugeben, warum er plötzlich seine Mütze, seinen Revolver, die Lampe und die Schlüssel nahm und sich zu einem gänzlich unprogrammgemäßen Rundgang auf den Weg machte.

Nichts war ihm im Keller und Erdgeschoß aufgefallen. Er wollte noch die Schleife durch den ersten Stock machen und wäre dann wirklich überzeugt gewesen, einer Halluzination zum Opfer gefallen zu sein, hätte er nicht aus dem Zimmer von Herrn Morissey ein Geräusch gehört.

»Also ist er doch hier«, fuhr es durch seinen Kopf. »Aber wie ist er nur hereingekommen?« Weidenstock ging auf die Tür zu. Aber die Tür war verschlossen. Und eben hatte er doch ein Geräusch gehört. Er suchte den Hauptschlüssel heraus und schloß auf, den entsicherten Revolver jetzt in der rechten Hand.

Der Kegel seiner Taschenlampe traf unmittelbar auf Aristide, der am Schreibtisch stand.

»Hände hoch!« rief Weidenstock. »Was wollen Sie hier? Hände hoch, oder ich schieße.«

»Aber nicht so stark«, sagte Aristide zu Rod, der hinter der geöffneten Tür stand, den Stuhl mit beiden Händen hoch erhoben. Der Stuhl traf Weidenstock auf den Hinterkopf, gerade als er abzog. Die Kugel verfehlte Aristide und drang hinter ihm in die Wand neben dem Fenster. Der Revolver rutschte dem stürzenden Weidenstock aus der Hand und blieb unter einem Sessel liegen. Aristide und Rod knieten schon neben dem Mann am Boden und tasteten nach seinem Puls.

»Er lebt noch«, sagte Aristide. »Und was jetzt?«

»Er hat dich gesehen«, sagte Rod. »Er muß runter in den Tresor ...«

»Da erstickt er doch«, sagte Aristide entsetzt.

»Eben«, sagte Rod. »Das bringt uns wenigstens vom Vorsatz weg, wenn sie uns erwischen. Das müssen wir nicht gewußt haben. Das kann uns keiner nachweisen. Jetzt mach schon.«

»Da mach' ich nicht mit, Rod«, sagte Aristide starrsinnig. »Der hat uns doch nichts getan.«

»Wenn der am Leben bleibt«, sagte Rod, »dann kannst du genausogut zum nächsten Polizeirevier gehen und dich melden. Dann nimm jetzt nicht den Mann, sondern die Millionen und trag sie zurück in den Tresor.«

Aristide nahm den Mann.

Die Vernehmungen dauerten seit acht Uhr morgens an. An ihnen nahmen teil: Oberkommissar Gracht, der Leiter des Einbruchsdezernats, Hauptkommissar Gottfried Cäsar Ketterle, der Leiter der Ersten Mordkommission, da bisher noch nicht feststand, ob der Tod des Wachmanns Weidenstock die Folge einer fahrlässigen Tötung oder eines vorsätzlichen Mordes war, der Einbruchsexperte der Versicherungsgesellschaft, Albrecht Kübler, der Vorsitzende des Vorstands und Eberhard Morissey.

Nachdem gegen halb elf Uhr das Ausmaß des Schadens feststand – es fehlten in Tausend- und Fünfhundertmarkscheinen nicht weniger als zwei Millionen vierhundertsechsundachtzig Mark –, hatte sich die Situation für Morissey erheblich verschärft. Kommissar Gracht hatte ihm eröffnet, daß er das Recht hatte, sich vor seiner ersten amtlichen Vernehmung mit einem Anwalt zu beraten, und Morissey hatte gebeten, zu Hause anrufen zu dürfen. Auf diese Weise hatte Doris erfahren, was geschehen war, und Eberhard, daß sein Schwager Matthias Kübler noch immer bei Doris war und auf ihn wartete. Matthi hatte nicht eine Sekunde gezögert, sich Eberhards anwaltschaftlich anzunehmen, und sich nur eine halbe Stunde erbeten, um mit Doris zu sprechen, ehe er zur Bank fuhr, wo die Vernehmungen ihren Fortgang nahmen.

Aber mit Doris konnte man kaum sprechen. Ihr Zustand wechselte von passiver Apathie bis zu maßloser ungerechter und nervöser Gereiztheit mit Schreikrämpfen und Selbstvorwürfen.

»Wir müssen ihm das Alibi geben, das sie brauchen«, stammelte sie immer wieder. »Es kann doch keiner beweisen, daß er nicht hier bei uns war. Du bist ein Schuft, wenn du das ablehnst. Ein Schuft, Matthi, ein Schuft ...« Sie trommelte mit beiden Händen gegen seine Brust. Matthi versuchte sie zu beruhigen.

»Ich bin kein Schuft, sondern Anwalt«, sagte er. »Ich weiß, was ich tue. Es wäre das Verkehrteste, was wir machen könnten, eine Komplikation zu schaffen, die gar nicht nötig ist. Er ist nicht in die Sache verwickelt, und darauf müssen wir vertrauen.«

Doris begann zu weinen und klammerte sich an ihn.

»Der Koffer«, schluchzte sie. »Der Koffer. Ich habe immer geahnt, daß das einmal passiert. Wer weiß, was das für eine Person ist, wer weiß, was sie ihn kostet, wer weiß, womit sie ihn erpreßt ...«

»Du hast also das Vertrauen zu ihm verloren«, sagte Matthi.

»Seit einem Jahr habe ich das, Matthi. Und du hättest es auch in meiner Lage. Nur eins weiß ich, was er auch getan hat, Eberhard hat niemanden getötet.«

Schließlich fand Matthi, daß Art und Umfang von Doris' Vertrauen zu ihrem Mann im Augenblick weniger wichtig war, als den Tatsachen ins Auge zu sehen, und fuhr zur Bank. Dort erlaubte man ihm, mit Eberhard eine Viertelstunde zu sprechen. Diese Unterredung war knapp und sachlich verlaufen. Morissey war bestürzt, erschüttert, aber noch absolut gefaßt, im Gegensatz zu dem Zeitpunkt achtundvierzig Stunden später, da die Wucht der Indizien ihn fast erstickte. Jetzt war davon noch nichts zu merken.

»Ich bin in die Sache nicht verwickelt, Matthi. Das ist alles absurd und wird sich aufklären.«

»Sie würde es sofort, wenn du ein stichhaltiges Alibi vorweisen könntest.«

»Ich werde kein Alibi vorweisen. Ich werde keinerlei persönliche Dinge preisgeben, die ich nicht offenbaren möchte, nur auf einen unhaltbaren Verdacht hin.«

»Doris weiß, daß es sich um eine Frau handelt, Eberhard.«

»Schlag dir das aus dem Kopf.«

»Ist das dein letztes Wort?«

»Ich bin in die Sache nicht verwickelt.«

»Willst du, daß ich dich vertrete?«

»Ja.«

Matthias Kübler hatte seine Mappe genommen, und Eberhard war wieder in dem Zimmer seines Onkels erschienen, wo die Männer auf ihn warteten.

»Bitte meine Herren, ich stehe zur Verfügung.«

Niemand konnte sagen, daß Eberhard Morissey nicht eine vollendete Beherrschung an den Tag legte.

»Ein Alibi können Sie also nach wie vor nicht nennen?« setzte Gracht die Vernehmung fort.

»Nein«, sagte Morissey. »Ich sehe keinen Grund dafür. Ihre Anschuldigungen sind haltlos.«

»Herr Morissey«, sagte Gracht und beugte sich in seinem Sessel nach vorne, »Sie sind als Direktor der Abteilung einer der ganz wenigen Herren in diesem Hause, die sämtliche Sicherheitseinrichtungen bis ins Detail beherrschen. Sie verfügen über sämtliche Schlüssel, Sie kennen die Kombination des Elektronenschlosses und den Turnusgang des Wachmanns. Es steht fest, daß die Alarmanlage weder außen noch innen in Tätigkeit gesetzt worden ist und daß nirgends die Schalt- und Sicherheitseinrichtungen beschädigt wurden. Ein Einbruch ist ausgeschlossen.«

»Ich habe mich während der vergangenen Nacht nicht für eine Sekunde in diesem Gebäude aufgehalten«, sagte Morissey. »Stört es, wenn ich rauche?«

»Von mir aus«, knurrte Albrecht Kübler hinter seinem Schreibtisch, »wenn dir das hilft, endlich die Wahrheit zu sagen.«

Morissey setzte die Zigarette in Brand.

»Kommen Sie regelmäßig Sonnabend morgens um diese Zeit in die Bank?« sagte Gracht.

»Nein, nie«, antwortete Morissey.

»Warum also heute?«

»Ich sagte Ihnen doch schon, ich fuhr zufällig vorbei und hatte plötzlich das Gefühl, ich müsse nach dem Rechten sehen. Vielleicht, weil ich das Gitter offenstehen sah, das sonst an Sonnabenden geschlossen ist.«

»Woher sind Sie gekommen?« schaltete sich Kommissar Ketterle ein.

»Ich kam mit dem Wagen aus der Richtung Klosterstern-Rothenbaumchaussee«, sagte Morissey. »Genügt das denn nicht?«

»Nein, Herr Morissey«, sagte Gracht. »Das genügt eben nicht. Heute nacht wurde hier ein Vermögen gestohlen und ein Mann ermordet.«

»Sie können sich selber ausrechnen«, ergänzte Kommissar Ketterle, »daß es unter diesen Umständen nicht genügt, daß Sie vom Klosterstern kamen.«

Eberhard Morissey schwieg einen Moment lang.

»Meine Herren«, sagte er dann, »Sie werden doch nicht wirklich im Ernst glauben, mich in diese Geschichte hineinziehen zu können?«

»Hineinziehen ist gut«, sagte Gracht. »Sie stecken doch drin bis an den Hals.«

»Na ja, lassen wir das«, sagte Kommissar Ketterle. »Sie trafen also den Mann von der Tagwache, und der sagte Ihnen, daß Weidenstock verschwunden sei, die Alarmanlage sich ausgelöst habe und jeden Augenblick die Polizei dasein müsse.«

»Ja, so war es«, sagte Morissey.

»Und sonst sagte Ihnen der Mann nichts? Daß ein Einbruch stattgefunden hatte, haben Sie also von ihm nicht erfahren?«

Eberhard Morissey schwieg einige Sekunden. »Nein, das habe ich Ihnen doch vorhin schon gesagt«, murmelte er schließlich.

»Und was taten Sie anschließend?« sagte Gracht. »Ich sprach einige Augenblicke mit dem Mann und ging dann in den ersten Stock in mein Büro.«

»Warum taten Sie das?« sagte Ketterle. Morissey hob die Schultern und zögerte.

»Also?« sagte Gracht. »Warum blieben Sie dann nicht unten bei dem Mann, kümmerten sich um den verschwundenen Weidenstock und warteten, bis die Polizei kam?«

»Das wäre doch das Normale gewesen«, sagte Albrecht Kübler und schüttelte den Kopf.

»Also warum?« bestand Gracht auf seiner Frage. »Aus reiner Gewohnheit«, sagte Morissey und wußte genau, daß ihm das schon seit dem Moment, da er es zum erstenmal gesagt hatte, niemand glaubte.

Er hörte die Stimme seines Onkels vom Schreibtisch herüber:

»Merkst du denn gar nicht, wie durchsichtig das ist, was du da redest? Was auch immer mit dir los ist, aber so was nimmt dir niemand ab. Ich auch nicht. Daß da kein Zweifel aufkommt.«

»Es ist aber die Wahrheit«, sagte Eberhard. »Und ich kann nichts anderes als die Wahrheit sagen.«

»Ja, das wünschen wir alle wirklich«, knurrte Kübler. »Und was geschah, als Sie Ihr Büro betraten?« hörte Eberhard Gracht die Vernehmung fortsetzen.

»Ich hängte meinen Mantel in den Schrank«, sagte Eberhard, »und ging dann zu meinem Schreibtisch, um mit Herrn Kübler zu telefonieren.«

»Und was hat er Ihnen gesagt?« fragte Gracht und wendete sich an Kübler.

»Er hat mir mitgeteilt, es sei eingebrochen worden, und mich gebeten, sofort zu kommen«, sagte Kübler und seufzte. »Soll ich den Tagwachmann noch mal hereinholen lassen?« Gracht drehte den Kopf wieder zu Morissey, und seine Stimme klang beschwörend. »Soll ich ihn noch mal aussagen lassen, daß er zu diesem Zeitpunkt selbst noch nicht wußte, daß eingebrochen worden war?«

»Nein, das ist nicht nötig«, murmelte Morissey. »Ich habe es gehört.«

»Wollen Sie uns dann nicht endlich sagen, woher Sie wußten, daß eingebrochen worden war?« sagte Ketterle.

Morissey atmete jetzt doch hörbar mehrfach tief ein und aus. Wenn er versuchte, die Ereignisse mit den Augen dieser vier Männer zu sehen, dann erschien auch ihm alles, was sie dachten, glaubten und mutmaßten, als die reine, offen auf der Hand liegende Wahrheit, während alles, was er vorbrachte, zwar die Wahrheit war, sich aber anhörte wie die mühsam zusammengekratzten Ausreden eines ertappten Primaners.

»Mir war in diesem Augenblick plötzlich klar, was geschehen war«, sagte er. »Nachdem der Wachmann mir gesagt hatte, daß Weidenstock im ganzen Haus nirgends zu finden war, aus dem Gebäude aber auch nicht herauskonnte, wußte ich mit einemmal, daß es nur die eine Möglichkeit gab: Er mußte in der Stahlkammer sein. Das ist doch völlig logisch.«

Es war natürlich logisch, und das wußten auch die vier anderen Herren. Aber die Tatsache, daß es logisch war, kam nur zum Tragen, wenn man ihm glaubte. Und das wiederum tat man, weil Eberhard sich weigerte, ein Alibi zu nennen, aus verständlichen Gründen nicht.

»Na schön«, sagte der Kommissar von der Mordkommission. »Und dann?«

»Dann sah ich, als ich auflegte«, sagte Eberhard, »unter einem meiner Sessel halb verborgen eine Pistole liegen. Ich hob sie auf und stellte an der Nummer fest, daß es die Waffe war, die wir Weidenstock zur Verfügung gestellt hatten.«

»Aha«, sagte Gracht. »Und trotzdem fanden unsere Leute, als sie Minuten später in Ihr Zimmer kamen, die Waffe unter dem Sessel.«

»Ja«, sagte Morissey. »Natürlich, denn mir fiel ein, daß man in solchen Fällen nichts verändern solle, und ich legte sie wieder dorthin, wo ich sie gefunden hatte.«

Gracht nickte.

»Womit also eine absolut hieb- und stichfeste Erklärung gegeben wäre, wie Ihre Fingerspuren an die Waffe gekommen sind, wenn wir sie dort finden sollten.«

»Sie werden sie dort finden«, sagte Morissey, und Gracht nickte ein zweites Mal.

»Eben«, sagte er dann.

»Können Sie sich denn dann eine Erklärung geben, auf wen Weidenstock in Ihrem Zimmer gefeuert haben könnte?« sagte Kommissar Ketterle. »Derjenige, auf den er schoß, stand oder saß an Ihrem Schreibtisch.«

»Vermutlich hat er auf den Täter geschossen«, sagte Morissey resigniert.

»Ja, das glauben wir eben auch«, sagte Gracht. »Nur ist mir unerklärlich, was der Täter ausgerechnet in Ihrem Zimmer wollte und wie er dort hineingekommen ist.«

»Ein Mann, der die Top-Sicherungen dieser Bank außer Kraft setzt, hat auch die Möglichkeit, in ein einfaches Büro einzudringen«, sagte Morissey.

»Bleibt nur noch die Frage, warum«, sagte Albrecht Kübler. »Und du mußt zugeben, daß das merkwürdig ist.«

»Sagen Sie«, setzte Gracht das Verhör fort, »ist Ihnen bewußt, daß ein Mensch, der in die Stahlkammer eingeschlossen wird, dort innerhalb weniger Stunden ersticken muß?«

»Natürlich«, sagte Morissey. »Die Stahlkammer ist aus verschiedenen wohlerwogenen Gründen luft- und gasdicht konstruiert. Das Problem ist auch bei der Planung aufgetaucht. Aber wir entschlossen uns zur luftdichten Lösung, weil wir davon ausgingen, daß die Stahlkammer immer von zwei Herren geschlossen werden muß, denen es auf keinen Fall entgehen kann, wenn sich noch jemand darin befinden sollte. Aus diesem Grunde verzichteten wir auch auf eine sogenannte Zeitsperre.«

»Nun«, sagte Kommissar Ketterle nach einigen Sekunden, in denen alle geschwiegen hatten, »welche Vorstellung haben Sie denn von dem Hergang der Sache, wenn Sie selbst jegliche Beteiligung bestreiten?«

»Ich«, sagte Morissey. »Das ist für Sie doch sicher unmaßgeblich.«

»Dann hätte ich Sie nicht gefragt«, sagte der Kommissar. »Bei Ihrer Kenntnis der Sicherungsstruktur müssen Sie doch eine Erklärung haben.«

»Ja«, sagte Morissey, »die habe ich. Und es gibt nur eine einzige: daß nämlich ein Mann der Firma, die diese Anlagen gebaut hat, und der sich in den Besitz der Schlüssel und der Kombinationschiffre setzen konnte, diesen Einbruch von langer Hand vorbereitet und heute nacht durchgeführt hat.«

»Ein einziger Mann?« sagte Gracht. »Das glauben Sie doch selbst nicht. Der müßte ja ein Genie sein.«

Eberhard Morissey zuckte mit den Schultern. »Ich bin nach einer Erklärung gefragt worden«, sagte er. »Dies ist sie.«

»Und außerdem«, fügte Gracht hinzu, »müßten dann ja irgendwo im Hause Spuren davon gefunden worden sein. Aber das einzige Ergebnis der bisherigen Ermittlungen besteht darin, daß Sie für diese Nacht kein Alibi haben, daß Sie wußten, daß ein Einbruch stattgefunden hatte, schon ehe wir es überhaupt festgestellt hatten, und daß der Wachmann Weidenstock in Ihrem Zimmer einen Schuß abgefeuert hat. Sie werden unter diesen Umständen natürlich nicht überrascht sein, Herr Morissey«, fügte er dann hinzu, »daß ich Sie mitnehmen muß.«

Überrascht war Eberhard Morissey nicht. Und trotzdem war es ein elendes Gefühl zu sehen, wie der schmächtige Bursche zum Telefon ging und eine Nummer wählte, und zu hören, wie er nach kurzer Wartezeit, die Schnur um den Finger wickelnd, sagte:

»Den diensthabenden Staatsanwalt bitte ...«

Nachdem sie schon nicht zum Frühstücken gekommen waren, hatten Gracht und Ketterle im Anschluß an die Einlieferung Eberhard Morisseys im Untersuchungsgefängnis wenigstens ein Stehrestaurant aufgesucht, wo sie Mengen von Pommes frites und geschmorten Fleischwürstchen verzehrten. Gracht trank ein Bier und Ketterle einen Orangensaft.

Während des Essens bestellte Gracht sich noch eine große Portion Tomatensalat. Hinter der Theke an der Wand hing ein farbiges Plakat des Boxkampfes Thomson gegen Rausch, der morgen stattfinden sollte. Gracht starrte kauend und blicklos auf dieses Plakat, während Ketterle es mit einigem Interesse studierte.

»Ich bin gespannt, wann der in die Knie geht«, sagte Gracht und lud eine gewaltige Portion Salat in seinen Mund.

»Der?« sagte Ketterle. »Nie. Vor keinem Europäer. Und jetzt auf gar keinen Fall. Es ist einfach verrückt von Rausch, den Schwarzen in seiner Bestkondition herauszufordern. Gehen Sie hin?«

»Wohin?« sagte Gracht und sah seinen Kollegen desorientiert an.

»Na ja, ich meine ...«, sagte Ketterle und deutete mit dem Kinn auf das Plakat, »... ansehen sollte man sich schon, wie der den Rausch verprügelt.«

»Ach so«, sagte Gracht und warf einen flüchtigen Blick auf das Plakat. »Von dem reden Sie.«

»Natürlich«, sagte Ketterle, während er mit der Gabel einen Scheiterhaufen von Pommes frites zusammenstach und hochhob.

»Von dem reden doch heute alle.«

»Ich nicht«, sagte Gracht. »Ich rede von dem feudalen Bankdirektor. Von dem, der kein Alibi hat für die Zeit, wo er eines braucht.«

Ketterle ließ die Faust, mit der er die Pommes-frites-beladene Gabel hielt, wieder auf die Tischplatte sinken und sah Gracht an.

»Aber Gracht«, sagte er, »natürlich hat der eines.«

Gracht antwortete nicht sofort, sondern sah Ketterle ein wenig mitleidig an.

»Dann hätte er es ja sagen können«, murmelte er schließlich. »Nee, nee, das liegt doch alles offen auf der Hand.«

»Eben«, sagte Ketterle und kam jetzt endlich zu seiner Portion Pommes frites. »Viel zu offen.«

»Wie meinen Sie das?«

»Na, überlegen Sie doch mal«, sagte Ketterle. »Die erste Sorge von jemand, der so was plant, ist doch wohl ein sattelfestes Alibi. Wenn der mit der Sache was zu tun hätte, dann hätten wir sein Alibi erfahren, noch ehe wir ihn danach gefragt hätten. In solchen Fällen ist ein Alibi direkt verdächtig.«

Gracht schüttelte den Kopf.

»Und warum haben Sie dann der Festnahme nicht widersprochen, wenn Sie das glauben?«

»Mein Gott«, sagte Ketterle, »ich hatte ja keine Ahnung, daß Sie das im Ernst meinen. Natürlich müssen wir ihn festsetzen, um zu erfahren, wo er war. Und nach einem Weekend im Untersuchungsgefängnis wird er es uns sagen.«

»Glauben Sie denn vielleicht das Märchen von der Tresorfirma?« sagte Gracht mißtrauisch.

»Das weiß ich nicht«, sagte Ketterle. »Aber nach meiner Meinung müssen wir einen Mann suchen, der ein Alibi hat. Was für eine Theorie haben Sie sich denn gebildet, Gracht? Schießen Sie mal los.«

»Sie ist noch nicht ganz fertig«, sagte Gracht, der soeben seine Tomaten aufgegessen und den Teller weggeschoben hatte. »Aber ich denke an den Shrinkley-Fall.«

»An den Shrinkley-Fall?« sagte Ketterle. »Aha. Und was war da?«

»Haben Sie denn nicht den Großen Schlaffert gelesen?« wollte Gracht wissen.

»Zu meiner Zeit gab es noch keine Lehrbücher der Kriminalistik. Aber erzählen Sie mal.«

»Shrinkley war der Direktor einer Bank in St. Louis«, sagte Gracht. »Er unterschlug so viel Geld, daß er bald aufplatzen mußte. Da fingierte er einen Einbruch in die eigene Bank, die Versicherung bezahlte und, Hokuspokus, das fehlende Geld war wieder da.«

»Und wie hat man ihn gefaßt?«

»Er hat es sechs Jahre später im Suff jemand erzählt«, sagte Gracht und trank sein Bier aus.

»Ich verstehe«, sagte Ketterle. »Und so lange wollen Sie nicht warten.« Gracht warf dem Kollegen einen zornigen Blick zu.

»Und welches ist dann das Glied, das Ihnen noch fehlt?« beeilte Ketterle sich deshalb hinzuzufügen.

»Na, das ist doch klar«, sagte Gracht. »Wenn das gestohlene Geld nicht wiederauftaucht, ist es der glatte Beweis. Und sagen Sie ja nicht, zu so was wären diese Burschen hier nicht fähig. Die wären zu noch viel mehr fähig, wenn wir keine Gesetze hätten.«

»Schon«, sagte Ketterle. »Aber nach dem persönlichen Eindruck möchte man es ihm nicht zutrauen.«

Gracht zog, den Mantel zurückschlagend, seine Börse aus der rückwärtigen Hosentasche, um zu bezahlen.

»Doktor Grippen«, sagte er, »wurde von aller Welt für einen feinfühligen Schöngeist gehalten. Und doch ermordete und zerstückelte er seine Frau, um mit seiner Geliebten nach Amerika zu gehen. Der persönliche Eindruck besagt gar nichts. Auf die Tatsachen kommt es an.«

»Sie haben Ihren Schlaffert wirklich aufmerksam gelesen«, sagte Ketterle bewundernd.

»Es spricht nichts dagegen«, sagte Gracht, »daß ein Mann wie Morissey ihn vielleicht auch gelesen hat.«

Ketterle wiegte zweifelnd den Kopf.

»Nach Ihrer Theorie hätte also Morissey entweder Schulden oder Laster, entweder schon vorher Geld unterschlagen oder sich heute nacht Geld aus dem eigenen Tresor geholt. Dann hätte Weidenstock ihn in seinem eigenen Zimmer gestellt und wäre von Morissey erschlagen worden, nachdem er auf ihn gefeuert hatte.«

»Genau«, sagte Gracht. »Weidenstock hatte ihn gesehen. Es blieb ihm gar nichts anderes mehr übrig.«

Die beiden Männer bezahlten ihr Essen und wendeten sich dem Ausgang zu.

»Was wollen Sie also jetzt tun?« sagte Ketterle.

»Ich werde den Fall so behandeln, wie ich ihn sehe«, sagte Gracht. »Die Ergebnisse von Zimmermanns Untersuchungen müssen inzwischen vorliegen. Ich werde sie prüfen und einen Bericht schreiben. Und Sie?«

»Ich?« sagte Ketterle, während er die Schwingtür aufstieß. »Ich werde mich mal eine halbe Stunde mit Morisseys Frau unterhalten.« Daß Gracht bei dieser Eröffnung mitleidig lächelte, störte ihn nicht, und hielt ihn auch von seinem Entschluß nicht im mindesten ab.

Indessen fuhr Kommissar Johannes Gracht zurück zum Präsidium. Die Ergebnisse von Zimmermanns Tatortuntersuchung waren mehr als dürftig. Nicht ein einziger firmenfremder Fingerabdruck war gefunden worden, kein Zigarettenrest, kein Aschestäubchen, kein Streichholz, nicht die geringste Faser eines Anzugstoffes, nichts. Nur das Einschußloch in der Wand von Morisseys Zimmer. Aber dieser Schuß war aus Weidenstocks Pistole gekommen, und Weidenstock, der einzige Mensch, der vielleicht hätte sagen können, warum und auf wen er abgegeben worden war, war tot.

Nur ein einziges Ergebnis der Ermittlungen war von Bedeutung. Zimmermanns Leute hatten Anzeichen entdeckt, daß jemand das Bankgebäude durch das Fenster in Morisseys Zimmer mittels eines Seiles verlassen hatte. Sie waren darauf gestoßen, als die Putzfrau festgestellt hatte, daß das Fenster nicht verriegelt gewesen war. Draußen auf den Simsen und Ausladungen der Außenwand hatten sie dann Spuren entdeckt, wo der seit Jahren angesammelte Taubendreck abgescheuert und gelöst worden war, und zwar genau dort, wo man ein Seil laufen lassen mußte, wenn man sich aus dem Fenster auf die Straße hinablassen wollte.

Gracht ließ sich das alles von Zimmermann zweimal schildern. Dann pfiff er durch die Zähne.

»Mensch, Kerl«, sagte er zu Zimmermann, »das ist genau, was mir noch fehlt. Irgendwie muß Morissey ja aus der Bude ausgekommen sein, ohne daß Alarm ausgelöst wurde. Jetzt habe ich ihn. Du kannst mir gratulieren. Ich freue mich auf Ketterles Gesicht, wenn er das hört. Der hat nämlich was für Bankdirektoren übrig, weißt du ...«

Dann hatte Gracht sich eine Zigarette angesteckt und seinen Fall, behaglich im Sessel zurückgelehnt, noch einmal in allen Einzelheiten überdacht, ehe er damit begonnen hatte, seinen Ermittlungsbericht aufzusetzen. Für ihn gab es in diesem Augenblick nicht mehr den geringsten Zweifel.

Zu dem Zeitpunkt, da sich Gracht an seine Berichte machte, saß Aristide in dem Zimmer, das Rod und Lenora ihm gemietet hatten, hatte die Beine auf den Tisch gelegt, rührte in einer Tasse Kaffee und hörte Radio. Natürlich brachten sie schon in den Fünf-Uhr-Nachrichten eine Meldung über den Einbruch in der Handels- und Kreditbank. Aristide hatte den stereotypen Satz »Von den Tätern fehlt bisher jede Spur« schon so oft in Nachrichtensendungen gehört, daß er glaubte, falsch verstanden zu haben, als der Sprecher sagte, eine Festnahme sei bereits vorgenommen worden. Dem Vernehmen nach handle es sich um einen Angestellten der Bank. Aber der Mann verweigere bisher jede Aussage.

Als Aristide begriff, daß er sich nicht verhört hatte, stellte er die Tasse, ohne getrunken zu haben, zurück auf den Tisch, stand auf und zündete sich eine Zigarette an. An alles, wirklich an alles hatten sie gedacht. Nur das Nächstliegende hatten sie nicht in Betracht gezogen, nämlich daß auf Morissey ein Verdacht fallen könnte. Aristide hatte bereits ein ungutes Gefühl gehabt, als Rod sich gerade Morisseys Zimmer für den Rückzug ausgedacht hatte. Aber Rods technische Überlegungen hatten gestimmt und sich bewährt. Die unglückselige Schlägerei in Morisseys Zimmer hatte den ganzen Plan von Grund auf verändert. Eine Zigarette an der anderen entzündend, wanderte Aristide in dem kleinen Zimmer auf und ab. Jetzt hatten sie Morissey in der Mühle. Und Morissey hatte, natürlich ohne es auch nur zu ahnen, den Schlüssel zu seinem und zu Rods Schicksal in der Hand. Er und seine Frau. Natürlich, die Frau auch.

Aristide drückte die Zigarette jetzt in dem verschnörkelten Wasserfang unter dem altmodischen Fenster aus. Er verfluchte sich, mit Rod übereingekommen zu sein, für die ersten Tage nach dem Einbruch jegliche Verbindung abzubrechen. Er konnte nur hoffen, daß Rod auch Radio gehört hatte und Bescheid wußte. Und wenn Rod Bescheid wußte, wer würde dann handeln? Rod oder er selbst? Er saß hier festgenagelt in diesem altertümlichen ungemütlichen Zimmer, und alles kam darauf an, daß ihn niemand in der Stadt sah, ehe er nicht am nächsten Donnerstag gegen sechs Uhr zum zweitenmal mit dem Urlauberzug aus dem Balkan im Hauptbahnhof ankam und sein Bett draußen in der Baracke in Fuhlsbüttel wieder bezog. Er konnte es einfach nicht riskieren, das Zimmer bis zu diesem Tag zu verlassen. Und Rod kam erst am Montagabend zurück. Aber auch dann würde er keine Verbindung mit ihm aufnehmen.

Aristide zündete sich eine dritte Zigarette an und begann wieder im Zimmer hin und her zu wandern. Hoffentlich macht Rod keinen Fehler, dachte er. Hoffentlich macht er keinen Fehler, hoffentlich geht alles gut.

Vom Abhören des Radios war Rod Zlamitzer allerdings weit entfernt. Das kleine schmucke Motel lag etwas abseits der Hauptverbindungsstraße von Sonderburg nach Apenrade, umstanden von melancholischen Weiden, an einem kleinen, stillen, noch winterlichen See, dessen übrige Ufer mit fast schwarzem Fichtenwald bestanden waren, eine Seltenheit für diese Gegend. Die Reisezeit hatte noch nicht begonnen, und Rod und Lenora waren die einzigen Gäste in diesem Motel. Draußen im Speiseraum war es dunkel, und niemand verlangte nach Jan Soereken, mit dem sie zusammen in dem Zimmer saßen, das Soereken sich als Büro und Aufenthaltsplatz vorbehalten hatte. Rod hatte ohne besonderen Aufhebens zwei Bündel Banknoten vor Soereken hingelegt.

»Zähl nach«, sagte er. »Ein ganz schönes Geld für ein bißchen Erinnerungsschwund, oder? Damit kannst du auf jeden Fall die Hypothek wegräumen.«

»Alles dafür, daß du seit vorgestern abend ununterbrochen hier warst?« sagte Soereken. »'ne ganze Menge, das muß ich sagen.«

»Alles dafür«, sagte Rod. »Du siehst, ich halte Wort.«

»Na ja«, sagte Soereken, »alles andere interessiert mich nicht.«

Er stand schwerfällig auf, verwahrte das Geld in einem Wandschrank.

»Eben«, sagte Rod. »Darauf kommt es an.«

»Für dich tu ich es ja weniger als für Lenora«, sagte Soereken.

»Er liebt mich immer noch«, sagte Lenora.

»Du könntest das alles hier haben«, sagte Soereken. »Und ein friedliches Leben dazu.«

»Ein friedliches Leben«, sagte Lenora. »Dazu bin ich zu jung.«

»Und zu schön«, sagte Rod.

»Wo kann man hier ein bißchen schwofen, Jan?« sagte Lenora. »Wir sind in der Stimmung dazu.«

»Fahrt rüber nach Ulderup«, sagte Jan. »Da gibt es einen Park mit Pavillons, Buden, Rummel und Musik.«

»Na, dann woll'n wir mal«, sagte Rod, schloß den Reißverschluß seines Lumberjacks und half Lenora in den Mantel. »Oder hast du doch keine Lust?« Lenora antwortete nicht und nahm ihre Tasche an sich.

Roderich Zlamitzer kannte seine Frau. Er las ihre Gedanken und war nicht weiter überrascht, als sie genau von dem anfing, wovon er gedacht hatte, daß sie anfangen würde:

»Mußten es unbedingt ganze zwanzigtausend sein?« sagte sie, als sie neben ihm im Wagen saß und fröstelnd den Mantelkragen hochschlug.

»Na ja«, sagte Rod, »er ist kein schlechter Bursche. Ein Mann mit Grundsätzen. Aber schwach. Es mußte schon genügend sein, um ihn an der Schwäche zu packen.«

»Aber zwanzigtausend«, sagte Lenora. »Mein Gott, ist das eine Summe.«

Rod sah sie für eine Sekunde von der Seite her an.

»Die wird es dir doch wert sein, reich zu sein. Und vor allem, reich zu bleiben«, fügte er hinzu, als es ihm gelungen war, an einem mit stark blendenden Scheinwerfern entgegenkommenden Lastzug vorbeizusteuern.

»Du hättest es ihm später auch noch geben können, wenn feststeht, daß alles gutgegangen ist.«

Rod lachte behaglich.

»Du verstehst wirklich nichts davon, Lenora«, sagte er. »Er hat es genommen. Und damit ist er wegen Begünstigung dran. Jetzt kann er nicht mehr raus.«

»Und wenn sie noch mehr aussetzen, um die Beute wiederzubekommen?«

Rod lachte noch einmal und räusperte sich dann.

»Das tun sie nur in England. Hierzulande sind sie dazu zu geizig. Sie meinen, sie kriegen sie auch so. Gibst du mir noch mal eine Zigarette?«

Lenora kramte die Packung aus ihrer Handtasche, zündete erst Rod und dann sich selbst eine Zigarette an und starrte schließlich wie Rod durch die Scheibe auf die Straße vor ihnen, die die Scheinwerfer ungeduldig und beharrlich aus einem Trichter rasch vorbeihuschender Alleebäume zauberten.

Sie war froh, als schließlich die Lichter von Ulderup auftauchten und wenig später das bunte Geflirr der Lampenketten, Leuchtschriften und Karussells des Parks, zu dem sie wollten. Etwas außerhalb stellte Rod den Wagen ab.

»Na, der wird seine Pflicht auch demnächst getan haben«, sagte Lenora, die den Wagen mitleidig betrachtete.

»Der, wieso?« sagte Rod und steckte die Schlüssel zu sich.

»Willst du den vielleicht noch lange fahren?« fragte Lenora. »Der ist das erste, was wegkommt.«

»Der ist das letzte, was wegkommt«, sagte Rod. »Dann kann ich gleich jedem auf die Nase binden, daß ich die Handels- und Kreditbank erleichtert habe. Glaubst du, die kommen nicht als erstes auf meine Firma?«

Sie gingen nebeneinanderher, quer durch den flimmernden, dröhnenden, kreischenden Talmiglanz des Rummelplatzes.

»Was willst du denn dann mit dem Geld machen, wenn du nicht mal 'nen neuen Wagen anschaffen willst?« sagte Lenora.

»Es ist genug, daß wir bequem von den Zinsen leben können«, sagte Rod. »In einiger Zeit sogar, ohne zu arbeiten.«

»Zinsen ...«, sagte Lenora. »Dann soll das also alles so weitergehen wie jetzt? Wenn ich das schon höre, Zinsen ...«

»Eines Tages können wir dann wegziehen, Lena«, sagte Rod. »Irgendwohin, wo uns keiner kennt ...«

»Wegziehen«, sagte Lenora in dem gleichen verächtlichen Ton, in dem sie vorhin das Wort »Zinsen« ausgesprochen hatte. »Ein Häuschen am Waldesrand vielleicht, Heimchen am Herd mit einem Bankkonto, Wertpapieren und Zinsen.«

Rod blieb stehen. Genau vor einem gleißenden Karussell, dessen elektrisches Klavier im Takt ruckartig agierender Barockpuppen einen hämmernden Rhythmus ausspie.

»Was stellst du dir denn vor, Lenora?« sagte er.

»Ich?« sagte Lenora. »Mein Gott, ich will leben. Leben, verstehst du? Wie die anderen auch. Ein Haus im Süden, mit Park und Jacht. Schmuck, Parties, Reisen. Ist das so schwer?«

»Ja, das ist schwer, mit so wenig Geld«, sagte Rod und empfand in diesem Augenblick quälend, daß er allmählich an die Fünfzig herankam.

»Wenig Geld? Du bist verrückt, Rod.«

»Ja, es ist wenig Geld, um von den Zinsen zu leben. Mit Schmuck, Parties und Reisen. Du hast ganz falsche Vorstellungen vom Reichtum.«

Lenora starrte ihren Mann an. Die Menschen, die nach einer Woche Arbeit ihre Zerstreuung in dem schreienden Rummel suchten, wogten um sie her, lachten, rempelten sie an und hasteten weiter.

Aber Lenora Zlamitzer starrte ihren Mann an.

»Du bist ein alter Idiot«, sagte sie schließlich verächtlich. »Warum hast du mich denn dann geheiratet? Warum hast du denn dann das alles getan? Du wirst alt und geizig. Genau wie die anderen Alten und Geizigen. Leben konntest du noch nie, du Schwächling.

Rod sah in ihr Gesicht, holte aus und schlug zweimal hart und kräftig zu. Er sah, daß Lenora lange brauchte, um zu begreifen, was soeben geschehen war. Dann tastete sie mit den Händen ihre Lippen ab und strich sich mechanisch das lange weizenblonde Haar zurück, das Rod so liebte.

»Das wirst du mir büßen«, murmelte sie.

Das ist mir egal, dachte Rod. Mach, was du willst. Du bist doch die Schwächere. Aber trotzdem war er ihr völlig verfallen. Lenoras wegen hatte er einen Mann erschlagen, sie gehörte zu ihm. Dafür würde er sorgen.

»Glaube ja nicht, daß du von mir wegkannst«, sagte er. »Komm jetzt. Du wolltest doch tanzen.«

»Und wie stellen Sie sich vor, daß der Mann in das Gebäude gekommen ist?« sagte Gracht. »Irgendwie muß er ja reingekommen sein, ohne daß ihn einer gesehen hat.«

Eberhard Morissey stand hinter der Tür, hinter der am Freitag abend Aristide und Rod um Punkt zehn Uhr darauf gewartet hatten, daß Weidenstock mit seinem Rundgang begann. Um ihn herum standen Gracht, Kommissar Ketterle, Zimmermann von der KTU und Albrecht Kübler, bis auf Kübler alle in Mänteln, die Hüte auf dem Kopf. Alle starrten ihn an und warteten auf seine Antwort.

Es war nicht seine eigene Idee gewesen, den Einbruch zu rekonstruieren. Sie hatten ihn einfach dazu getrieben. Wenn er schon eine so genaue Vorstellung habe, wie das alles vor sich gegangen sei, dann solle er es doch einmal vorführen. Und Morissey hatte keine andere Wahl gehabt.

Ziemlich genau hatte er den Weg, den Aristide und Rod gemacht hatten, nachvollzogen. Natürlich wußte er nichts von dem Anruf Rods, um festzustellen, ob er, Morissey, auch tatsächlich so beschäftigt war, daß keine Gefahr bestand, daß er in die Bank kam. Er dachte in diesem Augenblick auch gar nicht an diese Anrufe.

»Nun«, wiederholte Gracht, »Sie haben uns noch nicht verraten, wie der Mann hier ins Haus gekommen sein kann.«

»Mein Gott«, sagte Morissey, »ganz harmlos, als Kunde. Vielleicht mit steifem Hut und Regenschirm. Wenn er die Schlüssel hatte, konnte er leicht nach oben in die Bürostockwerke und auch auf den Dachboden kommen.«

Morissey starrte, wie schon so oft, in das mitleidige Lächeln auf den Gesichtern um ihn her.

»Hm«, lachte Gracht und sah auf die Uhr. »Darüber werden wir später noch mal sprechen. Jetzt ist es zehn Uhr. Weidenstock macht sich fertig zu seinem Rundgang.«

Der Kriminalbeamte, der in der Zentrale den nächtlichen Wachmann markierte, verhielt sich genauso, wie dessen Vorschriften es erforderten. Er schaltete die Telefonanlage vor den Augen des verdutzten Mädchens auf Hausruf, verließ den Raum, verschloß ihn und schritt den Flur in Richtung auf die Haupthalle entlang. Am anderen Ende öffnete Morissey mit dem Hauptschlüssel die Tür gegenüber, und die Männer betraten den Flur.

Während Morissey, vielleicht weniger exakt und vielleicht auch ein wenig langsamer als damals, alles tat, was auch Rod getan hatte, spürte er deutlich, wie diese Rekonstruktion, zu der er sich hatte bereitfinden müssen, das Netz um ihn selbst immer enger und enger zog. Niemand sprach es aus, aber Morissey empfand fast körperlich, als er jetzt die Hebel der Sicherheitsanlage in die richtige Stellung brachte, daß jeder der Anwesenden dachte, so, und zwar genauso müsse es gewesen sein.

Die einzige Schwierigkeit bereitete seiner Phantasie, genau wie Rod und Aristide, die Schutztür zum Tiefkeller. Tresor und Stahlfachkammer waren für diese eine Stunde während des Versuchs, jetzt am Montag vormittag, für den Publikumsverkehr geschlossen.

Eberhard hatte die Tür zusammen mit dem Chefingenieur von Sekurostahl mittels des dazugehörigen Schlüsselpaares geöffnet. Ihr Flügel ragte weit in den Flur, in dem die Männer standen.

»Schön«, sagte Gracht. »Und dann?«

Nach einer Weile meinte der Ingenieur:

»Sie muß während der ganzen Zeit, in der sich die Burschen da unten aufgehalten haben, so stehengeblieben sein. Denn von innen läßt sie sich nicht öffnen. Sehen Sie …«

Der Mann fuhr mit den Fingerspitzen über die völlig glatte Innenfläche der Stahltür. »… und die Riegel rasten ein, sobald sie zuschlägt.«

»Ich weiß«, sagte Gracht. »Wie lange dauert der Rundgang des Wachmannes?«

»Elf Minuten«, sagte Eberhard, und Gracht nickte.

»In elf Minuten mußten also unten das Gitter zurückgeschoben, der Tresor geöffnet, zweieinhalb Millionen eingepackt, Tresor und Gitter wieder geschlossen, diese Tür hier versperrt worden und die Männer da drüben zur Haupthalle hin verschwunden sein. Denn in dem Augenblick, in dem Weidenstock hier vorne wieder hereinkam, mußte er die offene Schutztür sehen und über alles im Bilde sein.«

»Sie haben recht«, sagte Albrecht Kübler. »Das ist unmöglich.

»Ja«, sagte Gracht trocken. »Eben. Und so war es auch nicht.«

»Wie war es aber dann?« sagte Kübler. »Haben Sie vielleicht eine Erklärung?«

»Es tut mir leid, Herr Kübler«, sagte Gracht, »aber ich habe eine. Sie ist natürlich nicht schön, aber ich habe eine. Und sie ist die einzig mögliche.«

»Na, dann reden Sie schon«, sagte Kübler.

»Der Mann stand«, sagte Gracht, »mit erhobenem Schlagwerkzeug dort drüben hinter der Tür, durch die Weidenstock nach neun Minuten wieder in diesen Flur kam, und schlug ihn bewußtlos. Dann vollzog er alles, was Herr Morissey uns soeben vorgeführt und erklärt hat, steckte danach Weidenstock in die Stahlkammer, verschloß sie und ging mit Weidenstocks Revolver hinauf in Herrn Morisseys Zimmer, wo er in die Wand schoß und die Waffe unter einen Stuhl warf.«

»Und warum soll er das alles getan haben?« sagte Morissey. »Haben Sie dafür auch eine Erklärung?«

»Ja«, sagte Gracht, »die habe ich. Wenn Weidenstock nämlich in Ihrem Zimmer geschossen hat, dann muß er in Ihrem Zimmer auch noch gelebt haben. Dann muß er auch in Ihrem Zimmer erschlagen worden sein. Dann war es für einen einzelnen Mann unmöglich, den fünfundneunzig Kilo schweren Weidenstock zwei Geschosse abwärts in den Keller zu bringen. Dann konnte es also nicht nur einer, sondern es mußten zwei Männer gewesen sein, und damit schieden Sie ein für allemal aus, Herr Morissey.«

Gracht sah von einem der Männer zum anderen, zuletzt wieder auf Morissey. »Oder irre ich mich da? Ist daran irgend etwas unlogisch?«

Aber nicht einmal Eberhard Morissey konnte mit einer auch nur annähernd einleuchtenden Begründung behaupten, daß an dem, was Gracht sagte, irgend etwas unlogisch war.

»Wenn Sie jetzt auch noch erklären könnten, warum das alles in Herrn Morisseys Zimmer vor sich gegangen ist«, sagte Ketterle nach einer Weile, »dann könnten Sie behaupten, eine glaubhafte Version gefunden zu haben. Aber da klafft ein Loch.«

Grachts Auge leuchtete triumphierend, als er es auf Ketterle richtete.

»Nein«, sagte er, »es klafft kein Loch. Der Mann hat nämlich, nachdem das alles geschehen war, durch das Fenster in Herrn Morisseys Zimmer das Bankgebäude mittels eines Seils verlassen, ohne die Alarmanlage auszulösen. Er wußte, daß das von diesem Fenster aus zwischen Säulenornamentik und Mauervorsprüngen völlig gefahrlos möglich war. Unsere KTU hat diesen Sachverhalt ermittelt und auch bewiesen.«

Gracht genoß das sekundenlange Schweigen wie ein berauschendes Getränk.

Dann wendete er sich an Eberhard:

»Wollen Sie wirklich noch immer leugnen, Herr Morissey?«

»Ich werde, was ich zu sagen habe, dem Richter sagen«, antwortete Morissey. »Vorausgesetzt, daß das, was Sie sich da zusammenreimen, überhaupt so lange hält.«

Gracht schüttelte den Kopf, als habe er so viel sinnlose Renitenz noch nie in seinem Leben gesehen.

»Schön«, sagte er dann, »wie Sie wollen. Dann werden wir jetzt mal die Vorgänge oben in Ihrem Zimmer rekonstruieren. »

Diskret begleitet von dem uniformierten Polizisten, der Eberhard aus dem Gefängnis hierher gebracht hatte, durchschritten die Männer den Flur und erreichten die Tür zur Haupthalle.

Mitten zwischen den Leuten, die auf die Öffnung des Tresors warteten, sah Eberhard Morissey Bayar stehen. Und es konnte sich nur um Sekunden handeln, daß Bayar auch ihn sehen würde. Und was sie dann tun würde, war bei ihrer Impulsivität und ihrem Temperament nicht im entferntesten vorauszuberechnen.

Wenn Bayar jetzt herübersah, würde sie ihm die Klinge aus der Hand schlagen, und er würde nicht mehr der Herr seiner eigenen Entschlüsse sein. Und er hatte sie noch selbst gebeten, um diese Zeit zu kommen, aus einer lächerlichen Besorgnis um ihr bißchen Schmuck. Aber wie hätte er auch wissen sollen, daß es an diesem Vormittag schon längst nicht mehr um eine solche Lappalie, sondern um zweieinhalb Millionen und den Tod eines Mannes gehen würde.

Aber Bayar stand von ihm abgewendet, und es fiel Eberhard schwer, zu entscheiden, ob sie ihn nicht sah oder nicht sehen wollte. Die Herren wendeten sich zur Treppe. Kübler hatte Kommissar Gracht halblaut gefragt, ob der Tresor freigegeben werden könne, und Gracht hatte nach kurzer Überlegung nichts dagegen einzuwenden gehabt. Mit einer Handbewegung hatte Kübler einen Angestellten angewiesen, den Kundenverkehr nicht mehr zu behindern. Morissey wischte sich mit seinem Taschentuch den Schweiß von der Stirn und fühlte seine Knie ungewohnt weich, als er zwischen den anderen Herren die geschwungene Treppe hinaufstieg, wo jetzt in seinem eigenen Arbeitszimmer im ersten Stock die Vernehmung ihren Fortgang nehmen sollte.

Grachts Argumente unten an der Schutztür zum Tiefkeller hatten Morissey einen tiefen Schock eingejagt. Aber er hoffte noch immer, daß sich das Verbrechen in seiner wirklichen Gestalt aufklären lassen würde. Alles war ja eingeleitet worden, was in solchen Fällen einzuleiten war. Man hatte sämtliche Leute von Sekuro-Stahl im Auge und war dabei, ihre Alibis nachzuprüfen. Man vernahm pausenlos alle Angestellten der Bank. Interpol ermittelte, durch Computer unterstützt, ob irgendwo auf der ganzen Welt jemals ein Bankeinbruch mit ähnlichen Tatbestandsmerkmalen begangen worden war. Alle Banken und Geldinstitute waren aufgefordert, größere oder verdächtige Kontoneröffnungen, Devisentransaktionen oder Einzahlungen zu beobachten und zu melden. Alle bekannten Professionellen, die in den letzten zehn Jahren Bankeinbrüche begangen hatten, wurden auf ihren Aufenthaltsort hin überprüft. Selbst bei der Polizei vernachlässigte man also nichts, was zu einer Aufklärung der Vorgänge führen konnte, für den Fall, daß man ihm, Eberhard Morissey, die Täterschaft doch nicht würde nachweisen können. Es war nur die persönliche Marotte dieses jungen Kommissars, der sich seine Sporen verdienen wollte, und das schlimmste war, daß der Teufel der Indizien mit ihm und seinen handfesten und entwaffnenden Argumenten im Bunde zu stehen schien.

Gracht hatte soeben bei geöffnetem Fenster die Spuren demonstriert, die es als zweifelsfrei erscheinen ließen, daß das Haus auf diesem Weg unter Zuhilfenahme eines Seiles verlassen worden war, und hatte danach nochmals seine ganze Theorie vorgetragen.

»Sie haben selbstverständlich die Möglichkeit, sich zu entlasten«, sagte er jetzt zu Morissey. »Aber Sie haben in dieser Richtung sehr wenig zu sagen.«

Er sah Morissey wartend einige Sekunden an.

»Denken Sie daran«, sagte während der entstehenden Pause Albrecht Kübler, »daß meine Nichte gegen zehn Uhr an diesem Abend hier angerufen hat und daß Weidenstock ihr sagte, ihr Mann sei nicht im Hause. Mein Neffe war in Herrn Morisseys Wohnung Zeuge dieses Gesprächs.«

»Ich sagte Ihnen doch schon mehrfach«, antwortete Gracht, »daß Weidenstock tot und alles, was er aussagen könnte, quasi nicht geschehen ist. Es ist doch wohl verständlich, daß die Ehefrau und der Schwager alles tun, um Herrn Morissey aus der Sache rauszuhelfen. Aber Herr Morissey hat kein Alibi und die Indizien sprechen gegen ihn. Wenn er nichts anderes vorzubringen hat ...«

Gracht zuckte bedauernd mit den Schultern.

»Ich möchte Sie gern ein paar Minuten unter vier Augen sprechen«, sagte plötzlich Kommissar Ketterle, während alle anderen schwiegen. »Vielleicht draußen auf dem Flur.«

Eberhard nickte und verließ mit dem Kommissar das Zimmer, gefolgt von dem uniformierten Polizisten, der sich im Korridor mit auf dem Rücken verschränkten Händen in einiger Entfernung postierte.

»Es ist ernst, Herr Morissey«, sagte Ketterle. »Die Indizien gegen Sie sind nicht umzuwerfen. Aufgrund dieser Indizien wird es zum Verfahren kommen. Bis dahin bleiben Sie in Haft. Wollen Sie das alles auf sich nehmen?«

»Was soll ich denn tun?« sagte Eberhard.

»Nennen Sie Ihr Alibi«, sagte Ketterle.

Eberhard sah ihn eine Weile schweigend an.

»Sie glauben mir also?« sagte er dann. Ketterle hob die Schultern.

»Sie müssen Ihr Alibi nennen. Dann wird man weitersehen.«

»Sie kennen Herrn Kübler nicht«, sagte Morissey. »Wenn ich das tue, ist meine Laufbahn bei dieser Bank beendet. Und für diesen Posten hier habe ich hart gearbeitet. Zwölf Jahre. Das ist nicht so leicht, wie Sie meinen. Von meiner Ehe ganz abgesehen.«

»Hören Sie«, sagte Ketterle, »ich habe gestern über eine Stunde mit Ihrer Frau gesprochen. Es war eine sehr persönliche Unterredung. Wenn Sie mit ihr sprechen wollen, kann ich mich dafür verwenden.«

Die beiden Männer schritten jetzt nebeneinander auf dem Korridor auf und ab. Schließlich blieb Eberhard stehen, und Ketterle folgte seinem Beispiel.

»Und Sie glauben, ich komme nicht darum herum?« sagte Eberhard.

»Der Haftbefehl bleibt bestehen«, sagte Ketterle, »daran gibt es keinen Zweifel. Mindestens, bis man die Täter hat. Und wenn das nicht geschieht, können Sie auch verurteilt werden. Darüber müssen Sie sich klar sein.«

Wieder schwieg Eberhard lange.

»Und meine Frau kennt meine Lage?« sagte er dann.

»Sie haben eine prachtvolle Frau, Herr Morissey«, sagte der Kommissar, ohne auf Eberhards Frage einzugehen. »Ich würde es an Ihrer Stelle versuchen.«

»Kann ich sie anrufen?« sagte Eberhard nach nochmaligem langen Schweigen.

»Selbstverständlich«, sagte Ketterle. »Sie können sie hereinbitten und alleine mit ihr sprechen. Auch mit ihrem Onkel.«

Noch während Ketterle sprach, hatte Albrecht Kübler die Tür zu Morisseys Zimmer geöffnet.

»Ein Anruf«, sagte er zu Ketterle. »Es ist für Sie. Das Präsidium ist am Apparat.«

Der Kommissar betrat das Zimmer.

»Der Chef«, sagte Gracht. »Er will Sie persönlich. Sicher möchte er über das Ergebnis informiert werden.«

Ketterle nahm den Hörer von der Schreibtischplatte hoch und nannte seinen Namen. Dann schwieg er und hörte zu, was sein Gesprächspartner ihm mitteilte.

»In Ordnung«, sagte er schließlich und legte auf. »Ich werde sofort losfahren.«

»Na?« sagte Gracht, als Ketterle sich umwendete. »Was wollte er denn?«

»Er will, daß ich sofort ins Präsidium fahre«, sagte Ketterle trocken. »Der Mann, der den Einbruch begangen hat, sitzt in meinem Büro. Ein Zyprer griechischer Abstammung. Er hat sich freiwillig gestellt, als er von Weidenstocks Tod erfuhr.«

Durch das Schweigen, das entstand, hörte man den Verkehrslärm von der Straße herein und leise und entfernt die Geräusche des Geschäftsbetriebes aus dem Stockwerk. Irgendwo läutete gedämpft ein Telefon, jemand diktierte monoton und leiernd einen Brief. Grachts offener Mund schien sich zu seinen Lebzeiten überhaupt nicht mehr schließen zu wollen, und die Unterlippe hing feucht und schlaff herab.

»Na, dann ist dieser Fall ja wohl abgeschlossen«, sagte endlich Albrecht Kübler. Kommissar Gottfried Cäsar Ketterle antwortete nicht, während er seinen Hut aufsetzte, um mit Gracht ins Präsidium zu fahren. Aus verschiedenen Gründen hatte er das deutliche Gefühl, daß dieser Fall jetzt überhaupt erst richtig begann.

Kommissar Hornschuh stand mit dem Rücken gegen das Fenster gelehnt und hatte die Arme vor der Brust gekreuzt. Manchmal nahm er sie auseinander, um die Asche der Zigarette abzutippen, die zwischen seinen Lippen klebte. Kommissar Ketterle stand mitten im Zimmer, die Hände in die Taschen seiner Hose geschoben, das Jackett zurückgeschlagen, und sah auf Aristide herunter. Gracht befand sich in der Nähe des Aktenschrankes, hatte einen Fuß auf einen Stuhl gesetzt, das Kinn in die eine Hand gestützt, während die andere unablässig und rhythmisch klimpernd mit einem Schlüsselbund spielte. Ihre Fragen prasselten seit einer Stunde auf Aristide herunter wie Regenschauer. Sie hatten erfahren, wie der Einbruch angelegt und durchgeführt worden war. Aristide hatte ihnen jede Einzelheit so willig geschildert, als bekäme er Geld dafür. Nichts, aber auch nichts hatte dieser Mann verschwiegen, und Gracht hatte vor Staunen große Augen bekommen.

»Eine Phantasie hat dieser Bursche ..., sagte er zu Ketterle. »Der?« sagte Ketterle und deutete mit dem Kinn in Richtung auf Aristide. »Ausgedacht hat sich das doch der andere.«

»Ich meine Morissey«, sagte Gracht. »Woher wußte er nur so genau, wie die es gemacht haben?«

»Es konnte nur so sein«, sagte Ketterle. »Morissey hatte eben recht.«

Gracht wendete sich wieder an Aristide: »Also los, Freundchen, wo habt Ihr euch kennengelernt? Du und dein Komplice?«

»In einer Kneipe in Barmbek«, sagte Aristide. »Beim Modellautorennen. Da habe ich was los, sage ich Ihnen. Seine Frau war auch mit dabei. Ich erzähle ihm, daß ich vom Elektrischen was verstehe. Schwachstromtechnik und so. Und da kriegt er ganz große Augen. So einen sucht er schon lange, sagt er, und zieht mich dann mit nach draußen. Er hätte an einer Bank mitgebaut, sagt er. Tresoranlage und so. Er kennt das ganze Haus und hat Abdrücke von allen Schlüsseln. Nur mit dem Elektrischen hatte er Angst. Und ob ich nicht mitmachen wolle.«

»Da war aber die Frau nicht mit dabei?« unterbrach ihn Hornschuh und nahm die Zigarette aus dem Mund.

»Nein«, sagte Aristide. »Die weiß überhaupt nichts davon. Frauen ...«, fügte er dann abschätzig hinzu, und man sah ihm an, daß er wahrscheinlich ausgespuckt hätte, wäre er nicht vor einer Behörde gestanden.

»Aha«, sagte Gracht. »Und wie heißt der Gute?«

Die drei Beamten erwarteten natürlich nicht, auf diese Frage eine Antwort zu erhalten.

»Zlamitzer«, sagte Aristide, »Rod Zlamitzer«, und die Männer starrten ihn, während sie ihre Haltung änderten, überrascht an.

»Aber wo sich Zlamitzer im Augenblick aufhält, das weißt du nicht zufällig?« sagte Hornschuh nach einer Pause.

»Genau natürlich nicht«, sagte Aristide. »Aber er ist mit seiner Frau in Dänemark. Die stammt daher, wissen Sie. Heute abend will er zurückkommen.«

»«Der wird sich aber freuen«, sagte Hornschuh.

»Wenn es stimmt«, murmelte Gracht.

»Nur eines verstehe ich nicht«, sagte Kommissar Ketterle. »Was kann einen Mann, der eben eine und eine Viertelmillion erbeutet hat und der alle Aussicht gehabt hätte ...«

»Wieviel?« sagte Aristide.

»Zweieinhalb Millionen habt Ihr rausgeholt«, sagte Gracht.

»Nun sag nur noch, das weißt du nicht.«

»Wir haben noch nicht mal Zeit zum Nachzählen gehabt«, murmelte Aristide erschüttert.

»Nun zieh mal bloß keine Schau ab, Kerlchen«, sagte Hornschuh.

»Ich schwöre Ihnen ...«, sagte Aristide, und Ketterle setzte seinen begonnenen Satz fort:

»... und der alle Aussicht gehabt hätte, mit dem Geld unerkannt außer Landes zu gelangen, dazu veranlassen, sich in die Trambahn zu setzen und hierher zu kommen?«

»Mit dem Geld?« sagte Aristide düster. »Von dem Geld habe ich noch keine Kopeke gesehen. Das hat alles Rod unter sich. Keinen Heller.«

»So«, sagte Gracht. »Rod, Rod ist der Zeremonienmeister, nicht wahr? Von Anfang bis Ende ... alles Rod ...«

Aristide zuckte mit den Schultern.

»Na ja«, sagte er, »der hat's eben da drin …«Er deutete mit dem Zeigefinger an die Stirn.

»Und warum sind Sie dann hier?« sagte Ketterle.

»Wegen dem Mann«, sagte Aristide. »Wir wollten keinen umlegen, wissen Sie. Wir hatten nicht mal eine Waffe mit. Aber wie der dann zu schießen anfing, schlug Rod eben zu. Zu fest schlug er zu. Mir war's ja gleich nicht recht. Aber dann war er eben tot.«

»Gewissen, wie?« sagte Hornschuh, und Aristide zuckte mit den Schultern.

»Und wer kam auf den Gedanken, ihn in den Tresor zu schließen?« sagte Ketterle.

»Rod«, sagte Aristide. »Sie durften ihn nicht so schnell finden, wenn es nun schon mal passiert war.«

»Aber er war schon tot, als Ihr ihn runterschlepptet?« sagte Ketterle. »Ist denn keiner von euch auf den Gedanken gekommen, er könnte noch leben?«

»Doch«, sagte Aristide nach langem Zögern. »Rod. Wenn er noch lebt, dann ist er da drin am besten aufgehoben, sagte er.«

»Aber daran, daß er da drin ersticken könnte, hat keiner von euch gedacht?«

»Ich nicht«, sagte Aristide. »Ich dachte ja, er sei tot. Und Rod hat davon nichts gesagt.«

Eine kleine Weile herrschte Schweigen in dem Büro, während die Männer Aristide anstarrten wie ein Fossil.

»Das glaubst du doch selber nicht«, sagte dann Gracht. »Plant und führt einen Millioneneinbruch mit Erfolg durch. Kommt mit dem Geld davon …«

»Ich nicht«, sagte Aristide.

»Du oder der andere, das ist doch gleich. Kommt also davon, hat alle Chancen und meldet sich wegen einem erschlagenen Nachtwächter bei der Polizei. Das kannst du anderen erzählen, aber nicht uns.«

»Schließlich sitzt er aber doch leibhaftig hier«, sagte Hornschuh.

»Und ich möchte gerne wissen, warum«, sagte Gracht und wendete sich wieder zu Aristide.

»Hör mal, mein Junge«, sagte er, »du bist nicht der erste, der eine Bank ausleert. Wir haben Praxis mit so was. Du hast keinen Augenblick mehr Spaß an deinem Leben, bis wir das Geld haben. Du tust keinen Schritt mehr ohne Begleiter. Jetzt nicht, im Gefängnis nicht und nachher auch nicht. Wir lesen jeden deiner Briefe, hören jedes Telefongespräch mit und jedes Liebesgeflüster. Wir sind überall, verstehst du, und du wirst erst wieder glücklich, wenn wir das Geld haben. Wenn du weißt, wo es ist, sagst du's besser gleich, ehe du verrückt wirst ...«

Er starrte Aristide unmittelbar in die Augen, aber Aristide zuckte nur mit den Schultern.

»Was sagen Sie mir das?« murmelte er. »Sagen Sie das Rod.« Gracht richtete sich hoch.

»Rod ...«, sagte Ketterle. »Hängt es vielleicht mit Rod zusammen? Mißtrauen Sie Rod? Rod ist Ihnen über, oder? Sie halten es für möglich, daß Rod verschwindet, ohne zu teilen. Und dann, meinen Sie, lieber beide im Zuchthaus als einer arm wie vorher und der andere im Wohlstand?«

Aristide sah Ketterle an.

»So genau habe ich darüber noch gar nicht nachgedacht«, sagte er, und Ketterle nickte. Gracht ging hinüber zur Schreibzimmertür und öffnete sie.

»Bringen Sie den Mann zurück«, sagte er zu dem Wachtmeister, der draußen mit der Sekretärin schäkerte. Der Polizist kam herein.

»Sie werden heute noch dem Richter vorgeführt«, sagte Gracht zu Aristide, als dieser, vor dem Beamten hergehend, das Büro verließ.

»Na«, sagte Ketterle, als Gracht sich wieder zu ihm umwendete.

»Für gewöhnlich müssen solche Burschen ihre Unschuld nachweisen«, sagte er. »Aber der, der muß mir erst noch beweisen, daß er den Einbruch durchgeführt hat. Und das wird ihm schwerfallen. Daß ich nicht lache ... ein schwerer Junge mit Millionenqualität ... und wegen einem toten Wachmann ..., daß ich nicht lache.«

»Aber was glauben Sie denn dann?« sagte Ketterle. Gracht setzte sich halb auf seinen Schreibtisch und begann wieder mit den Schlüsseln zu klimpern.

»Überlegen Sie doch mal«, sagte er. »Das Motiv stimmt schon nicht, aus dem er sich gemeldet haben will. Von dem Geld auch keine spur. Der hat es nicht. Der weiß auch nicht, wo es ist. Und ob Rod Zlamitzer existiert, wird sich erst noch herausstellen.«

»Aber wer hat es denn Ihrer Ansicht nach dann?« sagte Hornschuh und kam näher. Gracht wendete ihm das Gesicht zu.

»Morissey«, sagte er nach einer Pause. »Und der sensible Einbrecher ist gekauft. Wer setzt sich nicht gern für fünfzig- oder hunderttausend zwei, drei Jahre ins Gefängnis? Verstehen Sie endlich? Der genialste Trick, der mir je begegnet ist. Ausgedacht wie ein Generalstabsplan. Genau in dem Moment, da die Sache mit Morisseys Alibi brenzlig wird, meldet er sich. Und genauso wie Morissey uns das geschildert hat, schildert der uns den Einbruch auch ...«

»Und wenn Zlamitzer existiert?« sagte Ketterle. Gracht erhob sich und steckte die Schlüssel weg.

»Dann ist Zlamitzer auch gekauft«, sagte er kalt. »Darin haben die Herren von der Bank ja Routine. Zahlen kann er sie schon allein aus den Zinsen.«

Ketterle sah Gracht ein paar Sekunden lang bewegungslos an.

»Sie hassen ja diesen Mann, Gracht«, sagte er dann langsam.

Gracht wendete ihm das Gesicht zu.

»Ich gebe es zu«, sagte er. »Ich hasse diese Burschen. Sie kommen sich vor wie der Nabel der Welt. Aufgeblasen, arrogant, platzen vor Wohlanständigkeit und betrügen ihre Frauen, strotzen vor Ehrenhaftigkeit und gehen über Leichen. Ganz oben steht die Bilanz. Erst die eigene, dann die der Firma, und dann kommt lange nichts. Oft überhaupt nichts mehr. Und alle anderen halten sie für blöd.«

»Und trotzdem müssen Sie in jedem einzelnen Fall die Wahrheit suchen«, sagte Ketterle. »Mit einem Vorurteil klären Sie kein Verbrechen.«

»Erst das Ende wird zeigen, ob das ein Vorurteil war. Ich werde diesen Burschen zur Strecke bringen, und wenn es mich zwanzig Jahre kostet. Und nach der Dienstverteilung ist das mein Fall. Das wissen Sie genau. Ich lasse mir nicht ein Jota dreinreden, verstehen Sie?«

»Natürlich«, sagte Ketterle. »Aber trotzdem werden Sie jetzt nach Rod Zlamitzer suchen müssen. Damit man Ihnen nachher keine Vorwürfe macht.«

»Das werde ich«, sagte Gracht. »Vorausgesetzt, es gibt ihn.«

»Und wenn?« sagte Hornschuh. Gracht wendete ihm das Gesicht zu und zog sich mit einer für ihn typischen Bewegung den Schlips zurecht.

»Dann werde ich die Wahrheit aus einem von ihnen schon herausbringen«, sagte er.

Den Betrieb an der Grenze hatte Rod sich sehr genau angesehen, bevor er den Wagen an die offenstehende Barriere herangefahren hatte. Mindestens zehn Minuten lang hatte er durch die Frontscheibe das An- und Abfahren der schweren Lastzüge, das schrittweise Weiterrücken der Kolonne der Personenkraftwagen, das Verhalten der Zollbeamten und den Ausdruck der Gesichter unter den Schirmmützen beobachtet. Er hatte auch die Umgebung der Zollgebäude sehr eingehend danach abgesucht, ob nirgends ein Wagen geparkt stand, der ihm sonderbar vorkam, oder sonst etwas sichtbar war, das nach außergewöhnlichen Polizeimaßnahmen aussah.

Erst als er sicher war, daß es nichts gab, was zur Beunruhigung Anlaß geben konnte, hatte er sich in die Kolonne der südwärts fahrenden Wagen eingeordnet, seinen und Lenoras Reisepaß vorgewiesen und auf die Frage, ob sie etwas Zollpflichtiges bei sich hätten, wahrheitsgemäß mit »nein« geantwortet.

Obschon nicht zu erwarten gewesen war, daß es Schwierigkeiten geben würde, hatte er mit einem Gefühl der Erleichterung die beiden Pässe wieder in Empfang genommen und sich gedacht, wie leicht es doch sei, als harmloser Reisender die Grenzen europäischer Länder zu überschreiten, während man in Wahrheit schon überall fieberhaft gesucht wurde. Denn daß er fieberhaft gesucht wurde, lag für ihn offen auf der Hand. Nur, man wußte eben weder Namen noch Identität dessen, den man suchte. Und das war für ihn die technische Rechtfertigung, den dritten Akt seines genialen Verbrechens hier an dem befahrensten und belebtesten Grenzübergang zu beginnen: die Rückkehr nach Deutschland und die Fortsetzung seiner bürgerlichen Existenz, als sei wahrhaftig nicht das geringste geschehen.

»Ich möchte was essen«, sagte er zu Lenora, die neben ihm saß. »Und außerdem müssen wir Zeitungen lesen.«

Nach einer Weile erreichten sie eine größere Raststätte mit Neonbeleuchtung und Parkplätzen. Gegenüber war eine Tankstelle, die in Betrieb war. Rod parkte den Wagen, und sie gingen in die Gaststätte. Der Speiseraum war rauchig und voll. Einen eigenen Tisch, an dem sie allein waren, fanden sie nur durch Zufall, als andere Gäste das Lokal verließen. Bevor Rod sich setzte, nahm er Zeitungen von dem Wandhaken und brachte sie mit.

»Sie hatten Morissey in Verdacht«, sagte Rod nach einiger Zeit.

»Aber sie haben ihn heute morgen wieder entlassen«, sagte Lenora.

»Die Leute am Nebentisch sagten es. Es kam in den Nachrichten.«

»Hast du dich auch nicht verhört, Lenora?« sagte Rod. »Es ist sehr wichtig.«

»Verhört habe ich mich nicht. Ob es stimmt, kann ich natürlich auch nicht sagen.«

Die Verhaftung Aristides hatte Gracht der Presse aus wohlerwogenen Gründen noch verschwiegen. Einmal glaubte er ohnehin nicht, daß es sich so abgespielt hatte, wie Aristide es schilderte, und zum zweiten genau deswegen, daß gegebenenfalls nicht Rod Ziamitzer die Nachricht hören und von seinen vorausgefaßten Plänen abweichen sollte, sollte es sich wider Erwarten doch so verhalten, wie Aristide ausgesagt hatte.

»Sie tappen im dunklen«, sagte Rod. »Natürlich wird alles auf Jan ankommen. Daß sie uns alle rannehmen, ist sicher.«

»Das Schlimme ist nur die Sache mit dem Wächter«, sagte Lenora.

»Wenn Jan das erfährt, steigt er aus.«

»Glaubst du wirklich?« sagte Rod. »Auch wenn er wegen Begünstigung verurteilt wird? Das weiß er.«

Lenora zuckte mit den Schultern.

»Ich kann nicht in ihn reinsehen, Rod«, sagte sie. »Da hat dein Plan ein Loch. Aristides Alibi ist bei weitem besser.«

»Ich konnte es mir nicht aussuchen«, sagte Rod. »Was mußte er auch im letzten Augenblick da rumlaufen, wo wir rauswollten. Wenn wir die Masken noch aufgehabt hätten ..., aber so ...?«

Danach bestellten sie sich ein Essen und tranken ein Bier und unterschieden sich in nichts von den paar Dutzend anderen Gästen, Fernfahrern, Reisenden und Pärchen, die hier ebenfalls ihr Essen bestellten und ein Bier tranken.

Eine dreiviertel Stunde später zahlten sie und verließen das Lokal. Rod atmete ein paar Sekunden lang die kräftige, kalte, ein wenig neblige Nachtluft ein, ehe er den Wagen aufschloß.

»Na, dann los«, sagte er. »In drei Stunden sind wir zu Hause. Und morgen um sechs geht die Arbeit wieder an. Ich bin gespannt, wie sie es anfangen, uns auszuhorchen.«

»Ach, lassen wir doch das«, sagte Lenora. »Sprechen wir lieber von der Zukunft.«

»Zwischen uns und der Zukunft, die du meinst«, sagte Rod und startete den Wagen, »liegt noch sehr viel.«

Eine Weile schwiegen sie. Die Straße war breit, dreispurig und kerzengerade. Rechts und links breiteten sich Marschen, Weiden und Wiesen in der Dunkelheit aus. Alles, was Lenora von Jugend auf haßte. Mißmutig starrte sie in die Finsternis und hielt manchmal eine Hand vor die Augen, wenn ein entgegenkommender Wagen blendete.

»Sag mal«, hörte Rod sie schließlich sagen, »unser Anteil ist wenig Geld, hast du gestern gesagt.«

Rod nickte in der Dunkelheit.

»Habe ich. Ja. Warum fragst du?«

»Ich meine nur ...«, sagte Lenora. »Der ganze Anteil ist das auch wenig Geld?«

Rod sah eine Sekunde lang zu ihr hinüber. »Wie meinst du das?«

Sie sah ihn an.

»Dein und Aristides Anteil, meine ich. Beide zusammen. Wäre das auch zu wenig, um zu leben?«

Rod Zlamitzer erriet die Gedanken seiner Frau mit der gleichen Präzision, mit der er den ganzen Plan durchdacht und ausgearbeitet hatte. Aber er schob die Tatsache, daß er sie verstanden hatte, zunächst weit von sich weg.

»Das wäre schon besser«, hörte er sich mechanisch sagen. »Aber es ist nicht so.«

Mit zweieinhalb Millionen, dachte er im Hintergrund seines Gehirns, mit zweieinhalb Millionen könnte ich ihr viel von dem bieten, was sie sich vom Leben wünscht. Mit zweieinhalb Millionen würde er sie bei sich halten können, obschon er achtundvierzig war und sie vierundzwanzig. Mit zweieinhalb Millionen ... Und ganz allmählich fraß sich ihr Gedankengang unbemerkt und tückisch auch in sein Bewußtsein. Er spürte ihren Blick von der Seite auf seinem Gesicht. Und er erwiderte diesen Blick. »Zweieinhalb Millionen ...«, murmelte er. »Wenn ich dir die schenken könnte, würde ich es tun. Ich habe das alles sowieso nur für dich gemacht, Lenora.«

»Nein, für dich«, sagte Lenora. »Damit ich bei dir bleibe. Das ist ein Unterschied. Zweieinhalb Millionen ...«, wiederholte sie, »... damit wäre ich zufrieden.«

»Ich weiß«, sagte Rod. »Ich werde darüber nachdenken.«

Mit einem befriedigten und fast träumerischen Ausdruck im Gesicht sah Lenora wieder nach vorn. Dabei streiften ihre Augen noch mal sein Gesicht, und sie sah, daß Rods Blick am Rückblickspiegel haftete.

Sie wendete sich um.

»Straßenpolizei«, sagte sie. »Fahr nicht zu schnell.«

»Tu ich sowieso nicht«, sagte Rod, aber der Rückblickspiegel zog seine Augen an wie eine magische Scheibe.

»Es sind zwei«, sagte er nach kurzer Zeit heiser. »Sie kommen rasch ran.«

Ein sonderbar unruhiges Gefühl kroch in Rods Beinen hoch. Unbewußt trat er tiefer ins Gas, aber das machte sich kaum bemerkbar.

»Es sind sogar drei«, sagte er nach einigen weiteren Sekunden, und Lenora wendete das Gesicht wieder nach rückwärts.

»Ob irgendwas schiefgegangen ist ...?« sagte sie totenblaß. Rod hob die Schultern.

»Die können hinter weiß Gott was her sein«, sagte er. »Lassen wir uns nicht verrückt machen.«

Schon nach kurzer Zeit konnten sie den auf- und abschwellenden Ton der Sirenen hören, unter dem die drei Polizeiwagen mit über hundertvierzig Kilometer die Stunde über die Straße rasten. Noch immer redete Rod sich ein, daß das alles ein Zufall war. Aber dann sah er weit vor sich auf der Landstraße, wie das Blinken zweier Glühwürmchen, die Leuchtkuppeln eines vierten und fünften Polizeiwagens. Auch Lenora sah sie und starrte Rod ins Gesicht.

»Und jetzt?« sagte sie. »Das kann doch nicht sein, Rod. Das gibt es nicht.«

Dann sah sie in Rods rechter Hand den schweren Revolver. Mit einer Entschlossenheit, die ihr kaum jemand zugetraut haben würde, riß sie ihn aus seinen Fingern, öffnete in fliegender Hast die Scheibe und warf ihn hinaus.

»Bist du wahnsinnig?« keuchte sie. »Du willst dich wohl ganz ruinieren?«

Von hinten blendete jetzt der erste der Wagen rhythmisch durch die Rückscheibe und setzte zum Überholen an. Der Beamte hielt eine Kelle zum Fenster heraus. Der Wagen setzte sich vor den Rods. Zwei Beamte sahen nach rückwärts, dann leuchtete am Heck wie eine rote Sonne der Stoppscheinwerfer auf. Der zweite Wagen hielt sich jetzt links neben ihnen, der dritte hinter ihnen. Mit unverminderter Geschwindigkeit fegten die vier

Fahrzeuge über die Straße. »Lenora«, keuchte Rod und starrte in den roten Stoppscheinwerfer vor sich, »Lenora, was auch kommt, sag niemand, wo das Geld ist, hörst du, niemand. Es ist unsere einzige Chance. Schwörst du ...?«

»Ja, Rod, ja ...«, stammelte Lenora und begann zu weinen. In diesem Augenblick schalteten sie in dem Wagen hinter ihnen den Lautsprecher ein.

»Zlamitzer«, hörten sie die blechern verstärkte Stimme des Beamten. »Rod Zlamitzer, machen Sie keinen Blödsinn. Wir kennen Sie. Vorne ist auch zu. Halten Sie an. Ihr Freund hat Sie verpfiffen. Es ist zwecklos ...«

»Aristide ...«, flüsterte Lenora tonlos. Rod starrte geradeaus in den roten Stoppscheinwerfer, der in seinen Augen zu einem flammenden Ball aufglühte. Es dauerte lange, ehe er etwas sagte, denn das alles wollte nicht in sein Gehirn.

»Dieses Schwein ...«, keuchte er schließlich, »... dieser Schuft von einem Griechen ... ich bringe ihn um, schrie er plötzlich los. »Den richte ich zu, als sei er unter die Wölfe gefallen. Dieses Schwein, dieses Schwein ...« Dann trat Rod so stark in die Bremse, daß der Wagen heftig ins Schleudern geriet und der rückwärtige Polizeiwagen hart auf sein Heck prallte, als er endlich zum Stehen kam. Polizisten liefen heran und rissen die Türen auf. Rod und Lenora taumelten, von dem Anstoß benommen, auf die Straße. Ohne Beteiligung sah Rod den Brand, der sich aus dem Aufprall an seinem Wagen entwickelte. Fast befriedigt starrte er in die Flammen. Na, dachte er flüchtig, ehe sie ihm die Handfesseln anlegten, den ist sie dann ja wohl endgültig los.

Mit atemloser Spannung hatte das Publikum in dem überfüllten Schwurgerichtssaal der Verkündung der Urteile und der Verlesung der Begründung durch den Vorsitzenden gelauscht. Bei seiner Strafzumessung war das Gericht davon ausgegangen, daß Roderich Zlamitzer die treibende Kraft dieses Verbrechens, der intellektuelle Urheber und Initiator gewesen sei, wobei der Vertrauensbruch gegenüber seiner Arbeitgeberin und deren Auftraggebern besonders stark ins Gewicht falle. Dem Angeklagten Kapas sei als strafmildernd zuzurechnen gewesen, daß er bei Planung und Durchführung des Verbrechens die zweite Rolle gespielt und schließlich aus Gewissensgründen die Tat selbst angezeigt habe. Von dem Vorsatz der Angeklagten, den Wachmann Weidenstock im Innern des Tresors bewußt zu töten, habe sich das Gericht, gestützt auf die Aussage der medizinischen Sachverständigen und der Angeklagten selbst, nicht zu überzeugen vermocht. Als strafverschärfend habe sich dagegen bei beiden die Verstocktheit ausgewirkt, mit der sie jede Kenntnis von dem Verbleib der Beute bestritten, die jeder bis zum letzten Augenblick dem anderen zugeschoben hatte. Da aber einer von ihnen, wahrscheinlich jedoch beide, den Verbleib der Beute kennen mußten, habe sich dieser Umstand auf das Strafmaß für beide auswirken müssen.

Schweigend hatten, nachdem die Sitzung geschlossen worden war, die Leute zugesehen, wie zwei Männer abgeführt wurden, die nach dem Ergebnis der Verhandlungen als außerordentlich vermögend gelten durften, und hatten auf die bildschöne blonde Frau gestarrt, der man nach dem Freispruch gleichgültig das Gatter der Anklagebank aufgeschlossen hatte. Schon vor dem Ausgang des Sitzungssaales hatte sich eine Traube von Journalisten an sie herangedrängt, und jeder wußte, daß unter ihnen auch bereits die Detektive des Bankhauses, Kriminalbeamte und besonders die Schnüffler von der Versicherung waren, die von jetzt an keinen ihrer Schritte mehr unbeobachtet lassen würden. Und besonders einer würde wie ein Bluthund hinter den zweieinhalb Millionen Mark her sein, der Direktor der Bank nämlich, der dort drüben soeben seiner Frau in den Mantel half und dann den schwarzen Homburg aufstülpte, der Mann, von dem es schon von Anfang an geheißen hatte, daß er in die Sache verwickelt war, und von dem Kommissar Gracht vom Einbruchsdezernat hartnäckig behauptete, er sei der eigentliche Drahtzieher, und die beiden Männer hier hätten sich für ein Honorar von fünfzig- oder hunderttausend Mark verurteilen lassen.

Diese Spekulationen um Erhard Morissey hatten durch den Verlauf der Verhandlungen erneuten Auftrieb erhalten, als sich nämlich herausstellte, daß sich der Ort, an dem sich das immense Vermögen befand, auf dieser Ebene nicht würde ausfindig machen lassen. Es war deshalb kein Wunder, daß sich Köpfe rekkten, Kameras gezückt wurden und Getuschel sich erhob, als Morissey, höflich seiner Frau im eleganten Nerz den Vortritt lassend, den Gerichtssaal verließ.

Dieser Tag des Urteils gegen Roderich Zlamitzer und Aristide Kapas war natürlich ein Einschnitt. Äußerlich schien von heute an alles geklärt, denn daß die Verurteilten gegen das verhältnismäßig milde Urteil Berufung einlegen würden, wurde von keinem vernünftigen Menschen erwartet, wenn auch Kommissar Gracht sofort hatte verlauten lassen, es spräche nur für seine Theorie, wenn die beiden Männer das Urteil ohne Widerspruch hinnähmen. Bisweilen wies Gracht auch darauf hin, daß er schon von Anfang an gesagt habe, falls die Beute nicht wieder auftauche, sei das für ihn die Bestätigung, daß es sich bei diesem Einbruch um keinen Fall handle, der dem Shrinkley-Fall in St. Louis nachkonstruiert war. Gracht hatte sich auch durch das Ergebnis der Ermittlungen und den Spruch des Schwurgerichts in nichts davon abbringen lassen, daß sich der wirkliche geistige Urheber dieses Verbrechens auch weiterhin in Freiheit befand.

An dies und ähnliches mochten Morissey und seine Frau wohl denken, als sie jetzt nebeneinander im Wagen saßen, den Eberhard durch den frostigen, ein wenig nebligen Nachmittag nach Hause steuerte.

»Wie sollen wir eigentlich unser Leben von jetzt an gestalten, Eberhard?«

Als er schwieg, fuhr sie fort: »Sollen wir so tun, als wäre das alles nicht geschehen?«

»Das geht nicht, Doris«, sagte er. »Wir müssen neu anfangen.« Er sah zu ihr hinüber und fand zum erstenmal seit langer Zeit, daß es sich lohnen würde, mit Doris neu anzufangen.

»Es ist nicht leicht, auf Trümmern neu anzufangen«, sagte sie. »Es geht gar nicht darum, daß ich dir verzeihe, Eberhard. Es geht darum, daß wieder Vertrauen entsteht. Denn das ist das am leichtesten Zerstörbare und das Wichtigste ...«

»Im Leben«, ergänzte Eberhard.

»Mindestens in der Ehe«, sagte Doris. »Ja, sogar in der Liebe. War es denn überhaupt eine Liebe?« fuhr sie nach einer Pause fort. »Oder nur so? Nur so was wie alle Männer? Laune, Eigenliebe, Neugier, Selbstbestätigung, du weißt schon?«

»Ich kann dir darauf nicht antworten«, sagte Eberhard. »Es ist ja vorbei.«

»Nein«, sagte Doris. »Du willst mir darauf nicht antworten. Und das kann ich auch verstehen. Aber klarwerden mußt du dir wenigstens darüber. Sonst können wir nicht neu anfangen.«

»Ich habe sie seit diesem Freitag abend nur noch ein einziges Mal gesehen, Doris«, sagte er. »Und das war in der Halle der Bank. Sie hat mich gar nicht bemerkt, und wir haben nicht miteinander gesprochen.«

»Und auch seitdem nie wieder?«

»Nein«, sagte Eberhard wahrheitsgemäß, aber gerade deswegen empfand er besonders stark in diesem Augenblick, was es bedeutete, eine Situation geschaffen zu haben, in der es das gute Recht des anderen war, an den eigenen Worten zu zweifeln, und wieviel Größe es verlangte, das nicht zu tun.

»Es ist wirklich verflucht schwer«, sagte er.

»Was?« sagte Doris.

»Die Sache mit dem Vertrauen«, murmelte Eberhard.

»Es ist schon eine ganze Menge, daß du das merkst«, sagte Doris.

Eberhard steuerte den Wagen in die stille Villenstraße, in der sie wohnten. Nach kurzer Zeit hielt er ihn quer auf dem Bürgersteig an. Das Gartentor öffnete sich und kurz darauf das Garagentor.

»Wie schön«, sagte Doris, als sie ausgestiegen waren und Eberhard das Garagentor herunterkippen ließ.

»Was meinst du, Doris?«

»Daß wenigstens die Zeit vorüber ist, wo immer nur ein Wagen in der Garage stand«, sagte sie.

»Das muß furchtbar für dich gewesen sein«, sagte Eberhard, während sie den Plattenweg entlangschritten. Doris antwortete nicht. Er ließ sie voran in das Haus gehen und half ihr aus dem Mantel. Im großen Wohnraum schaltete er die gedämpften Stehlampen ein, sah sich um und zog die Gardinen zu.

»Ich mache uns Tee und grille Steaks«, sagte Doris. »Dann ziehe ich mich um, und wir hören ein bißchen Musik. Ist dir das recht?«

Sie stand dicht vor ihm, und er legte die Hände um ihre Schultern.

»Ja Doris«, sagte er. »Tu das. Es ist mir recht.«

Er sah ihr nach, wie sie das Zimmer verließ, und griff nach dem Hörer des Telefons, als es auf seinem Schreibtisch summte.

»Morissey«, sagte er und hörte mit tiefem Erschrecken die Stimme, die er schon so lange nicht mehr gehört hatte.

»Du?« sagte er. »Du bist das? Wie kannst du nur gerade heute und um diese Zeit hier anrufen? Ruf mich morgen im Büro ...«

Während Eberhard das sagte, sah er Doris unter der Tür stehen. Er legte den Hörer, in dem deutlich vernehmbar noch immer Bayars Stimme quengelte, zurück in die Gabel und ging auf Doris zu. Er sah ihrem Gesichtsausdruck an, daß auch sie wußte, wessen Stimme das gewesen war. Sie sagte nichts.

»Doris«, sagte Eberhard. »Doris, ich schwöre dir ...«

»Nicht schwören«, sagte Doris.

»Was soll ich denn tun, daß du mir glaubst, Doris? Ich kann sie doch nicht umbringen ...«

»Nein«, sagte Doris. »Und das würde auch gar nichts mehr nützen.«

Sie wendete sich um und zog die Tür hinter sich zu, auf deren glatte Edelholzfläche Eberhard Morissey verzweifelt starrte. Nach einer Weile wendete er sich ab und ging zur Bar. Quälend empfand er in diesem Moment zum er wußte nicht wievielten

Male, wie beschämend es war, in schwierigen Situationen auf Whisky angewiesen zu sein.

Nachdem er den ersten Schock überwunden hatte, ging Eberhard nach oben und klopfte an Doris' Schlafzimmertür. Er hörte zwar, daß sie im Zimmer war, aber sie antwortete ihm nicht.

»Doris«, sagte Eberhard, »mach doch auf, Doris. So hat das doch keinen Zweck. Wir müssen uns aussprechen. Ich muß dir alles erklären. Ich habe dir die reine Wahrheit gesagt, vorhin im Wagen ...«

Er lauschte auf eine Antwort. »Doris ...« Er klopfte noch einmal und wieder. »Doris ... so mach doch auf. Ich bitte dich darum ...«

Er lauschte angestrengt und hörte, daß sie sich im Bett bewegte. Aber er spürte deutlich, daß es nicht den geringsten Zweck hatte, noch länger darauf zu bestehen, daß sie ihm öffnete.

Er wendete sich um und ging nach unten. Dort zog er den Mantel an, wand sich einen Schal um den Hals und verließ das Haus. Er dachte an Doris' Worte und glückliche Augen von vorhin, als er die beiden Wagen nebeneinander in der Garage stehen sah. Er setzte sich in seinen und fuhr ihn nach draußen. Er wußte natürlich, wie es Doris quälte, als sie hörte, daß er wegfuhr. Sie mußte es als verstockten Trotz auffassen, aber er freute sich darauf, in einer oder in zwei Stunden zurückzukommen und ihr sagen zu können, daß alles endgültig und ein für allemal abgeschlossen und erledigt sei.

Mit dieser Empfindung fuhr er den Wagen auf die Straße und schlug das Steuer ein. Den Weg kannte er fast im Schlaf. Er fluchte, denn es war die Zeit des abendlichen Berufsverkehrs, und er kam nur stockend voran. Er brauchte viel länger, als er sich ausgerechnet hatte, bis er endlich in die Rothenbaumchaussee einbog und den Wagen fast an derselben Stelle parkte, an der er ihn auch damals geparkt hatte. An den erleuchteten Fenstern sah er, daß sie zu Hause war. Die Tür zum Treppenhaus war wie immer offen, und der Aufzug summte wie immer sonor und anonym. Er hatte sich schon während der ganzen Fahrt gezwungen, nicht krampfhaft zu überlegen, was er sagen sollte. Es würde sich schon ergeben.

Er stand vor der matt polierten Wohnungstür und läutete. Die Frau, die ihm öffnete, war im Bademantel und sah ihn mit erstaunten Augen an. Zwei Pudel drängelten sich an ihren nackten Beinen vorbei und blafften.

»Verzeihen Sie«, sagte Eberhard, unangenehm überrascht. »Ich wollte zu Fräulein Tyssatsys. Oder habe ich mich ...«

Er trat zurück, um festzustellen, ob er sich etwa im Stockwerk geirrt habe.

»Nein nein«, sagte die Frau. »Sie sind schon richtig. Aber sie wohnt nicht mehr hier.«

»So«, sagte Eberhard. »Sie wohnt nicht mehr hier. Seit wann denn?«

»Das weiß ich nicht«, sagte die Frau. »Ich habe seit vier Wochen hier gemietet.«

»Und wo sie hingezogen ist ...?« murmelte Eberhard. Die Frau hob die Schultern.

»Darüber weiß ich nichts«, sagte sie. »Entschuldigen Sie bitte, mein Bad läuft über.« Sie lockte die Hunde fort und zog sich zurück. Zum dritten Mal an diesem Abend starrte Eberhard Morissey auf eine geschlossene Tür.

Hinter dem Gefängnis erstreckte sich die graue Landschaft. Mitten durch diese Landschaft liefen die Mauern. Eine zweieinhalb Meter hoch und eine vier Meter hoch. Die beiden Mauern waren wiederum vier Meter voneinander entfernt, und auf der äußeren verlief das starkstromgeladene Sicherheitssystem. Alle dreißig Meter strahlte ein mächtiger Scheinwerfer in den Zwischenraum, und Tag und Nacht befanden sich Wärter so zwischen den beiden Mauern, daß zu jedem Augenblick jeder Meter dieses Zwischenraums von ihnen eingesehen werden konnte. Schon unmittelbar bei ihrer Einlieferung wurden die Häftlinge in dieses System eingeweiht, und sowohl Rod wie auch Aristide wußten, daß ein Ausbruch aus dem Zuchthaus Cralshagen noch niemand geglückt war. Ja, man munkelte sogar, daß noch niemand ihn jemals versucht hatte.

Sie hatten in der ganzen Zeit ihrer Strafhaft noch nicht ein einziges Wort miteinander wechseln können, und wenn nicht Rod, noch während sie aus dem Gerichtssaal geführt wurden, Aristide hätte zuflüstern können »Keine Kassiber, keinen Blödsinn, du Stinktier«, hätte man meinen können, daß jeder für sich zu der Erkenntnis gekommen sei, gute Führung und unauffälliges Benehmen sei ihre einzige Chance, die möglicherweise den Erlaß des letzten Drittels der Strafe würde herbeiführen können.

Und in der Tat, von anderen Menschen unterscheidet sich Zuchthauspersonal insofern wenig, als auch Beamten daran liegt, keinen Ärger und keine Beanstandungen zu haben, und daß auch sie Untergebenen, die ihnen dies ersparen, wohlgesinnt sind. Nach und nach hatte sich auf diese Weise die mißtrauische Schärfe gemildert, mit der man sie in der ersten Zeit behandelt hatte, und allmählich hielt man sie für handsame und gefügige Burschen und vergaß, daß immer noch niemand wußte, wo die zweieinhalb Millionen hingekommen waren, die sie aus der Handels- und Kreditbank geholt hatten.

Zwischen dem Komplex der Gefängnisgebäude mit ihren kasemattenähnlich vergitterten Fenstern und flachen Walmdächern und dem Mauernpaar, das das Areal zur flachen Landschaft hin abschoß, befand sich eine Landwirtschaft, und dort klaubte Aristide mit erdigen Fingern die letzten Kartoffeln aus den Furchen, als Schniewind mit seiner ein wenig zu knappen grünen Uniform über dem Fünfzigerbauch und dem Pfeifenschnürchen an der Brusttasche, die Hände auf dem Rücken verschränkt, zu ihm herankam und ihm eine Weile zusah.

»Na, tausendvier«, sagte er, »wollen Sie gar nicht aufhören heute?«

Aristide fuhr hoch.

»Was, schon so spät?« sagte er und rieb die schmutzigen Hände an der Hose sauber.

»Sie können zum Zahnarzt«, sagte Schniewind gönnerhaft und wartete, daß Aristide voranging.

»Der wird wieder bohren«, sagte Aristide, während er sich in Bewegung setzte.

»Wenigstens 'ne Abwechslung«, schmunzelte Schniewind, und genau das fand Aristide auch. Bis zum Sprechzimmer des Zahnarztes im Verwaltungsbau waren es mindestens zehn Minuten. Händewaschen weitere fünf. Eine Viertelstunde warten und eine Viertelstunde Behandlung, weitere dreißig. Das waren immerhin fünfundvierzig Minuten, in denen man keine Kartoffeln zu klauben brauchte, und dafür nahm man das bißchen Bohren und Schleifen gerne in Kauf.

Wenig später sperrte Schniewind mit einem der Schlüssel an seinem klappernden Bund die Tür zum Wartezimmer von außen auf und ließ Aristide eintreten.

»Wenn Sie fertig sind, läuten Sie, tausendvier«, sagte Schniewind, aber das wußte Aristide schon, denn er war bereits viermal hiergewesen. Er schickte sich an, als Schniewind von außen zuschloß, die Attraktionen zu genießen, die dieser Raum bot. Er vertiefte sich in Einzelheiten der Züge des vormaligen Bundespräsidenten, der milde und wohlmeinend aus seinem Rahmen auf ihn herablächelte, ein richtiger Vater der Verirrten, und Aristide versuchte dieses Lächeln nachzuahmen. Da ihm dies nicht gelang, widmete er sich den beiden Schnittlauchtöpfen auf der zerschundenen Fensterbank, und gerade als er fand, daß sie dringend Wasser brauchten – er würde es Schniewind sagen –, hörte er erneut den Schlüssel im Schloß der Wartezimmertür. Rasch begab er sich an die Wand, die der Wärter nicht sehen konnte, wenn er das Zimmer nicht betrat, und wartete. Und richtig, wie alle anderen blieb auch dieser Wärter draußen vor der Tür stehen. »Wenn Sie fertig sind, läuten Sie, siebenhundertachtzehn«, hörte Aristide die näselnde Stimme eines Sachsen, der drüben bestimmt einen ähnlichen Beruf gehabt hatte wie hier, und sah zu, wie siebenhundertachtzehn hereinkam.

Es war ein alter Mann, den Aristide mit Kennerblick auf sechs bis acht Jahre wegen Rückfalls einschätzte. Er hatte den Alten schon das eine oder andere Mal gesehen und blinzelte ihm zu, als er Aristide bemerkte.

»n'Abend, siebenhundertachtzehn«, sagte er, während der andere sich ächzend und vorsichtig auf der wackeligen Bank niederließ.

»Du bist das«, sagte siebenhundertachtzehn. »Sei leise. Unterhaltungen haben sie nicht gern.«

»Ich kann ja läuten, wenn dir das lieber ist«, sagte Aristide.

»Laß doch den Quatsch«, sagte der Alte und kramte einen Zigarettenstummel aus der Brusttasche des Drillichs. Über die Flamme hinweg sah er Aristide an, während er ihn in Brand setzte.

»Wie lange hast du eigentlich noch?«

Der Alte blies das Streichholz aus und steckte es in die Tasche.

»Drei Jahre noch. Und du?«

»Noch fünf«, sagte der Alte. »Aber hier ist Schluß. Ich werde verschubt. Hohentann. Scheiße.«

»Nana«, sagte Aristide. »Da gibt es doch Sanatorium und so.«

»Ich wäre lieber gesund«, sagte der Alte.

»Du wirst dich schon selber hingemacht haben«, sagte Aristide.

»Hör mal«, sagte der Alte, »bist du nicht einer von den Millionenkumpels?«

Also daher blies der Wind. Aristide lächelte.

»Wenn du mich etwa ausholen sollst, kannst du gleich Zeitung lesen«, sagte er. »Das zieht bei mir nicht.«

»Red keinen Quatsch«, sagte der Alte. »Willst du nicht raus? Bei dir lohnt sich das doch noch. Na, komm schon rüber«, fuhr er fort, als Aristide ihn mißtrauisch ansah, »sonst muß ich so schreien.«

Aristide ging langsam zu dem Alten hinüber und versuchte in seinen Zügen zu forschen.

»Ich bin ein alter Hase«, sagte der andere. »Und jetzt bin ich kaputt. Du kannst mir ruhig glauben.«

Er wartete, wie Aristide reagierte, aber Aristide schob nur die Hände in die Taschen der Drillichhose und sah ihn an.

»Hast du Führung?« sagte der Alte, und Aristide nickte.

»Na eben. Mit Führung kannst du nach einem Dreivierteljahr raus auf Kommando, verstehst du?«

Aristide nickte wieder.

»Also«, sagte der Alte und fing zu flüstern an, »da gibt es ein Kommando, das heißt »Silokommando«. Eine Drecksarbeit, um die sich keiner reißt. Am Güterbahnhof steht so ein alter Getreidesilo, dem seine Konstruktion nicht klappt. Da muß immer das heiße Zeug umgeschaufelt werden, und da kriegen sie niemand dafür. Da kannst du dich melden, da kommst du bestimmt hin. Unten an dem Silo fahren die Güterzüge vorbei und oben, so drei, vier Meter über den Gleisen, ist das erste Fenster. Man kann da hin. Auf eine Art Galerie. Das wirst du schon sehen.«

Der Alte brach ab, und Aristide schwieg.

»Und?« sagte er endlich.

»Da habe ich die Gitter ausgekratzt. Seit acht Monaten«, murmelte der Alte. »Man braucht sie nur noch rausdrücken. Vielleicht noch ein bißchen kratzen, aber nicht mehr viel. Dann mußt du natürlich Courage haben. Die Züge fahren. Aber langsam. Wenn man jung ist ... und Courage hat ... für mich geht es nicht mehr. Ich habe mich überschätzt. Und jetzt werde ich verschubt.«

Er seufzte und hustete dann.

»Und drunten warten schon die Kalles und passen auf, wo man hingeht und wo das Geld ist«, sagte Aristide verächtlich. »Nee, mein Lieber ...«

Ein Geräusch aus dem Behandlungszimmer des Zahnarztes unterbrach Aristide. Beide Sträflinge starrten auf die Tür.

»Kannst mir ruhig glauben«, sagte der Alte. »Meinen Namen findest du dort unter dem Schnittlauch, wenn du nachher fertig bist. Und du brauchst mich nicht zu vergessen, wenn es klappt.«

»Ach so«, sagte Aristide und pfiff durch die Zähne. »Allmählich fange ich an zu verstehen ...«

In diesem Augenblick riß der Zahnarzt die Tür auf.

»Der nächste Herr bitte ...«, röhrte er und unterbrach sich, als er die beiden Sträflinge bemerkte. »Nanu, was ist denn so was? Na, kommen Sie schon, tausendvier. Und wenn Sie hier rauskommen, werden Sie sich fühlen wie tausendfünf.«

Quatschkopf, alter, dachte Aristide und ging in den Behandlungsraum.

»Mal wieder schön gemütlich beim Zahnarzt sitzen, was, anstatt für die Gemeinschaft zu arbeiten«, knurrte der Zahnarzt, und Aristide öffnete den Mund.

»Heute muß ich den Vierer nehmen«, sagte der Zahnarzt. »Der ist kerngesund, aber Sie sind ja versessen auf die Goldkrone. Na, von mir aus ...«

»Wird bezahlt, Doktor«, sagte Aristide. »Bar. Von alten Ersparnissen.«

»Aha«, sagte der Zahnarzt. »Aber bevor ich mit dem Gold anfange, will ich den Vorschuß. Sonst gibt's kein Gold. Die Staatskasse bezahlt nur Stahl.«

»Ich hab' nun mal was übrig für Goldkronen«, sagte Aristide.

Der Zahnarzt nahm den Kratzer.

»Und vor allem dauert das noch mindestens zehn Sitzungen«, sagte er und Aristide lächelte hintergründig. Der Zahnarzt hatte ihn vollständig durchschaut.

»Na, dann Freitag wieder«, sagte der Doktor schließlich, als er fertig war, Aristide ausgespuckt hatte und vom Stuhl kletterte.

Der Zahnarzt öffnete die Tür.

»Der nächste Herr«, brüllte er, und an siebenhundertachtzehn vorbei betrat Aristide das Wartezimmer. Nachdem der Zahnarzt die Tür geschlossen hatte, ging Aristide auf Zehenspitzen hinüber zum Fenster und tastete um den Schnittlauchtopf. Tatsächlich fand er dort die zusammengefalteten Reste einer Zigarettenpackung, auf die siebenhundertachtzehn seinen bürgerlichen Namen gekritzelt hatte. Aristide hielt das Stückchen Papier einige Zeit in der Faust und starrte vor sich hin. Dann schob er es in die Hosentasche, ging zur Tür und läutete. Schniewind kam erst nach einiger Zeit und schloß auf.

»Na, tausendvier? Langweilig im Wartezimmer, was?«

»Ja«, sagte Aristide. »Dann schon lieber Kartoffeln klauben.«

»Brauchen Sie nicht«, sagte Schniewind. »Sie haben Besuch. Ist ausnahmsweise genehmigt worden. Sie machen ja auch wirklich nie Schwierigkeiten.«

Aristide blieb stehen.

»Besuch, ich?« fragte er und wirkte völlig vor den Kopf geschlagen. »Wer denn?«

»Na ja, 'ne Blonde, Schlanke«, sagte Schniewind und lachte aus vollem Hals.

» 'ne Blonde?« sagte Aristide. »Sie wollen mich auf den Arm nehmen, Herr Wachtmeister. So eine kenne ich doch gar nicht.«

Schniewind lachte immer noch.

»Na, sehen Sie nur selbst«, sagte er und schloß die nächste Tür auf.

Aristide hätte wirklich noch eher an eine schlanke Blonde gedacht als an Danylos. Und Danylos hatte sich überhaupt nicht verändert, wie er da stand, mittelgroß wie er, in der wallenden Soutane, dem runden Priesterhut, dem lang herabfallenden Nackentuch und der Nickelbrille vor den etwas kurzsichtigen Augen. Aristide starrte auf das schimmernde Silberkreuz auf Danylos' Brust, dann in sein Gesicht.

»Danylos«, sagte er. »Du?«

»Du siehst es«, sagte der Priester. »Und ich freue mich nicht, dich zu sehen. Nicht hier«, ergänzte er und blickte sich um. Das Besuchszimmer war kahl und öde. An einer Wand hing ein Kruzifix.

»Es tut mir leid, daß es hier ist, Danylos«, sagte Aristide. »Aber mein Barackenzimmer in Fuhlsbüttel wäre auch nicht schöner.«

Danylos wendete den Blick auf Schniewind, der gelangweilt zum Fenster hinaussah. Aristide hob die Schultern.

»Das stimmt«, sagte er. »Der wäre dann natürlich auch nicht da. Aber ich freue mich, daß du hier bist. Es ist nicht schön, allein zu sein in … in einer so großen Stadt.«

»Wie geht es …?« sagte Danylos, und Aristide hob schnell den Finger an den Mund, so daß Danylos verstummte. Aristide hüstelte.

»Es geht mir gut, Danylos. Ich kann nicht klagen. Ich habe mich eben in diese Sache hineingeritten. Es dauert ja nicht so lange. Und du?«

»Ich habe die Gemeinde hier früher übernommen als vorgesehen war«, sagte Danylos. »Eine arme kleine Gemeinde draußen in Altona. Aber es gibt einen Betsaal und eine Wohnung für mich. Ich bin auch zufrieden. Ich kann für dich sorgen, dir Bücher bringen, mit dir beten. Einen Menschen wirst du brauchen, mit dem du reden kannst. Du wirst viel zu reden haben.«

Während Danylos und Aristide den Rest der halben Stunde verplauderten, die ihnen nach Vorschrift der Strafvollzugsordnung erlaubt war, stand draußen im Büro Kommissar Gracht am Schreibtisch des diensthabenden Aufnahmebeamten.

»Haben Sie angerufen?« sagte Gracht.

»Jawohl, Herr Kommissar«, sagte der Beamte. »Aber ich glaube, es ist harmlos. Der Bruder. Ein Priester aus Griechenland. Aber Sie wollten es ja so haben. Jeden Besuch für tausendvier und dreihundertsechsundachtzig.« Der Beamte nahm einen Zettel von dem Spieß auf seinem Schreibtisch und las den Auftrag, wie zur Bestätigung, nochmals ab. Dann sah er Gracht wieder an.

»Es ist bestimmt harmlos.«

»In dieser Sache ist nichts harmlos«, sagte Gracht und nahm den Hut ab. »Ich werde warten, bis er geht.«

In diesem Jahr schien, was selten genug geschah, über Groß Flottbek die Sonne. Bei schönem Wetter war das Derby ein gesellschaftliches Ereignis. Auf den Parkplätzen reihten sich Autos aneinander und bildeten Blöcke aus spiegelndem Lack. An den Eingangsgittern stauten sich die Menschen, Pferdekenner, große und kleine Wetter, Buchmacher im steifen Hut, Sportbegeisterte, Herren in Cutaway, Spazierstock und Zylinder und Frauen, die unmittelbar aus dem Modejournal geschnitten schienen, mit großen Hüten, Sonnenbrillen und kostbarem Schmuck. Es war nur selbstverständlich, daß Kübler und seine Begleitung im Mittelpunkt des Interesses standen und häufiger als bei anderen verkrümmte Bildreporter, die Kamera vor den Augen, Fotos für die Boulevardpresse schossen. »Skandalumwitterte Bankiersfamilie beim Derby«, würden etwa die Schlagzeilen heißen, »Wo sind die Kübler-Millionen wirklich?« oder »Neuer Auftrieb um Kübler-Gerüchte«.

Ab und zu, gelassen den Zylinder lüpfend, drängte sich der Bankier gemütlich durch die Menge, gefolgt von Doris in flottem Tweed und Matthi in grauem Anzug, den hellen Mantel über dem Arm. Eberhard hatte sich so unauffällig wie möglich angezogen und hielt sich im Hintergrund.

»Es ist einfach deine Pflicht, uns zu begleiten«, hatte Kübler zu ihm gesagt, als Eberhard Ausflüchte gebrauchte. »Sonst glaubt die Meute noch, es wäre etwas dran an dem, was tagelang in der Zeitung gestanden hat. Und nehmt euch zusammen, daß man euch die Eheschwierigkeiten nicht ansieht. Das gehört nicht zum guten Ton.«

Sie erreichten ihre Plätze. Kübler ließ, die Knie weit gespreizt, den Feldstecher wandern. Unten blies eine Kapelle einen Walzer. Aus den Lautsprechern knödelte die Stimme des Ansagers, und links hinter dem wippenden Gatter versammelte sich das Feld. Kübler richtete das Glas auf Beatrice, eine dreijährige Stute seines Geschäftsfreundes Mackeysen, und schmunzelte. Das Tier strotzte vor Temperament und schien in Hochform. Nach den Beobachtungen seiner Spione brauchte es Wärme, und die hatte es heute.

»Warum sagst du eigentlich nicht, auf wen du setzt?« sagte Matthi.

»Das tut er nie«, sagte Doris. »Erst wenn er gewonnen hat.«

»Das gehört zur Kunst«, murmelte Kübler, ließ das Glas sinken und beobachtete, während er sich eine Zigarre vorbereitete, das Feld.

»Hast du denn überhaupt gesetzt?« sagte Morissey, nur um etwas zu sagen.

»Natürlich«, sagte Kübler. »Auf eine Stute, auf die nicht mal der Besitzer setzt. Das sind immer die Besten. Genau wie bei den Frauen.«

»Nach sechzig Junggesellenjahren mußt du das ja wissen«, sagte Matthi, und Albrecht Kübler setzte die Zigarre in Brand.

Drüben tänzelte das Feld. Die Musik hatte mit einem scharfen Takt aufgehört zu spielen, und Zehntausende von Augenpaaren richteten sich auf das Gatter, wo temperamentvoll tänzelnd die glänzenden Pferdeleiber unter geduckten Jockeis ein unruhiges Kaleidoskop aus braunen, schwarzen und gefleckten Farben bildeten.

Jetzt federte das Gatter mit leisem Schnalzen hoch, und das Feld schoß los. Schon nach der zweiten Geraden hatte Albrecht Kübler genug gesehen, ließ das Glas sinken und verschränkte die Hände über dem Knauf des Stockes. Er hatte nicht den geringsten Zweifel, daß sie zu den drei Ersten gehören würde. Behaglich paffend verfolgte er das Feld und bot ganz den Anblick eines Bankiers von echtem Format, der ebenso gelassen das Risiko wie den Erfolg hinnahm. Erst als in der Zielgeraden Beatrice in einem weit ausgreifenden Spurt nach vorn zog, nahm er die Zigarre aus dem Mund und kniff die Augen ein wenig zusammen. Er hörte das Stöhnen des Erstaunens, das die Tribüne blähte, und wurde ärgerlich, als hinter ihm der Verdacht laut wurde, das Pferd müsse gedopt sein.

»Das Pferd ist nicht gedopt«, er wendete sich um, »das Pferd kenne ich genau. Das Pferd ist erzogen. Das sieht doch jeder.«

Als er den Blick wieder der Bahn zuwendete, flog gerade Beatrice weit an der Spitze, mit zwei Längen Vorsprung, unter dem tobenden Beifall der Menge durchs Ziel.

»Na?« sagte Matthi. »War sie etwas wert?« Kübler schmunzelte.

»So um die hunderttausend rum«, sagte er. »Mackeysen werde ich auf einen Whisky einladen müssen.«

»Wer ist Mackeysen?« wollte Matthi wissen.

»Der Besitzer«, sagte Eberhard, und Matthi schüttelte den Kopf.

Kübler hob das Glas, um das Abreiben der Tiere zu beobachten und nach den Notierungen zu forschen. Die Musik setzte wieder ein. Plötzlich hielt Kübler mit dem Wandern des Glases inne und starrte auf eine bestimmte Stelle im Publikum. Er nahm das Glas ab, stellte den Augenabstand neu ein und richtete es wieder auf die gleiche Stelle.

»Was ist denn?« fragte Doris.

»Das ist doch unglaublich«, stieß Albrecht Kübler unter seinem Feldstecher hervor. »Das ist doch eine unglaubliche Unverfrorenheit.«

Der Ausschnitt des Glases zeigte ihm eine schlanke blonde Frau in malvenfarbenem Seidenkostüm und malvenfarbenem Hut, die soeben ein Stück von einer Tafel Schokolade brach und es verzehrte. Ein teures Zigarettenetui lag vor ihr auf der Brüstung, und sie trug Schmuck von Wert. Als sie die Sonnenbrille abnahm, sah Kübler, daß er sich nicht getäuscht hatte.

»Das ist ja unglaublich. Und alles mit meinem Geld.«

Kübler ließ das Glas sinken.

»Was denn?« sagte Eberhard und sah in die gleiche Richtung, aber ohne das Glas war die Entfernung zu groß. Kübler gab es ihm.

»Da, dicht vor dem dritten Pfeiler von links. Das ist die Frau von dem einen Gangster, den sie verurteilt haben. Schau dir das an. Und alles von meinem Geld.«

»Die Zlamitzer?« sagte Doris.

»Sie haben sie freigesprochen«, sagte Matthi. »Niemand kann ihr verbieten, sich ein Pferderennen anzusehen.«

»Pferderennen«, schnaubte Kübler verächtlich. »Dies ist das deutsche Derby, mein Junge. Und da waren bis heute Gangsterfrauen noch nicht auf der Tribüne.«

»Meinst du wirklich?« sagte Matthi und schmunzelte. Albrecht Kühler prustete.

»Na ja, wenigstens noch keine echten«, räumte er ein und zog paffend an der Zigarre, während Matthi das Glas an Doris und Eberhard weitergab.

Im Gesicht des alten Herrn arbeitete es. Ab und zu schüttelte er, wie immer noch erstaunt über ein solches Ding der Unmöglichkeit, den Kopf. Und dann kam ihm nach und nach ein Gedanke, der sich verdichtete, bis er endlich einen Entschluß faßte.

»Gib mir noch mal das Glas«, sagte er und hob es vor die Augen. Die Frau hatte sich erhoben und drängte sich durch die Zuschauerreihe. Kübler sah, daß das Zigarettenetui und die Schokoladenpackung nicht mehr auf der Brüstung lagen. Offenbar wollte sie den Platz vor dem offiziellen Abschluß des Rennens verlassen. Kübler ließ das Glas sinken und gab es Matthi zurück.

»Wartet hier auf mich«, sagte er. »Mir ist da gerade ein Gedanke gekommen.«

»Was willst du denn machen?« sagte Matthi, besorgt, daß sein Onkel sich nicht in dieser Sache exponieren möge. »Du hast keinerlei Handhabe, ist dir das klar?«

Aber Albrecht Kübler war es gewohnt, Probleme ohne allzu große Rücksichtnahme auf sich selbst und andere direkt anzugehen.

»Keine Angst«, sagte er. »Die sitzt doch selber auf dem Pulverfaß. Da muß man doch was machen können.«

»Wie denn?« sagte Matthi konsterniert.

»Mit Geld«, schnaubte sein Onkel. »Laß mich nur machen. Wofür habe ich gerade hunderttausend gewonnen? Ich hätte ja ebensogut auch verlieren können.«

Danach stülpte er den Zylinder auf und zwängte sich durch die Sitzreihe in Richtung auf den Aufgang der Tribüne.

Als er an das andere Ende der Tribüne kam, sah er, daß es gar nicht so leicht war, die Frau, die er suchte, wiederzufinden. Er mußte lange umherblicken, bis er endlich den etwas zu auffallenden malvenfarbenen Hut sah. Sie stand zwischen anderen Leuten am Schalter eines Auskunfts- und Wettkioskes und verglich die Listen. Dann fragte sie etwas, mußte aber warten, weil andere Menschen sich vorgedrängt hatten. Unauffällig schob Albrecht Kübler sich neben sie und beobachtete, wie sie, den Kopf etwas reckend, wartete, daß sie Antwort bekam.

»Auch auf Beatrice gesetzt, Gnädigste?« sagte er leutselig, und Lenora wendete ihm das Gesicht zu.

»Auf ›Attitude‹«, sagte sie. »Zu dumm. Beinahe hätte sie gewonnen.«

»Beinahe ...«, sagte Kübler. »Beinahe genügt beim Rennen nur beinahe. Um auf das richtige Pferd zu setzen, braucht man Erfahrung. Das ist nicht so leicht. Es erfordert Fingerspitzengefühl. Aber manche setzen auf das falsche und haben doch Glück. Kübler übrigens ...«, fügte er hinzu und lüftete den Zylinder, als Lenora ihn bei seinen letzten Worten bewußt und etwas verwirrt durch ihre große Sonnenbrille ansah.

»Kübler. Kennen wir uns nicht ...«

»Ich weiß nicht recht ...?« stammelte sie.

»Aber natürlich«, sagte der alte Herr. »Kübler, Albrecht Kübler. Denken Sie nur richtig nach. Mein Name sagt Ihnen bestimmt etwas. Oder nicht ...?«

Albrecht Kübler griff ritterlich und gleichzeitig unmißverständlich aufmunternd nach ihrem Unterarm, wie um sie auf einem galanten kleinen Bummel in ein Gespräch zu ziehen. Lenora machte sich los und blieb stehen.

»Ich bin freigesprochen worden«, sagte sie. »Ich weiß wirklich nicht, was Sie von mir wollen.«

Auch Kübler blieb stehen.

»Sehen Sie«, sagte er, »Sie erinnern sich also doch. Das freut mich.«

»Ich weiß nicht, was Sie von mir wollen«, wiederholte Lenora.

»Natürlich nicht, mein Kind«, sagte Kübler. »Wie sollten Sie auch? Obwohl es gar nicht so schwierig ist. Schönen Schmuck tragen Sie übrigens, das muß man sagen. Sie lieben schönen Schmuck, nicht wahr? Tja, aber um zur Sache zu kommen ... ich möchte Ihnen gerne meine zweieinhalb Millionen abkaufen.«

»Abkaufen?« sagte Lenora. »Was meinen Sie damit?«

Mit einer jovialen Geste zog Kübler Lenora weiter. »Sehen Sie«, sagte er, während sie neben ihm her schlenderte, »mit diesen zweieinhalb Millionen hat es eine besondere Bewandtnis. Sie kommen nicht weit damit, und mir fehlen sie. Irgendwann wird man das Geld doch erwischen. Und Sie selbst auch. Und dann werden Sie nicht mehr freigesprochen. Wäre es nicht besser für Sie, sagen wir, hunderttausend legal zu besitzen, als zweieinhalb Millionen wieder loszuwerden? Ich sorge dafür, daß Sie nicht noch einmal vor die Gerichte kommen. Und wenn, stelle ich Ihnen den besten Anwalt. Sie brauchen sich keine Sorgen mehr zu machen und können in Ruhe leben. Das ist doch ein Vorschlag ...«

Durch die Okulare des Glases, das Kommissar Gracht vor den Augen hatte, und der es nicht hören konnte, sah sich dieses Gespräch allerdings ganz anders an. Sein Glas wanderte zwischen Kübler und Lenora und Morissey hin und her, der auch seinerseits stehend, den Feldstecher vor den Augen, seinen Onkel beobachtete. Grachts Gesicht zeigte, als er dies alles sah, den Ausdruck eines Jägers, dem das Wild über den Gegenwechsel schließlich doch noch vor die Büchse kommt. Seine Oberlippe war hochgezogen und entblößte die Zähne.

»Sieh mal an«, sagte er zu dem Kollegen, der ihn begleitete. »Hinter diesem Kontakt bin ich seit Monaten her. Und hier ist er. Der Bruder war eine Fahrkarte, das räume ich ein. Aber dies hier ist eine Zwölf.«

Er gab dem Kollegen das Glas.

»Los, wir müssen rüber. Die Zlamitzer lasse ich mir jetzt nicht mehr durch die Lappen gehen. Wir müssen sehen, daß wir dranbleiben.«

»Aber, aber, Kind ...«, sagte dort drüben eben Kübler zu Lenora, »wahrscheinlich wissen Sie gar nicht, welcher Aufwand betrieben wird, um das Geld aus solchen Einbrüchen wiederzubekommen, und wie wenige es gibt, die es durch die Maschen bringen, wenn sie erst einmal gefaßt sind und im Zuchthaus sitzen. Aber Sie können es sich ja reiflich überlegen. Ich halte mein Angebot aufrecht bis zur Entlassung Ihres Mannes. Dann allerdings ...«

Er zuckte höflich bedauernd mit den Schultern.

»Wenn Sie so fest überzeugt sind, es wiederzubekommen, würden Sie nicht bereit sein, hunderttausend zu opfern«, sagte Lenora. »Und außerdem weiß ich nichts über seinen Verbleib.«

»Wenn ich Ihnen das glauben sollte, hätten Sie nicht so teuren Schmuck anlegen dürfen«, sagte Albrecht Kübler. »Ich habe mein Angebot gemacht. Es liegt bei Ihnen, es anzunehmen.«

Albrecht Kübler lüftete wohlerzogen den Zylinder.

»Es würde mich freuen, wenn Sie vernünftig wären ...«

Danach verschwand er im Gedränge.

Den Ausgang, durch den Lenora Zlamitzer entsprechend dem Platz, an dem sie sich befunden hatte, das Gelände verlassen mußte, hatten Gracht und sein Kollege richtig berechnet. Es kam nur noch darauf an, ob Lenora einen Privatwagen, ein Taxi oder ein öffentliches Verkehrsmittel benützen würde. Sie hatten auf ein Taxi getippt und recht behalten. Es war ganz einfach gewesen, sich in der Nähe des Taxistandplatzes aufzustellen, weniger leicht aber, später in dem allgemeinen Gedränge in dem Wagen von Grachts Kollegen dem Taxi zu folgen, das Lenora bestiegen hatte. Vorsichtshalber hatten sie die Nummer dieses Wagens sofort notiert. Immerhin war es ihnen mit einiger Mühe gelungen, dem Taxi bis in die äußeren Randbezirke der Innenstadt nachzufahren. Hier wurde der Verkehr dichter und hektischer. Mehrmals wurde die Kolonne an Ampeln gestoppt. Aber noch immer konnten sie das Taxi sehen.

»Ich würde doch mal wieder dichter rangehen«, sagte Gracht, nachdem die Kolonne an einer lebhaften Kreuzung wieder in Fahrt gekommen war. Der Kollege überholte in gewagten Manövern und kam vor der nächsten Kreuzung dicht neben dem Taxi zum Stehen.

Gracht hatte, um nicht von Lenora erkannt zu werden, die Sonnenbrille aufgesetzt und sah jetzt ziemlich dreist zu dem Taxi hinüber. Aber dieses Taxi war vollkommen leer.

Der erste Kontakt zwischen Rod und Aristide in der Strafanstalt hatte sich ergeben, als es eines Sonnabends beim täglichen Rundgang im Hof Aristide gelungen war, Rod mit gefalteten Händen das Zeichen des Betens zu machen und dann mit dem Kinn auf das Kreuz der Gefängniskirche zu deuten. Und Rod hatte begriffen, daß das Stinktier ihm morgen während des Gottesdienstes etwas zuflüstern wolle. Er hatte lange gewankt, ob er sich überhaupt herablassen solle, mit Aristide noch ein Wort zu reden, aber dann hatte er gedacht, es könne vielleicht etwas Wichtiges sein, und hatte sich, wie Aristide, am Sonntag morgen um neun Uhr, rasiert und gewaschen, zum Kirchgang gemeldet. Am Ende des Gottesdienstes hatten es beide so eingerichtet, daß sie sich nebeneinander durch die Kapellentür drängten, und dabei hatte Aristide Rod zuflüstern können:

»Zum Silokommando melden.«

Rod hatte zwar nicht erkennen lassen, daß er Aristide verstanden hatte, und wenn ja, wie er beabsichtigte zu reagieren. Aber als kurz vor Weihnachten die neue Schicht von achtundvierzig Mann zusammengestellt worden war, waren sowohl er wie auch Aristide unter den angetretenen Häftlingen gewesen, die morgens um sieben Uhr fünfzehn auf den Lastwagen kletterten. Ob es Leichtsinn der Verwaltung war, einfach ein Versehen, Gleichgültigkeit oder sogar Absicht, war nicht herauszufinden, und deshalb hockten Aristide und Rod, ziemlich weit voneinander entfernt, auf den Brettern des Lastkraftwagens unter der flatternden Plane und nahmen voneinander keinerlei Notiz.

Jedenfalls hatte Aristide vermerkt, daß dem Kommando drei Mann Bewachung mitgegeben wurden. Sie trugen Revolver am Koppel und waren außerdem mit normalen kurzläufigen Infanteriekarabinern mit einer Tragweite von achthundert bis tausend Metern bewaffnet. Zwei von ihnen saßen vorn im Fahrerhaus, und der dritte hockte zwischen ihnen hinten an der Ladeklappe der Pritsche und starrte düster nach rückwärts, wo sich der lebhafte Autoverkehr der Morgenstunden über das Pflaster schob.

Bei den Männern waren einige, die das Kommando schon einmal mitgemacht hatten und Bescheid wußten. Es sei eine Hundearbeit, berichteten sie, von morgens bis abends in dem Zeug zu stehen, das über Nacht heiß geworden war, und es umzuschaufeln. Aber es gab eine Zulage zur Arbeitslöhnung, bessere Verpflegung, und zudem mußte man nicht unentwegt auf die Mauern und Gitter des Zuchthauses starren.

Nach einer dreiviertel Stunde Fahrt erreichten sie das Gelände des Güterbahnhofes, und zwischen Gleisen, Signalbrücken und Stellwerken hielt der Lastzug neben einem etwa dreißig Meter hohen weitgehend fensterlosen Gebäude an, vor dessen Eingang auf einer Rampe schon Männer standen, die offenbar dazugehörten. Während die Häftlinge über die geöffnete Klappe nach unten kletterten und sich die Beine vertraten, musterte Aristide das Gebäude. Die Stelle, die siebenhundertachtzehn gemeint hatte, mußte nach der anderen Seite zu liegen. Von dorther hörte man auch das Fauchen und Stampfen von Zügen sowie Rangiergeräusche.

Einer der Männer auf der Rampe machte die Häftlinge mit ihrer Aufgabe vertraut. Dabei stellte sich auch heraus, daß siebenhundertachtzehn unrecht gehabt hatte, wenn er meinte, es sei ein Silo, dessen Mechanismus nicht funktioniere. Es handelte sich vielmehr um einen Bau, der nur behelfsweise zur Lagerung von Getreide benutzt wurde und überhaupt keine Umwälzanlage besaß. Ein neuer Silo sei im Bau, und Aristide vernahm, nicht ohne einen gewissen Schrecken, daß dieser Silo in vier oder fünf Wochen fertiggestellt sein würde.

Danach wurden breite hölzerne Schaufeln verteilt, und ein anderer der Männer führte die Häftlinge in das Gebäude. Aristide bemerkte, daß die bewaffneten Wärter draußen blieben. Und als er mit den anderen den eigentlichen Lagerraum betrat, wußte er auch warum. Eine stickige und widerliche, kleiedurchdunstete Hitze schlug ihnen entgegen, die sofort den Schweiß hervorbrechen ließ.

Der Silo war in drei Lageretagen eingeteilt und wies in seinem Inneren eine raffinierte Eisenkonstruktion auf, welche diese Etagen frei wie Tabletts schweben ließ. Die einzelnen Tabletts waren durch eiserne Treppenleitern untereinander und durch gewagte Gangbrücken mit der Außenwandung verbunden, um die ebenfalls eiserne Galerien liefen. Das Treppenhaus, das diese Galerien miteinander verband, befand sich in einem Metallschacht, der von jeder Etage aus zugänglich war.

Hier mußte es sein. Eine andere Möglichkeit gab es nicht. Von diesem Treppenschacht aus mußten Fenster nach draußen führen, und das unterste von ihnen mußte es sein. Aristide bemerkte, daß die Eisenblechtür, die dort hineinführte, halb offenstand. Und er bemerkte auch, daß man jeden Zug, der dort draußen vorbeistampfte, deutlich hören konnte. Er begann bereits heute, sich die Zeiten, zu denen das geschah, lückenlos einzuprägen.

Zu seiner unbeschreiblichen Freude wurde Aristide zur Arbeit in der untersten Etage eingeteilt. Die sechzehn Mann hatten die Aufgabe, in einem Staffelsystem das unten liegende Getreide so zu schaufeln, daß es möglichst weit nach oben kam, während das andere von oben her nachrutschte. Von Zeit zu Zeit kam einer der Männer vom Silo mit einer langen Stange, an der ein Thermometer befestigt war, stach die Stange in das Getreide und maß die Temperatur. Das wiederholte er in allen drei Etagen, und Aristide stellte fest, daß er nicht das Treppenhaus, sondern die freischwebenden Eisentreppen benutzte.

Sie begannen mit der Arbeit, und nach einiger Zeit schlug Aristide vor, daß sie der Reihe nach immer einzeln eine Pause von zehn Minuten einlegen sollten, solange keiner der Wärter und keiner der Männer vom Silo anwesend war. Sein Vorschlag wurde angenommen, und sie stellten die alphabetische Reihenfolge fest und gaben sich Nummern. Aristide hatte die Nummer sechs. Von acht Uhr dreißig an arbeiteten sie verbissen und schwitzend. Einer der Männer, die das Kommando schon kannten, klärte die anderen auf:

»Ihr müßt euch ranhalten, wenn Ihr mit Pausen arbeiten wollt. Es entspricht der Erfahrung, daß sechzehn Mann bei einer Mittagspause von einer halben Stunde die Temperatur des Getreides um ebensoviel Grad senken, wie es sich über Nacht erhitzt. Wenn das nicht genau klappt, wird das ganze Kommando abgelöst. Wenn sie sich nicht anders helfen können, vom Militär.«

Seiner Nummer entsprechend war Aristide nach fünfzig Minuten mit der Pause an der Reihe. Er stellte die Schaufel weg und entfernte sich in Richtung auf die Tür zum Treppenschacht, so als suche er nur eine Toilette. An der Tür sah er zurück, aber von den anderen achtete niemand auf ihn. Er zog die Tür auf und drückte sich nach innen. Eine Betontreppe führte in knappen Windungen nach oben, und an ihrem ersten Absatz befand sich ein Fenster. Mit drei, vier pantherartigen Sätzen war Aristide dort oben. Dieses Fenster war, seit es sich an dieser Stelle befand, mit Sicherheit noch niemals geputzt worden. Es war fast blind. Aber es ließ sich öffnen. Mit einem Blick sah Aristide, daß die Flacheisengitter erst bei Beginn des Einsatzes von Häftlingen auf Wunsch der Strafanstalt in das Mauerwerk eingelassen waren. Man hatte einer Form genügt und sich offensichtlich keine große Mühe damit gemacht. Siebenhundertachtzehn hatte große Teile der Mörtelverankerung ausgekratzt, und Aristide hatte keinen Zweifel, daß das Gitter der Kraft zweier entschlossener Männer nicht würde widerstehen können.

Er näherte das Gesicht den Eisenstäben und spähte, so gut es ging, hinaus, zog aber den Kopf rasch zurück, als er ihn plötzlich heiß und feucht von dem Qualmstoß einer Lokomotive eingehüllt spürte. Als die Lokomotive vorüber war, sah er wieder hinaus. Unten knirschten die Waggons vorbei. Das Gleis lief etwa eineinhalb Meter vom Silo entfernt, und außerdem lag zwischen Fenster und Schienen die Fahrleitung der elektrischen Anlage. Das Schlimmste aber war, daß das Fenster nicht groß genug war, um einen stehenden Absprung zu ermöglichen. Man mußte sich bäuchlings, mit den Füßen zuerst hinaushangeln und dann, sich mit den Händen an der Fensterbrüstung festhaltend, hängend warten, bis ein offener Güterwaggon vorbeikam. Und das alles durfte erst geschehen, wenn die Lok vorüber war, denn der Lokführer würde den am Mauerwerk hängenden Häftling ohne jeden Zweifel sofort bemerken. Dies alles nicht nur einmal, sondern zweimal während der Vorbeifahrt eines Zuges durchzuführen war ein unerhörtes Risiko. Es war mehr als fraglich, ob Rod und er überhaupt den gleichen Zug erreichen würden. Aber in zwei Punkten hatte siebenhundertachtzehn recht gehabt: Es waren nicht mehr als vier Meter bis zu den Waggons, und die Züge fuhren langsam.

Aristide stellte fest, daß der Zug, der eben vorüberfuhr, seine zulässige Höchstzahl von einhundertzwanzig Achsen führte. Offenbar war es der Strang einer Fernstrecke, der hier entlanglief. Noch einmal sah Aristide nach unten, als gerade ein Waggon mit grünlackierten landwirtschaftlichen Geräten vorüberfuhr, die ihre Sicheln und Gabeln blinkend in die Höhe streckten. Aristide schauderte und schloß das Fenster. Er beschloß, solange das möglich war, jede seiner Zehn-Minuten-Pausen dazu auszunützen, sich hierherzubegeben und darauf zu achten, welche Züge zu welchen Zeiten vorbeifuhren. Dann dachte er mit Schrecken daran, daß vielleicht auch andere auf den Gedanken kommen konnten, hier an diesem Fenster während ihrer Pause frische Luft zu schöpfen. Er durfte auf keinen Fall vergessen, morgen Plastelin oder Kitt aus der Modelltischlerei mitzubringen, um dem ausgebrochenen Mauerwerk wenigstens optisch den Anschein zu geben, als sei es vollkommen in Ordnung.

Er kam eben wieder pünktlich zu seiner Arbeit, um Nummer sieben in die Pause zu schicken. Danach gab es nur noch das satte Scharren der hölzernen Schaufeln, das leise Rieseln des rutschenden Getreides und natürlich, und das war für Anstide das weitaus wichtigste Geräusch, das Rumpeln und Stampfen der vorbeifahrenden Züge, das Aristide mit der Präzision eines Computers mit der Uhr an seinem Handgelenk verglich.

Von zwölf bis zwölf Uhr dreißig war Mittagspause. Die anderen kamen von oben heruntergeklettert, man steckte die Schaufeln in das Getreide und wartete, bis die Tür aufgeschlossen wurde. Das Essen kam in Behältern aus einer Großküche der Bahn, und man nahm es in den drei oder vier kahlen Räumen ein, die der Verwaltung des Silos zur Verfügung standen. Aristide bemerkte mit Verwunderung, daß niemand sich darum kümmerte, wie viele Häftlinge anstanden, um sich verpflegen zu lassen. Es galt anscheinend für selbstverständlich, daß jeder hungrig war und daß niemand über Mittag freiwillig in dem stickigen

Lagerturm bleiben werde. Und für ebenso selbstverständlich hielt man es offenbar, daß aus diesem Turm sich niemand zu entfernen vermochte, der es nicht sollte. Auch nach dem Essen wurde nicht gezählt, erst abends bei Schichtschluß, und auch da erst, als sie wieder auf den Lastwagen kletterten, überzeugte sich der Kommandoführer, daß alle seine Schäfchen auch vollzählig beisammen waren.

Während der Rückfahrt zum Zuchthaus ließ Aristide alles, was er festgestellt und in seinem Gehirn gespeichert hatte, Revue passieren. Seine Gedanken konzentrierten sich auf den Zug, der gleich nach Beginn der Mittagspause draußen vorbeifuhr. Schon morgen würde er sich vergewissern, was das für einer war. Wenn sie den erwischten, hatten sie mindestens die ganze Mittagspause und möglicherweise bis lange in den Nachmittag hinein Vorsprung. Bei ganz großem Glück sogar bis abends. Man brauchte nur so zu tun, als sei einem übel geworden und man habe sich abgemeldet, daß den anderen Häftlingen möglicherweise gar nichts auffiel. Aristide starrte unter der Plane heraus nach rückwärts in die Reihe blinkender Scheinwerfer der Autos, die ihnen folgten, und formulierte seinen Plan. Kurz vor den Weihnachtstagen, an einem Tag, an dem jeder, aber auch jeder in diesem Land an etwas anderes dachte, an einem der letzten Tage vor dem Heiligen Abend, um zwölf Uhr fünf Minuten mittags mußten sie es wagen, und wenn es ihnen an diesem Tag nicht gelang, war einfach das Schicksal gegen sie.

Es war sonderbar, wie alleine der Gedanke an die Freiheit die Phantasie zu beflügeln vermochte. Der dunkle Gefängnishof, das Gedränge beim Absteigen, die Stimmen der Wachtmeister, das Klappern der Schlüssel und Gittertore, die öden Korridore mit ihren faden sparsamen Lampen, das alles schien Aristide weit weggerückt, gar nicht mehr dazugehörig, außerhalb seiner selbst befindlich. Er kam sich vor wie ein Mieter auf Zeit, als Schniewind hinter ihm die Zellentür verschloß. Vier bis sechs Wochen, dachte er, als er sich auf die Pritsche setzte und die schweren Stiefel in einer Mischung aus Ingrimm und Befriedigung in die Ecke feuerte.

An diesem Abend lag Aristide noch lange wach und starrte auf den roten Punkt seiner Zigarettenglut. Der Ausbruch war der einzige Weg, allen ein Schnippchen zu schlagen, die hinter ihrem Geld her waren. Durch einen normalen Gang der Dinge mit normaler Entlassung, normalem bürgerlichen Leben, soweit das überhaupt noch möglich war, und normalem Alltag würden sie es niemals hindurchretten können, weil die Spürhunde vorbereitet waren. Aber wenn sie das Gesetz des Handelns an sich brachten und das Vakuum der Verwirrung ausnützten, dann war es zu retten, und alles, was sie auf sich genommen hatten, war wenigstens nicht umsonst.

Während dieser sechs Wochen, die sie noch von Weihnachten trennten, funktionierte Aristides Kopf so präzise wie ein Elektronengehirn. Er notierte und registrierte alles, was draußen im Silo geschah, mit peinlicher Genauigkeit. Kleinste Abweichungen in den Gewohnheiten der Wärter untersuchte er auf ihre Ursachen, geringste Unterschiede im Zeitplan des Kommandos auf ihre Häufigkeit und Periodik, die Verspätungen der Züge, ihre Länge und ihr Gewicht wurden ihm vertraut wie einem Bahnbeamten. Er vermied es, allzu häufig ans Fenster zu gehen, um keinen Verdacht zu erwecken, und er vermied es auch, Rod Näheres über den Plan zuzuflüstern, weil er der Meinung war, je weniger von seinem Plan aus dem eigenen Kopf drang, desto besser.

Rods Beschimpfungen nahm er hin. Rod hatte eben immer noch nicht begriffen, warum es unumgänglich gewesen war, den Schritt zu tun, das eigene Verbrechen selbst anzuzeigen. Ihm das zu erklären, hätte mehr Zeit und Gelegenheit erfordert zusammen zu sein, als sie in Kauf nehmen konnten, ohne Verdacht zu erwecken. Aber zum richtigen Zeitpunkt würde Rod schon begreifen. Und den richtigen Zeitpunkt hielt Aristide für gekommen, als die letzte Woche vor Weihnachten begann.

Er hatte durch seine Beobachtungen herausgefunden, daß an Montagen sich die Wärter besonders viel erzählten. Ihr Interesse galt ihren Frauen, den häuslichen Problemen, den Kindern. Erst am Dienstag widmeten sie nach Aristides Erfahrung ihr Augenmerk wieder mehr ihrem Beruf und damit den Gefangenen.

Und deswegen hielt Aristide den Montag, mit dem die Weihnachtswoche begann, für den richtigen Tag.

Eine entschlossene und gespannte Ruhe hatte sich Aristides bemächtigt.

Endlich war Feierabend, und der Mann vom Silo hatte die Temperatur gemessen. Es war, dachte Aristide, das letzte Mal, daß er dabei zusah. Während die Häftlinge sich unten an der Ausgangstür versammelten und darauf warteten, hinausgelassen zu werden, begann Aristide nach einer Möglichkeit zu suchen, Rod von seinem Entschluß in Kenntnis zu setzen. Besondere Vorbereitungen brauchten sie nicht zu treffen und konnten sie auch nicht treffen. Fliehen mußten sie ohnehin in der Kleidung, in der sie waren, und sie brauchten nur das Glück zu haben, bis zur Dunkelheit unbemerkt auf dem Zug bleiben zu können, dann würden sie sich schon Kleidung beschaffen können, in der sie nicht auffielen.

Während des Abzählens und Aufsitzens war es ebenso wenig möglich wie während der Fahrt, wo Rod und er weit voneinander entfernt saßen. Als sie das Zuchthaus erreichten, war die Finsternis schon hereingebrochen. Der Lastwagen fuhr durch das Tor, das wie jeden Tag bereits geöffnet war, als sie ankamen, und hielt vor dem Hauptgebäude an. Auf dem Gefängnishof war es dunkel, und während des Gedränges beim Herunterklettern von den Fahrzeugen fand Aristide Gelegenheit, es Rod zuzuflüstern.

»Morgen Mittagspause«, tuschelte er. »Vom Fenster aus in einen Zug. Paß auf mich auf.«

Dann war Rod weggedrängt worden, und die Männer näherten sich dem Eingang. Es war Besuchstag, und ein Wachtmeister mit einer Liste las die Nummern derjenigen Häftlinge vor, auf welche Angehörige warteten. Zu ihrem Erstaunen waren sowohl Aristide wie auch Rod unter ihnen. Aristide wußte natürlich, daß nur Danylos ihn besuchen würde, aber Rod war sich im Zweifel, denn um ihn hatte sich, seitdem er verurteilt worden war, noch niemals jemand gekümmert.

Aristide wurde zuerst von Schniewind nach oben geführt, um sich zu waschen. Als sie an dem Gitter vorüberkamen, das die tieferen Teile des Zuchthauses von denjenigen Trakten trennte, die allgemein zugänglich waren, sah Aristide hinter den Stäben zwischen wartenden Angehörigen Lenora stehen. Lenora bemerkte Aristide sofort, aber nur ein kaum sichtbares Blinzeln ihrer Augen zeigte an, daß sie ihn erkannt hatte. Schniewind sah, als er das nächste Gitter aufschloß und die Häftlinge passieren ließ, verstohlen noch einmal zurück.

»Na, tausendvier«, sagte er, »das wäre beinahe die Schuhgröße, die ich Ihnen verordnet hätte.«

Auch Aristide wendete sich kurz um.

»Nee, nee, Herr Wachtmeister«, sagte er, »da überschätzen Sie aber gewaltig meine Chancen.«

»Sagen Sie das nicht, tausendvier«, Schniewind lachte behaglich und doch ein wenig neidisch, »das sind gerade die, die hinter euch Südländern her sind. Aber, Spaß beiseite, Ihr Bruder ist da …«

»Immer wenn Sie mir eine Blonde versprechen, ist es mein Bruder, Herr Wachtmeister«, sagte Aristide. »Das finde ich nicht schön von Ihnen.«

Beide lachten, und Schniewind gab Aristide noch den wohlgemeinten Rat, sich sorgfältig zu waschen, bevor er geistlichen Trost entgegennähme. Ihre Stimmen verhallten mit Aristides Zusicherung, dies gewissenhaft zu tun, nach rückwärts in dem kahlen, matt erleuchteten Flur.

Für Rod Zlamitzer war der Besuch Lenoras eine Überraschung. Es war für ihn ganz selbstverständlich gewesen, daß sie ihn nicht besuchte, ebenso wie es selbstverständlich war, daß sie sich niemals geschrieben hatten, denn alle Briefe, die ankamen oder abgingen, wurden von der Zensur gelesen, so daß es doch keinen Zweck hatte, sich wichtige Dinge mitzuteilen. Außerdem hätte er auch ihre Adresse gar nicht gewußt, denn natürlich hatte Lenora die Wohnung versperrt und war irgendwo untergetaucht, um der Flut von Schnüffeleien, Erpressungen und Recherchen zu entgehen, die in einer Lage wie der ihren unvermeidlich waren. Eine Erkenntnis, die auch Kommissar Gracht mit Mißvergnügen gewonnen hatte.

Wenn also Lenora ihn heute hier besuchte, dann mußte es schon etwas Besonderes sein. Es traf sich glücklich, daß in der hektischen Zeit vor den Weihnachtstagen viele Häftlinge von ihren Angehörigen besucht wurden, so daß das Besuchszimmer ziemlich angefüllt war. Über die Barriere hinweg konnten die Besucher mit den Häftlingen sprechen, während Schniewind im Hintergrund stand, mit dem Schlüsselbund klapperte und von Zeit zu Zeit nach der Uhr sah.

»Lenora«, sagte Rod und verfluchte die Barriere, die zwischen ihnen war, als er sie ansah.

»Wie geht es dir, Rod?« sagte sie.

»Wie es einem eben so geht«, sagte er. »Soweit ist alles in Ordnung. Und bei dir?«

Lenora beugte sich weiter nach vorn, und es gelang ihr, unbemerkt zu flüstern.

»Sie haben mir vor ein paar Wochen ein Angebot gemacht. Der Bankier gibt hunderttausend für das Versteck.«

»Wie kommen sie denn darauf?« flüsterte Rod perplex. »Warst du leichtsinnig?«

»Er hat mich auf dem Rennplatz gesehen. Zufällig. Was soll ich machen?«

Eine kleine Weile überlegte Rod Zlamitzer fieberhaft, welchen Rat er seiner Frau geben solle, während er krampfhaft belanglose Sätze redete. Schließlich war er sich im klaren. Er beugte sich noch weiter vor und gab sich den Anschein, als küsse er sie zärtlich.

»Morgen mittag springen wir auf einen Zug«, hauchte er fast unhörbar in ihr Ohr. »Die Zeitungen werden es nicht vor Mittwoch bringen. Mach für Dienstag morgen etwas mit ihnen aus. Versprich ihnen, daß du ihnen das Versteck verrätst. Bestell sie möglichst weit raus. Gegen neun wird das Geld transportiert.«

»Und wenn sie nicht darauf eingehen?«

»Sie werden darauf eingehen. Es muß wie eine reale Chance für sie aussehen. Tu so, als ginge alles von dir aus. Dann werden sie es eher glauben. Du hast eben die Nerven verloren oder so ... Du wirst es schon hinkriegen ...«

»Und wenn nicht?«

Dann muß es auch so gehen. Halte dir den Rückzug offen. Dein Paß auf den Mädchennamen ist noch gültig?«

»Ja. Wann höre ich von euch?«

»Warte um Punkt elf am Dienstag auf meinen Anruf im Postamt neunundzwanzig an der Großmannstraße. Vergiß das nicht. Dienstag Punkt elf, Postamt neunundzwanzig. Ich halte Wort. Du wirst alles haben, Haus im Süden, Jacht, Reisen. Alles, was du dir wünschst. Aber sei klug, zäh und verschwiegen.«

»Also gut, Rod«, sagte Lenora in normalem Gesprächston, als Schniewind sich schlendernd und schlüsselklappernd näherte. »Drei Paar Socken, Unterhosen und einen Weihnachtsstollen. Ich bringe dir alles am nächsten Sonnabend.« Sie hielt ihm den Mund hin, er küßte sie, und sie verabschiedete sich von ihm, wie sich Hunderte von Frauen von ihren strafgefangenen Männern verabschieden. Schniewind sah Lenora nach und klapperte gedankenvoll mit den Schlüsseln.

Als Lenora durch den dämmrig erleuchteten Korridor auf den Ausgang zuschritt, stieß sie auf Eberhard Morissey, der dort wartete. Für den Bruchteil einer Sekunde zögerte Lenora, als sie ihn sah. Was konnte Morissey um diese Zeit hier im Zuchthaus Cralshagen zu suchen haben? Da sie an einen Zufall nicht glauben mochte, gab es für sie nur die eine Erklärung, daß nämlich auch Eberhard zu Rod wollte, um das Angebot seines Onkels nochmals zu erneuern. Das war eine völlig unvorhergesehene Situation. Sie konnte nur erraten, wie Rod sich verhalten würde. Sie dachte daran, daß er ihr empfohlen hatte, so zu tun, als ginge der Vorschlag von ihr allein aus. Wenn er daran festhielt, dann würde er Morissey gegenüber alles ablehnen und ihr freie Hand lassen. Jedenfalls würde sie sich so verhalten müssen, als ob dieser Rückschluß der richtige wäre.

Dies alles schoß ihr in dem winzigen Zeitraum durch den Kopf, als sie und Eberhard einander anstarrten, ehe Lenora mit klappernden Schritten weiterging, als habe sie ihn entweder gar nicht gesehen oder nicht erkannt. Wenigstens insoweit stimmte ihre Überlegung, als Eberhard Morissey tatsächlich, um der dunklen Verstrickung zu entgehen, die ihn einengte, noch einen letzten verzweifelten Versuch zur Flucht nach vorn machte, indem er sich an Roderich Zlamitzer unmittelbar wendete. Es war ihm gelungen, eine Sprecherlaubnis zu erwirken, obschon er weder ein Verwandter Rods noch sein Anwalt war. Aber Gracht hatte entschieden, daß man darüber hinwegsehen solle, denn für ihn war die Tatsache, daß Morissey sich überhaupt mit Zlamitzer in Verbindung setzte, wichtiger als die Befolgung engstirniger Routinevorschriften.

Es war ein kleiner Büroraum, in welchem Morissey zum erstenmal Auge in Auge dem Mann gegenübersaß, der ihn in die schwierigste und komplizierteste Situation seines Lebens gebracht hatte. Aber schon als er in diese gefühllosen, kalten grauen Augen blickte, wußte er, daß der Versuch, Rod Zlamitzer mit Vernunft zu gewinnen, ebenso vergeblich sein würde wie bei seiner Frau.

»Ich verstehe sehr gut«, sagte Rod. »Ich bin ja nicht dumm. Ich weiß genauso gut wie Sie, daß man in vier Jahren nicht vergessen haben wird, daß noch zweieinhalb Millionen im Feuer stehen. Ich würde ja gerne auf Ihr Angebot eingehen. Um so mehr, als Sie mir Verschwiegenheit ausdrücklich zugesagt haben. Das habe ich doch richtig verstanden, oder?«

Morissey nickte.

»Ja«, sagte er. »Das haben Sie.«

»Na eben«, sagte Rod. »Aber selbst wenn Sie mir fünf Millionen für die zweieinhalb geben würden, könnte ich es nicht. Wenn ich frei wäre, könnte ich mit Kapas darüber sprechen. Aber dazu können Sie mir auch nicht verhelfen.«

Rod sah Eberhard an.

»Das wäre auch ein bißchen viel verlangt«, sagte Eberhard.

»Zlamitzer«, fuhr er dann fort, »Sie sind verheiratet. Ich auch. Sie wissen, wie das ist. Sie haben mich in eine Krise gestürzt. Meine Frau verlangt die Scheidung, so tief hänge ich in Ihrer Sache drin. Und ohne mein Verschulden.«

»Ohne Ihr Verschulden? Da kann man verschiedener Meinung sein«, sagte Zlamitzer. »Und Ihre Frau ist eben anderer. Was gehen mich Ihre Krisen an? Jeder hat seine eigenen Krisen. Es hat keinen Zweck, Herr Morissey. Ich kann Ihnen nicht helfen. Sagen Sie das Kapas. Er kommt ein Jahr und vier Monate früher frei als ich. Ich sehe von dem Zaster sowieso nichts, weil er entweder schon über alle Berge oder mit dem Geld geschnappt ist, wenn ich rauskomme. Lassen Sie mich endlich in Ruhe. Reden Sie mit Kapas.«

»Na schön«, sagte Morissey schließlich und erhob sich, »ich sehe, daß man mit Ihnen nicht reden kann. Dann müssen die Dinge eben ihren Lauf nehmen.«

»Tja«, sagte Rod, »und das hätten sie wohl auch ohnedies getan.«

Eberhard Morissey antwortete nichts mehr, sondern läutete an der Eingangstür dem Wärter.

Nachdenklich und um eine wenn auch vage Hoffnung ärmer verließ er das Gefängnis in genau der entgegengesetzten Richtung, in der Roderich Zlamitzer von Schniewind in seine Zelle zurückgeführt wurde. Was ging nur in solchen Menschen vor? Es war für Eberhard eine sonderbare Erkenntnis, daß es zwei Verbrechern wirklich möglich war, das Versteck einer Beute geheimzuhalten, nach der Polizei, Versicherungen und nicht zuletzt er und die Bank selbst fieberhaft suchten.

Er lachte verächtlich vor sich hin, als er über den öden Parkplatz zu seinem Wagen ging und daran dachte, daß er sich selbst keine schlüssige Rechenschaft darüber abzulegen vermochte, ob er Rod glauben sollte, daß er wirklich nichts wußte, oder ob Rod tatsächlich die eisernen Nerven besaß, dieses Spiel durchzuhalten bis zum Ende. In diese Überlegungen vertieft, öffnete Eberhard die Tür seines Wagens und bemerkte zu seinem grenzenlosen Erstaunen, als er sich in die Polster fallen ließ, daß auf dem zweiten Vordersitz Lenora Zlamitzer auf ihn wartete.

»Sie?« sagte er verstört und versuchte sich von seiner Überraschung zu erholen.

»Sie waren bei meinem Mann, nicht wahr?« sagte Lenora.

»Ja«, sagte Eberhard. »Aber was soll das alles noch? Steigen Sie bitte aus. Ich habe eine Verabredung.«

»Mein Mann war also ablehnend, oder?« sagte sie, ohne auf seine Aufforderung einzugehen.

»Das wissen Sie doch wohl selbst am besten«, sagte Morissey, schob den Schlüssel ins Zündschloß und startete den Motor. Danach wartete er, daß sie aussteigen würde. Aber Lenora stieg nicht aus.

»Mein Mann will nicht einsehen, daß Sie recht haben«, sagte sie.

»Ihr Mann?« sagte Eberhard. »Soll das heißen, daß Sie ...«

»Ich kenne den Platz, wo Ihr Geld ist«, sagte Lenora. »Wenn Sie mich mit in die Stadt nehmen, können wir darüber sprechen. Vorausgesetzt, daß Ihr Angebot noch besteht ...«

Gracht, der die Szene durch die Frontscheibe seines Wagens beobachtete, nickte befriedigt, als er sah, daß die blonde Frau nicht aus Morisseys Wagen stieg, sondern im Gegenteil Morissey die Scheinwerfer einschaltete und Anstalten machte, den Wagen aus der Parklücke zu fahren.

»Siehst du«, sagte er zu Rösch, »Johannes Gracht ist geduldig und hat immer den richtigen Riecher. Los, steig aus. Das Pärchen ist was für meine Büchse. Du wartest auf den Bruder. Fix, fix.«

Kommissar Rösch beeilte sich, aus dem Wagen seines Kollegen zu kommen, der schon den Motor gestartet hatte und sich anschickte, der Limousine Morisseys zu folgen, die langsam aus der Parklücke rückwärts stieß. Gracht kurbelte die Scheibe seines Fensters herunter.

»Morgen bringst du mir deinen Bericht. Schönen Abend noch.«

»Gleichfalls«, brummte Rösch hämisch und vertrat sich auf dem Gehsteig die Beine. Wer weiß, wie lange der schmuddelige Bruder noch auf sich warten lassen und wer weiß, in welche finsteren Quartiere er ihn dann locken würde.

Nein, er wäre wirklich viel lieber so wie Gracht in einem warmen Auto der noblen Limousine des Bankmannes und der schönen blonden Frau gefolgt. Aber er war der Dienstjüngere und hatte vorliebzunehmen wie ein billiger kleiner Detektiv.

Der Mann, auf den sich Röschs Zorn entlud, hatte inzwischen Aristide auf die Segensverheißungen des Weihnachtsfestes hingewiesen, sich darum gekümmert, was Aristide für die Feiertage brauche, und ihn so gut es ging getröstet, daß er noch zwei weitere dieser Feste in freudloser Umgebung würde verbringen müssen.

»Wir sind arm geboren, Aristide, und wir werden arm sterben. So wie der Herr. Aber unser sollte der Reichtum der Seele und die Güte des Herzens sein, so wie des Herrn.«

So wie Onassis, wollte Aristide erwidern, und wie die Generäle. Aber warum sollte er den Bruder mit seiner aufsässigen Ironie ärgern, der es in seiner friedfertigen Einfalt gut meinte und der ihm vor allem nützlich sein konnte.

»Ich werde es versuchen, Danylos«, sagte er deshalb, »obwohl es schwer ist in einer Welt der Niedertracht und der Ungerechtigkeit.«

Aristide schwieg einige Augenblicke, in denen er nachdachte. »Könntest du mir nicht ein paar Bücher bringen, Danylos«, sagte er. »Ich habe hier viel Zeit zum Lesen, und vielleicht ist etwas dabei, was es mir erleichtern würde, dir zu glauben. Wenn du etwas zum Schreiben hast, schreibe ich dir ein paar auf.«

Danylos kramte aus seiner Soutane einen Notizblock und einen Bleistiftstummel und reichte beides Aristide. Aristide begann mit ungelenken kyrillischen Lettern den Zettel zu beschreiben. »Was schreiben Sie denn da, tausendvier«, wollte Schniewind wissen, der es beobachtete.

»Ich schreibe meinem Bruder ein paar Bücher auf, die er mir bringen soll, Herr Wachtmeister«, sagte Aristide und hielt Schniewind den Zettel vor das Gesicht. »Er vergißt so leicht, und ich hätte die Bücher gerne zu Weihnachten. Sie können ja dann die Bücher prüfen, wenn er sie bringt.«

Schniewind warf einen Blick auf den Zettel.

»Na ja, schon gut, tausendvier«, sagte er. »Bücher sind Ihr gutes Recht.«

Aristide kritzelte, auf die Barriere gebeugt, zu Ende, faltete dann den Zettel und gab ihn Danylos.

»Lies ihn draußen«, sagte er. »Unsere Zeit ist gleich um. Aber ich möchte genau diese Bücher haben, Danylos. Genau diese ...«

Der Priester schob den Zettel unter die Soutane und versprach, die Bücher zu bringen, soweit er ihrer habhaft werden könne.

»Wenn es mir nur gelänge, dir die Augen zu öffnen und den Hochmut zu nehmen«, sagte er gegen Schluß des Gesprächs.

»Du könntest das vielleicht noch, Danylos«, sagte Aristide. »Das Zuchthaus kann es jedenfalls nicht.«

»Ich versuche es wenigstens«, sagte Danylos und verabschiedete sich dann von Aristide, wobei er wie jedesmal über Aristides Stirn das Kreuz schlug.

Draußen vor dem Eingang im Schein einer Straßenlampe holte er den Zettel aus der Soutane, um ihn zu lesen. Aber seine kleinen Augen hinter den Gläsern wurden starr vor Verblüffung, als er sie auf den Zettel heftete. Von Büchern stand dort wahrhaftig nichts geschrieben.

Das wiederum konnte Rösch nicht wissen, der Danylos von der anderen Gehsteigseite aus beobachtete und ungeduldig wartete, wozu der Priester sich entschloß. Dann schließlich steckte Danylos den Zettel wieder zu sich und machte sich auf den Weg, zuerst zu Fuß, danach benutzte er einen Omnibus und stieg schließlich in die S-Bahn um. Rösch folgte ihm gewissenhaft auf den Fersen.

Zur gleichen Zeit hatte sich Eberhard Morissey an die Tatsache gewöhnt, daß er möglicherweise nahe vor der Lösung aller der Rätsel stand, die ihn seit Monaten bedrängten. Er hatte während der Fahrt vergeblich nach den Fallstricken und Fußangeln gesucht, die vielleicht hinter dem plötzlichen Umschwenken der Frau stecken mochten, die neben ihm saß. Aber er hatte beim besten Willen keine gefunden. Er mußte zugeben, daß Lenoras Argumente nicht zu erschüttern waren.

»Sie laufen doch überhaupt kein Risiko«, sagte sie. »Mein Mann sitzt fest und der Zyprer auch. Sie haben es nur mit mir zu tun.«

»Und warum tun Sie das? Jetzt plötzlich?« fragte Eberhard zum zweiten- und drittenmal, und auch ihre Antwort hierauf war logisch und glaubhaft.

»Mein Mann hat sich in die Sache verrannt. Aber er kann ja doch nicht an das Geld ran, wenn er freikommt. Und mit Ihren hunderttausend kann er wenigstens neu anfangen.«

»Schön«, sagte Eberhard nach einer Pause. »Und was schlagen Sie vor?«

»In Bergedorf«, sagte Lenora, »gibt es einen Sportplatz. Er liegt an der Krusestraße, gegenüber dem Grundwasserwerk. Er ist sehr groß und frei. Dort werden Sie mich Dienstag vormittag um acht Uhr in einem Wagen mitten auf der offenen Fläche finden, wenn ich mich überzeugt habe, daß keine Polizei in der Nähe postiert ist und Sie mit einhunderttausend Mark in bar alleine auf dem Platz sind.«

»Aber warum denn diese Vorkehrungen?« sagte Eberhard.

»Weil Sie mich jetzt in der Hand haben, nachdem ich Ihnen gesagt habe, daß ich das Versteck kenne. Wenn Sie falschspielen, Herr Morissey, können Sie mich zwar ins Gefängnis bringen, aber dann bleibt das Versteck auf Lebenszeit mein Geheimnis. Es ist besser, wenn Sie nicht falschspielen.«

»Und woher soll ich wissen, daß Sie nicht falschspielen?« sagte Eberhard.

»Sie werden das sofort begreifen, wenn ich Ihnen das Versteck sage. Ich werde im Wagen sitzen, und Sie werden zu Fuß sein. Ich werde Ihnen sagen, was Sie wissen wollen, und Sie werden mir dann das Geld durch das offene Fenster reichen. Und wenn Sie den geringsten Zweifel hegen, daß das, was ich Ihnen sage, stimmt, brauchen Sie es nicht zu tun. Mehr kann ich Ihnen nicht anbieten.«

Eberhard schwieg eine lange Weile.

»Gut«, sagte er dann. »Ich werde dort sein.«

»Das habe ich auch nicht anders erwartet«, sagte Lenora. »Und jetzt schütteln Sie mir bitte den Polizeikommissar ab, der schon seit Cralshagen hinter uns herfährt. Er weiß nämlich immer noch nicht, wo ich wohne, und ich will auch nicht, daß er es erfährt.«

Eberhard sah verblüfft in den Rückspiegel und bemerkte die Scheinwerfer von Grachts Wagen, der ihm in etwa fünfundsiebzig Meter Entfernung folgte.

»Wie soll ich denn das machen?« sagte er, unangenehm berührt.

»Sie brauchen doch nur ein bißchen draufdrücken«, sagte Lenora. »Oder wollen Sie, daß Ihnen die Polizei einen Strich durch die Rechnung macht?«

»Ich werde ein Protokoll bekommen«, sagte Eberhard.

»Aber Herr Morissey ...« Lenora lachte ungeniert, »... fünf Mark gegen zweieinhalb Millionen.«

Ihr Argument leuchtete Eberhard ein, und auf der breiten Ausfallstraße beschleunigte er seinen starken Wagen, bis Grachts Lichter weit hinter der nächsten Biegung zurückblieben.

Am Hauptbahnhof verließ Danylos den S-Bahnzug, begab sich durch die Sperre, fragte noch innerhalb des Bahnhofes einen Beamten und draußen auf der Straße einen Passanten. Beide wiesen ihm offenbar den Weg. Danach begann Danylos die Straße zu überschreiten und ging zu Fuß in die Gegend, wo die Markthallen die oberen Hafenbecken säumten. Rösch folgte ihm, überquerte Straßen, bog um Ecken und schritt an Häuserwänden entlang. Schließlich, in der schachtartigen Schlucht der gekrümmten Westerstraße, bog Danylos in die Torfahrt eines unauffälligen Hauses zwischen einer Briefmarkenhandlung und einer winzigen Schiffahrtsagentur, durchschritt einen Hof, eine zweite Durchfahrt und noch einen Hof und tauchte in ein Treppenhaus, dessen Stufen knarrten, als er nach oben stieg.

Es war für Rösch nicht leicht, dem Priester in diesem Hausflur zu folgen, ohne daß er es merkte. Aber immerhin hörte er, als Danylos' Schritte verstummten, daß Danylos nicht läutete, sondern klopfte. Rösch mußte stehenbleiben, bis Danylos eingelassen wurde. Dann stieg er weiter nach oben. Alle Wohnungstüren, an denen er vorbeikam, hatten Klingeln. Endlich erreichte er das Bodengeschoß, von wo aus keine Treppe mehr weiterführte. Links befand sich eine Eisenblechtür, durch die man wahrscheinlich auf den Dachboden gelangen konnte, geradeaus eine braune Holztür mit einem matten Messingknauf in der Mitte, und rechts sah Rösch ein Fenster, hinter dem sich ein relativ flaches Blechdach dehnte.

Die braune Tür vor ihm hatte keinen Klingelknopf und mußte folglich die Tür sein, durch die der Priester eingelassen worden war. Durch diese Tür drang kein Laut. Rösch ließ die Augen wandern. So, wie er die Architektur dieses Hauses einschätzte, konnte die Wohnung ebenfalls ein Fenster auf das Blechdach hinaus haben. Und da er Danylos schon so hartnäckig gefolgt war, wollte er nun auch wissen, was der Priester in dem Speichergeschoß dieses unscheinbaren, verwahrlosten Hauses in der Hafengegend suchte.

Geschickt öffnete Rösch das leise klirrende Fenster, schwang sich auf die Brüstung und tastete mit den Füßen nach draußen. Er konnte das Blechdach erreichen und ließ sich hinaus. Dann zog er die Fensterflügel zu, so gut es ging, und bog sich zurück. Seine Erwartung hatte ihn nicht getrogen. Einige Meter weiter durchstieß ein Lichtschein die Mauer, und als Rösch sich auf Zehenspitzen dorthin bewegte, konnte er durch ein weiteres, mit schmutzigen Spanngardinen aus Tüll versehenes Fenster in ein bescheiden eingerichtetes Zimmer sehen, in dem Danylos mit einer hübschen, dunkelhaarigen Frau im Morgenmantel sprach. Die Frau saß, die Hände im Schoß gefaltet, auf dem Diwan und sah zu dem Priester hoch, der vor ihr stand. Sie schien ihm irgend etwas zu erzählen, denn, verbunden mit temperamentvoller Mimik des Gesichtes, bewegte sich pausenlos ihr Mund. Schließlich sagte der Priester etwas, und die Frau widersprach. Dann stand sie aber doch auf, öffnete eine Schublade der Kommode, holte eine Handtasche heraus, zog aus dieser einen doppelt gefalteten und verklebten Briefumschlag und gab ihn Danylos, der ihn unter die Soutane schob.

Die Frau setzte sich nicht mehr hin, sondern nahm die Lockenwickler aus dem jetzt lang herabfallenden Haar, öffnete einen Schrank und zog ein dunkles Kleid hervor, mit dem sie hinter einen Wandschirm trat, der sie zwar Danylos', zu Röschs Freude jedoch seinen eigenen Blicken nicht entzog. Der Priester hatte sich jetzt, während er selbst zusammenhängend sprach, wartend auf einen Stuhl gesetzt, und die Frau zog den Morgenmantel aus. Bevor sie sich jedoch noch weiter entkleidete, erinnerte sie sich daran, daß die Tüllgardine durchsichtig waren, kam auf das Fenster zu, und Rösch glaubte schon, sie müsse ihn jeden Augenblick entdecken, ehe eine klapprige Jalousie dicht vor seinen Augen herabrasselte. Überwältigt drehte Rösch sich um, lehnte sich gegen die rissige Ziegelmauer, schob den Hut zurück und blickte auf die nächtlich erregende Szenerie der Großstadt, die von seinem Standpunkt aus etwas Faszinierendes hatte. Nach einiger Zeit erlosch im Zimmer das Licht, und Rösch hörte durch das Treppenhausfenster, daß Danylos und die Frau die Wohnung verließen. Mit wenigen Schritten war er dort und vernahm die Stimmen, die sich nach unten entfernten. Es beruhigte ihn, festzustellen, daß er sich keinen Vorwurf zu machen brauchte, das Gespräch im Zimmer nicht gehört zu haben, denn Danylos und die Frau sprachen griechisch, eine Sprache, die Rösch ohnehin nicht verstand.

Rösch schwang sich zurück ins Treppenhaus, schloß das Fenster und leuchtete mit dem Feuerzeug, um den Namen der Frau ausfindig zu machen. Es sagte ihm wenig, daß der Name Bayar Tyssatsis auf einer Visitenkarte an die Tür geheftet war. Vorsichtshalber zog er die Karte aus dem Schlitz, in dem sie steckte, und verwahrte sie in seiner Brieftasche.

Eine zarte Wolke von Parfüm hing in dem Treppenhaus, als Rösch dem ungleichen Paar nach unten folgte. Als er an die Tür kam, sah er sie vor sich. Nebeneinander durchschritten sie die nächste Torfahrt. Anscheinend bat die Frau den Priester, ihr den Zettel Aristides zu geben, denn er reichte ihn ihr hinüber, und sie knüllte ihn zusammen, hob den Deckel einer Mülltonne und warf ihn hinein. Rösch folgte ihnen bis zur Straße, wo sich die beiden nach rechts wendeten.

Rösch blieb stehen und überlegte. Es hatte wahrscheinlich wenig Zweck, dem Paar noch weiter zu folgen, und außerdem wollte er auch nach Hause. Und während er noch nachdachte, kam ihm der weitaus beste Gedanke seiner bisherigen Beamtenlaufbahn, wenn auch nur aus purer Neugierde. Jedenfalls wendete er sich um, durchschritt noch einmal die Torfahrten, hob den Deckel von der Mülltonne und fischte den zerknüllten Zettel heraus. Er strich ihn glatt und versuchte, ihn zu lesen. Aber seine Neugierde wurde enttäuscht. Der Zettel war mit kyrillischer Schrift beschrieben. Macht nichts, dachte Rösch, während er ihn zu der Visitenkarte Bayar Tyssatsis' in die Brieftasche steckte, irgend jemand werde ich schon finden, der Griechisch versteht.

Der Morgen dieses einundzwanzigsten Dezember unterschied sich in nichts von anderen Wintermorgen. Er war grau, trübe und kalt. Wie seit sechs Wochen jeden Tag um sieben Uhr fünfzehn, versammelten sich achtundvierzig Männer vor dem Eingang zum Verwaltungsgebäude auf dem weitläufigen Hof, traten von einem Bein auf das andere und schlugen die Arme um die Oberkörper, während sie auf den Lastwagen warteten.

Die beiden Wärter, die schon anwesend waren, hatten die Karabiner, den Lauf nach unten, über die Schulter gehängt, und einer von ihnen rauchte eine Zigarette, die er mit dem Stiefelabsatz austrat, als der Lastwagen mit eingeschaltetem Standlicht heranrollte. Die Männer wollten schon, wie gewöhnlich drängelnd, nach oben klettern, als etwas Ungewöhnliches geschah.

»Nee, nee, Herrschaften«, ließ sich der eine der Wärter vernehmen, »alles mit der Ordnung. Erst mal in einer Reihe antreten und abzählen.«

Fluchend und murrend ob des ungewohnten Aufenthalts und der neuen Schikane bildeten die Häftlinge eine Reihe.

»Abzählen!« kommandierte der Wärter, und unbeholfen begannen die Gefangenen, wirr und teilweise durcheinander, Nummern zu rufen. Aristide, der alles, was da geschah, mit steigendem Mißtrauen beobachtet hatte, hatte sich am Ende eingeordnet und traute seinen Ohren nicht, als die Nummer, die zu rufen er an der Reihe war, auf neunundvierzig lautete. Kaum hatte er sie herausgestoßen, war auch schon einer der Wärter da, griff um seinen Oberarm und drängte ihn in Richtung auf den Eingang zurück. Dabei bemerkte Aristide, daß es neue Wärter waren, deren Gesichter er noch niemals bei dem Kommando gesehen hatte.

»Nee, nee, Herr Wachtmeister«, riefen die anderen Häftlinge durcheinander, »wir gehören aber alle dazu. Da stimmt was nicht. Zu siebenundvierzig können wir die Temperatur nicht runterschaufeln.

»Also los, noch mal abzählen«, rief der Wärter, schob Aristide wieder zu den anderen, und der Vorgang begann von neuem.

Zu Aristides unbeschreiblicher Erleichterung lautete die letzte Zahl diesmal wirklich auf achtundvierzig.

Nacheinander erkletterten sie nun die Pritsche des Wagens, der mit ratterndem Dieselmotor zur Abfahrt bereitstand. Als letzter kam der dritte Wärter nach oben. Aber bevor sich wie jeden Tag die Klappe schloß, lockte der Mann durch schnalzende Geräusche einen Schäferhund, der mit schlappender Zunge nach oben gesprungen kam. Danach knallte die Pritschenklappe zu, und durch das sich langsam öffnende Tor verließ der Wagen den Gefängnishof.

Aristide starrte auf den Hund. Es war doch ganz ausgeschlossen, daß jemand Lunte gerochen hatte. Er hatte zu niemandem, außer zu Rod, auch nur ein einziges Wort gesagt, und daß Rod sie verpfiffen hatte, hielt er für ganz unmöglich. Es konnte natürlich sein, daß Rod sein, Aristides, Verhalten nach dem Einbruch noch immer als Verrat ansah und die Absicht hegte, sich auf diese Weise zu rächen. Aristide starrte nach vorne, wo Rod saß, aber Rods Gesicht war verschlossen und undurchdringlich. Er wird doch nicht, schoß es Aristide durch den Kopf, Lenora etwas gesagt haben. Denn wenn das alles kein Zufall war, sondern wenn man Verdacht geschöpft hatte, dann konnte es nur auf diesem Weg zu ihren Ohren gelangt sein. Verzweifelt grübelte Aristide, aber er fand keine Antwort auf seine Frage, bis er einen der anderen murmeln hörte:

»Verfluchter Quatsch so was. Wie bei der Gestapo.«

»Neue Vorschriften ab heute«, sagte ein dritter. »Hast du noch nichts davon läuten hören?«

»Nee«, sagte der andere, und Aristide fragte:

»Seit wann weißt du das?«

»Schon 'n paar Tage her«, sagte der andere. »Ich hab's beim Zahnarzt gehört.«

»Beim Zahnarzt ...«, sagte Aristide erleichtert. Schon ein paar Tage her, dann konnte es weder von Rod noch von Lenora kommen. Dann war es immerhin möglich, daß das alles ein Zufall und unabhängig von ihren Ausbruchsplänen war.

Er starrte wieder auf den Hund. Vor dem Hund hatte er nicht die geringste Angst. Es gab keinen noch so gut ausgebildeten Hund, der seinen Mann stellte, solange dieser auf einem Eisenbahnzug fuhr. Und erleichtert dachte Aristide daran, daß, wenn jemand wußte, wie der Ausbruch geschehen würde, man niemals einen Hund eingesetzt hätte.

Der Wagen fuhr jetzt auf der Brücke, welche die Bahnanlagen überspannte. In einiger Entfernung ragte der Silo hoch. Der Alltag nahm seinen gewohnten Gang. Der Wagen bog in das Gelände ein und blieb stehen. Die Männer sprangen von der Pritsche und wollten schon, wie gewohnt, drängend und frierend in den Silo gehen, als der Wachtmeister wieder antreten und abzählen ließ. Erst danach nahmen sie ihre Arbeitsplätze ein und begannen langsam und zügig mit dem gewohnten Geräusch des scharrenden Holzes zu schaufeln.

Aristide war heute in der mittleren Etage eingeteilt und Rod in der obersten. Als Aristide einmal nach oben blickte, sah er Rods Augen auf sich gerichtet. Und diese Augen waren noch immer angefüllt mit Haß, der sich mit den Monaten der Haft vollgesogen hatte. Aber das war Aristide weniger wichtig als die Frage, ob der neue Wachtmeister auch in der Mittagspause abzählen lassen würde. Denn wenn das der Fall war, mußten sie auf ihre Freiheit nicht nur für heute, sondern für unabsehbare Zeit verzichten. Dann würden sie einen neuen Plan ausarbeiten müssen, und es würden Monate vergehen, bis sie ihn würden verwirklichen können. Es erschien unter diesen Umständen nur natürlich, daß die vier Stunden, die sie von der Mittagspause trennten, Aristide vorkamen wie eine Ewigkeit.

Einige Stunden später war die Stimmung im Vorstandszimmer der Handels- und Kreditbank hochexplosiv. Albrecht Kübler wanderte, die Hände in die Taschen der Hose versenkt, das Jakkett zurückgeschlagen, energisch im Zimmer hin und her. In seinem Gesicht war von dem augenzwinkernden Humor, den es zuweilen zeigen konnte, nichts zu sehen. Der weiße Schnauzbart verdeckte trotzig und unbewegt die Oberlippe, während das Kinn, weit vorgeschoben, die Richtung, in die er gehen wollte, schon anzeigte, bevor er sie einschlug.

Eberhard Morissey saß in einem der Kalbsledersessel und rauchte, während Matthi Kübler sich mit vor der Brust verschränkten Armen gegen den Mahagonischreibtisch gelehnt hatte, der die Ausmaße einer Pingpong-Platte aufwies. Er betrachtete teilnahmslos die hübsche Stehlampe im Empirestil, die brannte, weil es draußen neblig war und das hereinfallende Licht das Zimmer nur ungenügend erleuchtete. Außer ihr brannten noch zwei schöne, ebenfalls antike Wandarme, Fahnenadler der französischen Armee aus der Zeit Napoleons. Die warme, anheimelnde Atmosphäre des Zimmers mit seinem dicken Spannvelour und den beiden kostbaren Perserbrücken darüber stand im krassen Gegensatz zu der gereizten Spannung, die von Albrecht Kübler ausging.

Er blieb jetzt vor dem behäbigen, kostbar gerahmten Holländer stehen, der die Kaminwand zierte, und starrte gedankenlos auf die windmühlengezahnte, wolkenüberflogene Landschaft, die er darstellte. Nach einigen Sekunden wendete er sich um.

»Wahrheit ...«, schnaufte er. »Wahrheit besteht aus Tatsachen. Und es ist eine Tatsache, daß du von einer Bande von Verbrechern abhängig bist. Und es ist nicht wahr, daß du nichts damit zu tun hast. Irgendwie hast du damit zu tun, und wenn du es nicht weißt ...« Ein paar zehntel Sekunden trat Schweigen ein.

»Die anderen wissen es. Und das genügt.«

Matthi Kübler schüttelte den Kopf.

»Aber Matthi«, sagte der Bankier, der es beobachtete. »Sonst würden sie doch nicht jetzt die Frau schicken, um ihn mit hunderttausend zu bluffen. Auf einem Fußballplatz in Bergedorf. Überlege dir doch mal so eine Frechheit.«

»Ich glaube nicht an einen Bluff«, sagte Eberhard. »Und außerdem stammt die Idee von dir.«

»Das ist etwas anderes«, schnaubte Kühler. »Eine Augenblickseingebung in Gewinnerlaune. Wäre es gelungen, wäre es ein Coup gewesen. Aber jetzt wird es zur Farce, bei der man dir das Fell über die Ohren zieht. Du kannst mit deinem Geld machen, was du willst, aber ich, mit dreißig Jahren Erfahrung, rate dir ab.«

»Mein Gott«, sagte Eberhard bedrückt, »ich weiß wirklich nicht mehr, wo ich anfangen soll.«

»Bei dir selbst«, sagte Kübler. »Ein Mann, der in seiner Ehe kein Alibi hat, hat auch in seinen Geschäften keines. Er verliert das Gesicht. »

Kübler blieb stehen und sah auf Morissey herunter. Der Blick war Morissey so peinlich, daß er es als unangenehm empfand, sitzenzubleiben. Er stand auf und begann seinerseits, im Zimmer hin und her zu wandern.

»Ich kann doch nichts dafür, daß dieser fanatische Kommissar sich ein Gebäude zusammenklittert, dessen Logik ...«

»... nicht anzugreifen ist«, ergänzte Kübler.

»Er hat nichts als den billigen Ehrgeiz, einmal einen Bankier zur Strecke zu bringen«, schrie Morissey unbeherrscht los, »und du unterstützt ihn noch darin, anstatt dich hinter mich zu stellen.

»So ein Kommissar bringt nur einen Bankier zur Strecke, der Angriffsflächen bietet. Es kommt immer wieder auf das gleiche heraus, Eberhard. Die Handels- und Kreditbank kann sich keinen Direktor leisten, der Angriffsflächen bietet und sich auf Fußballplätzen mit Gangsterfrauen trifft. Ich hoffe, du verstehst mich endlich.«

Morissey zog das Taschentuch aus der Brusttasche, fuhr sich damit über die Stirn und schwieg. Kübler wartete auf eine Antwort und wendete sich dann an Matthi:

»Verstehst du mich, Matthi?«

Matthi Kübler nahm die Arme vor der Brust auseinander.

»Ja, ich verstehe dich«, sagte er nach einer Weile. »Und Eberhard versteht dich auch. Er weiß nur nicht, wo er anfangen soll.«

»Da kann ich ihm nicht helfen«, knurrte Kübler. »Vielleicht versucht er es einmal in seiner Ehe. Da hat der Dreck angefangen. Vielleicht fängt da auch das Ausmisten an.«

Gleichgültig hob er den Hörer ab, als das Telefon auf seinem Schreibtisch klingelte.

»Herr Morissey ist hier«, sagte er. »Nein, nicht hierher. Legen Sie das Gespräch auf Herrn Morisseys Zimmer.« Kübler legte den Hörer zurück in die Gabel. »Für dich«, sagte er.

»Wer ist es denn?« wollte Eberhard wissen.

»Was weiß ich?« sagte Kübler. »Ich habe nicht gefragt.«

Eberhard verließ das Zimmer seines Onkels und ging auf dem Flur mit den antiken Stichen an den Wänden über den sattroten Teppich hinüber in sein eigenes Büro, wo das Telefon auf seinem Schreibtisch bereits hartnäckig klingelte. Eberhard hob den Hörer ab und nannte seinen Namen. In der Muschel hörte er die Stimme, die er augenblicklich am meisten in der Welt verabscheute.

»Hier Gracht, Herr Morissey. Sie erinnern sich an mich. Kommissar Gracht vom Einbruchsdezernat.«

Eberhard konnte nicht sofort antworten. Erst als Gracht ein weiteres Mal fragend »Hallo?« gesagt hatte, raffte er sich auf.

»Sie?« sagte er. »Was wollen Sie denn noch von mir?«

»Es sind da noch ein paar Punkte offen«, hörte er die Stimme seines Widersachers, »die ich gerne mit Ihnen besprochen hätte. Einige wichtige Punkte«, fügte Gracht nach einer kurzen Pause bedeutungsvoll hinzu. »Am besten kommen Sie zu mir ins Büro, Herr Morissey.«

»Heute, ein paar Tage vor Weihnachten?« sagte Eberhard. »Hat das nicht bis nach den Feiertagen Zeit?«

»Nein«, sagte Gracht. »Sonst hätte ich nicht heute angerufen. Für mich ist heute nämlich auch ein paar Tage vor Weihnachten. Sie können zu mir kommen, Herr Morissey, oder ich komme zu Ihnen in die Bank. Wie es Ihnen lieber ist.«

Eberhard knotete mit nervösen Fingern die Schnur des Telefons. Daß ihn dieser Teufelskreis einfach nicht losließ. Nein, er konnte es nicht riskieren, daß dieser Sadist einer perversen Logik mit seiner Augenklappe noch einmal durch die Korridore der Bank schlich und in jedem beliebigen Angestellten, dem er begegnete, die Erinnerung an die beiden Tage wachrief, die er, Eberhard Morissey, wie er hoffte zum letztenmal in seinem Leben, im Gefängnis zugebracht hatte. »Also soll ich zu Ihnen kommen«, hörte er die Stimme Grachts in der Muschel.

»Nein«, sagte Morissey. »Ich komme ins Präsidium. Wann?«

»Am besten gleich«, sagte Gracht, und Morissey bemerkte, daß sein Gesprächspartner eingehängt hatte, noch bevor er hatte antworten können. Langsam legte auch er den Hörer zurück. Für die Fahrt nahm er den Wagen, und es dauerte nicht lange, bis er das wohlvertraute und ebenso gehaßte Hochhaus des Polizeipräsidiums erreichte, dessen Anblick ihm wie ein Quader voller Alpträume auf der Brust zu lasten schien.

Weihnachtsbäume mit elektrischen Kerzen an allen Straßenecken und Plätzen. Zwei Weihnachtsbäume mit elektrischen Kerzen in der Eingangshalle des Präsidiums. Und natürlich ein kleiner Weihnachtsbaum mit elektrischen Kerzen auf der Aktentheke im Dienstzimmer Johannes Grachts, der ihn schon erwartete und sich nicht einmal erhob, als Eberhard den Raum betrat.

»Bitte nehmen Sie Platz, Herr Morissey«, sagte Gracht und deutete auf den Sessel vor seinem Schreibtisch. Seine Begrüßung ermutigte Eberhard nicht, den Mantel auszuziehen. Er nahm nur den Hut ab und setzte sich.

»Sie sehen nicht wohl aus«, sagte Gracht. »Haben sie Sorgen?«

»Ja«, sagte Morissey. »Aber haben Sie mich deshalb hierher gebeten?«

»Nein«, sagte Gracht. »Ich hätte gern ein paar Erklärungen von Ihnen, Herr Morissey.«

Gracht zog seine Schreibtischschublade auf und entnahm ihr einen Zettel.

»Am einundzwanzigsten Oktober trifft sich Herr Kübler persönlich auf dem Rennplatz Groß Flottbek mit Frau Lenora Zlamitzer, die sich im übrigen der Beobachtung ebenso geschickt wie konsequent entzogen hat, auffallend gut gekleidet ist und teuren Schmuck trägt. Und am Sonntag, dem zwanzigsten Dezember, wird Roderich Zlamitzer von Herrn Eberhard Morissey im Zuchthaus aufgesucht. Anschließend trifft sich Herr Morissey wieder mit Frau Zlamitzer, läßt sie in seinen Wagen steigen und entzieht sie auf der Fahrt in die Innenstadt bewußt der Beobachtung durch den nachfolgenden Polizeibeamten.«

Gracht ließ den Zettel auf seinen Schreibtisch segeln und sah Morissey an.

»Ich habe Sie hierher gebeten, um mir erklären zu lassen, was das alles bedeutet.«

Eberhard konnte seine Überraschung trotz der Fassung, mit der er diesem Gespräch entgegengesehen hatte, nicht ganz verbergen, und Gracht bemerkte es mit Befriedigung.

»Sie würden es mir doch nicht glauben, wenn ich es Ihnen sagen würde«, murmelte Morissey.

»Anzunehmen«, sagte Gracht. »Versuchen Sie es trotzdem einmal.«

»Die Handels- und Kreditbank, und besonders ich, sind äußerst interessiert daran zu erfahren, wo unser Geld ist«, sagte Morissey. »Und wir haben mit allen zulässigen Mitteln versucht, es herauszubekommen.«

Gracht nickte, als versuche er, den allerbesten Willen aufzubringen, das zu glauben.

»Aber Sie müssen doch zugeben, daß das ungewöhnlich ist, nicht wahr? Die Bank ist versichert, die Versicherung hat bezahlt. Was interessiert Sie das noch?«

»Mein Gott, Mann«, brach es aus Morissey heraus, »Sie haben mich und meine Familie mit Ihrer verrückten Theorie doch erst in die Lage gebracht, das größte Interesse daran zu haben. Verstehen Sie denn das nicht? Es hat noch keinen Polizeikommissar gegeben, der sich trotz Geständnis und Verurteilung zweier Verbrecher so in die Idee verrannt hat, es müsse ein anderer gewesen sein, wie Sie.«

»Ja, das stimmt«, sagte Gracht. »Es hat aber auch noch nie einen Bankraub unter so sonderbaren Umständen und mit so sonderbaren Folgeerscheinungen gegeben wie diesen.«

Morissey starrte sein Gegenüber an. Bis zum Überdruß kannte er dieses hagere, ein wenig verkniffene, asketische Gesicht, auf welches die schwarze Augenklappe einen unsympathischen, asymmetrischen Fleck malte.

»Sie wollen mich fertigmachen, nicht wahr?« sagte Morissey nach einer Weile in verändertem Tonfall. »Es macht Ihnen ein sadistisches Vergnügen, Menschen in Schwierigkeiten zu bringen, die Ihnen nichts getan haben.«

»Ich bin Beamter, Herr Morissey«, sagte Gracht. »Und ich werde dafür bezahlt, die Wahrheit zu finden. Ich schwöre Ihnen, eines Tages werde ich Ihnen ins Gesicht sagen, was Sie persönlich mit dieser Sache zu tun haben. Und daran kann mich nur eines hindern: daß Sie es nämlich vorher mir sagen. Und so weit werde ich Sie bald haben. Ja ...«, rief er, als an die Tür geklopft wurde.

»Na endlich«, begrüßte er Rösch, der das Zimmer betrat.

»Tut mir leid«, sagte Rösch. »Der Boß hat mich schon um sieben zu dem Sparkasseneinbruch geschickt. Was Neues?«

Rösch musterte Eberhard interessiert.

»Später«, sagte Gracht. »Wie war es bei dir?«

»Der Bruder ist wirklich 'ne Niete«, sagte Rösch, nahm den Hut ab und setzte sich halb auf den Schreibtisch. »Jagt mich mit allen Verkehrsmitteln durch die ganze Stadt. Hauptbahnhof, Hafen, Markthallen, alle Schikanen, um sich dann mit 'nem Flittchen zu treffen. Bei ihr in der Wohnung ...«, Rösch kramte die Brieftasche hervor und entnahm ihr einen Zettel, »... Westerstraße 11 a, Rückgebäude, dritter Hof. Da unterhält er sich eine Stunde mit ihr und geht dann mit ihr weg.«

Rösch zuckte mit den Schultern.

»Und?« sagte Gracht. »Sonst nichts?«

Rösch kramte aus der Brieftasche den zerknitterten Zettel und die Visitenkarte hervor.

»Der Zettel hier hat eine Rolle gespielt und diese Karte steckte an ihrer Tür.«

Rösch gab den Zettel Gracht und las den Namen, der auf der Karte stand:

»Bayar Tyssatsis heißt sie.«

Rösch drehte die Karte, als wundere er sich, daß nicht auf der Rückseite doch noch etwas Wichtiges stand, und reichte sie dann Gracht.

Bei der Nennung des Namens, den Rösch ausgesprochen hatte, war Eberhard, der während des Gesprächs zum Fenster hinausgestarrt hatte, unbeherrscht herumgefahren und hatte Rösch angesehen.

Diese Bewegung war Gracht nicht entgangen.

Er musterte Morissey aufmerksam und mit der triumphierend erstaunten Miene eines Menschen, der eine unerwartete Entdeckung gemacht hat.

»Kennen Sie die Dame vielleicht?« fragte er.

»Wie kommen Sie darauf?« fragte Morissey, der sich sofort wieder unter Kontrolle gebracht hatte.

»Es könnte ja sein«, sagte Gracht gleichgültig und gab Morissey die Karte. »Versuchen Sie mal, sich zu erinnern, ob Ihnen der Name nicht doch etwas sagt.«

»Nicht das geringste«, sagte Eberhard Morissey und starrte auf den Namenszug der Frau, mit deren Eintritt in sein Leben dies alles seinen Anfang genommen hatte. »Wirklich, nicht das geringste. Und bei den Markthallen bin ich in meinem ganzen Leben noch nie gewesen.«

Er gab Gracht die Karte zurück und hatte das Gefühl, als könne sein Widersacher ihm von der Stirn ablesen, wieviel ihm dieser Name trotz aller gegenteiliger Beteuerungen in Wirklichkeit doch sagte. Dieser Eindruck verstärkte sich, als Gracht Rösch hinausschickte und sich in seinem Sessel zurücklehnte, während er sein Auge auf Eberhards Gesicht richtete.

»Es wird Zeit, daß Sie mir die Wahrheit sagen, Herr Morissey.«

»Sie können mich doch nicht mit allem und jedem in Verbindung bringen, was diese Verbrecher betrifft«, sagte Morissey.

»Doch«, sagte Gracht. »Mit allem und jedem. Sie haben die Finger da drin, und es ist nur gut, daß die Brüder im Zuchthaus sitzen und Sie sie nicht davon abhalten können, zu reden. Die Haft zermürbt, Herr Morissey. Das haben Sie nicht bedacht. Sagen Sie die Wahrheit. Ihre Freunde haben nämlich schon angefangen auszupacken. »

Sechsundvierzig Strafgefangene des Zuchthauses Cralshagen saßen und hockten in den beiden kahlen Räumen herum, die ihnen in der Mittagspause zur Verfügung standen. Man hatte die Brotsäcke geöffnet und kramte die Blechteller und billigen Bestecke hervor, denn der Wagen mit dem Mittagessen mußte jeden Augenblick kommen. Einer der Wärter saß, den Karabiner zwischen den Knien, auf einem Hocker und bewachte die Tür, die nach draußen führte. Der zweite schäkerte mit dem schnappenden Hund, und der dritte war nicht zu sehen.

Während sich die sechsundvierzig anderen auf das Essen vorbereiteten, warteten in dem Treppenschacht, der den Silo durchzog, Aristide und Rod mit bis in die Halsschlagadern klopfenden Herzen, ob ein Geräusch von unten anzeigte, daß abgezählt wurde. Aber aus der dumpfen, stickigen Stille des Silos war nichts zu vernehmen als ab und zu das geheimnisvolle Rieseln nachrutschenden Getreidegutes.

»Sie haben nicht abgezählt«, flüsterte Aristide. »Sonst wären sie schon da.«

Er wendete sich dem Fenster zu, öffnete es und griff in das Gitter.

»Warte noch«, sagte Rod heiser und lauschte nach unten. Aristide zögerte und sah auf Rod.

»Los jetzt«, sagte er nach einigen Sekunden, »faß schon an. In genau drei Minuten kommt der Zug.«

Schließlich wendete Rod sich um und griff mit den Fäusten ebenfalls in das Gitter.

»Hauruck, hauruck«, keuchte Aristide erstickt, und beide stemmten sich mit dem vollen Körpergewicht, die Füße an die Verankerung des Treppengeländers gestützt, gegen das Gitter. »Hauruck, hauruck, hauruck«, sie registrierten mit den Handflächen, wie die Flacheisenstäbe des Gitters in dem rhythmisch einwirkenden Ansturm ihrer gesamten Körperkräfte ein wenig, ein ganz kleines bißchen Spielraum erhielten. »Es geht«, keuchte Rod. »Los, schieb an.«

Den Spielraum, so klein er war, konnten sie ausnützen, und ihre Kraft wirkte, immer mehr sich verstärkend, nicht mehr nur auf Schub, sondern, je mehr sich der Spielraum vergrößerte, auch auf Schlag. Triumphierend und angespannt beobachteten sie, wie kleinere Mörtelstückchen der Verankerung ausbrachen und nach draußen kollerten, und verdoppelten ihre Anstrengungen. »Hauruck, hauruck, hauruck … Vorsicht …«, schrie Aristide schließlich, und beide stürzten nach vorn und schlugen mit der Stirn heftig gegen das Mauerwerk, als plötzlich die unteren Enden der Gitterstäbe mit einem harten Scharren nach vorn rutschten und frei in der Luft standen. Der Mörtel, der die Querstäbe seitlich festhielt, brach, soweit siebenhundertachtzehn ihn nicht herausgekratzt hatte, nach, und während Aristide sich mit beiden Händen an die schmerzende Stirn griff, hielt Rod das ganze Gewicht des Gitters zwischen seinen Fäusten. Der Winkel, in dem Rod zu dem Fenster stand, war so ungünstig, daß er die Last nicht halten konnte.

»Idiot blöder«, schnaubte Rod und mußte das Gitter fallenlassen, während Aristide noch immer seinen Kopf hielt. Rod gab Aristide einen Stoß. Unten klirrte das Gitter mit einem Geräusch auf die Schienen, als habe eine Kohorte römischer Soldaten die Schwerter fortgeworfen.

Einige zehntel Sekunden lang lauschten beide wieder hinab in die Stille des Silos, ehe Rod vorsichtig den Kopf zur Öffnung des Fensters hinausschob.

»Du Trottel, du idiotischer«, sagte Rod, als er bemerkte, daß das Gitter mit dem Ende eines seiner Stäbe genau auf der silonächsten Schiene lag. Er zog den Kopf zurück.

»Das Gitter liegt auf der Schiene. Der hält doch sofort an, du Stinktier.«

»Halt die Schnauze«, sagte Aristide. »Schließlich verdankst du es mir, wenn du hier herauskommst.«

»Genauso, wie ich dir verdanke, daß ich reingekommen bin«, stieß Rod hervor.

In diesem Augenblick hoben sie die Köpfe, denn rhythmisch und deutlich, wenn auch noch aus einiger Entfernung, vernahmen sie das stampfende Fauchen der Lokomotive, die den Zug heranbrachte, auf den sie springen wollten.

»Er kommt«, keuchte Rod, und Aristide klomm hoch, um sich in die gemauerte Nischenöffnung des Fensters zu hocken. Aber Rod ergriff ihn an den Unterschenkeln und zerrte ihn wieder herunter. Aristide wehrte sich und trat gegen Rods Brust.

»Was hast du denn, du Schwein?«

»Du hast mich da reingebracht, und ich komme auch raus«, zischelte Rod. »Zu zweit schaffen wir es nicht.«

Aristide hockte noch immer halb in der Fensternische und hob, als er Rods Absicht erkannte, den Fuß mit dem schweren Nagelstiefel hoch. Dann trat er damit knirschend mitten in Rods Gesicht. Rod taumelte zurück und griff an seine Kinnbacken, von denen Blut tropfte. Aristide drehte sich um und spähte hinaus. Und zu seinem unbeschreiblichen Entzücken sah er, daß das Gitterende, offenbar dank der Erschütterung, die der herannahende Zug verursachte, von der Schiene rutschte und mit einem leisen, harmlosen Klappern zwischen den Gleisen liegenblieb.

»Das Gitter ist runter«, keuchte er nach rückwärts. »Nimm' dich zusammen.«

Dann sah Aristide nach links. Ölig und schwarz, weißen Qualm aus dem kurzen Schlot stoßend, näherte sich die Lok und hinter ihr eine unabsehbare Reihe von Waggons.

»Komm sofort rauf, wenn ich hänge«, schrie Aristide Rod zu und beobachtete das Herannahen der Lok. Jetzt war sie da, hüllte ihn mit heißem Qualm ein, durch den er, schattengleich, den Tender bemerkte. Aristide schwang sich hinaus, und während das Dröhnen und Klirren der vorbeirumpelnden Waggons jedes Geräusch erstickte, klammerte er sich mit den Händen an der Fensterbrüstung fest und ließ den Körper, ihn an die rauhe Außenmauer pressend, nach unten hängen.

Rod überwand den Schmerz in seinem Gesicht und kletterte in die Fensternische. Er starrte hinab auf Aristides Finger, die sich in das Mauerwerk krallten und hob den einen Fuß in dem schweren Nagelschuh. Ein Tritt, ein einziger Tritt auf die sich krümmenden Finger Aristides, und der Zyprer würde unten zwischen den stoßenden Rädern und klirrenden Kupplungen zermalmt werden. Rod widerstand der Versuchung, sich für den Tritt Aristides zu rächen. Seine Beherrschung siegte über den wilden Instinkt, den der Schmerz der Nägel in ihm wachgerufen hatte. Er durfte die Nerven nicht verlieren, sonst würde möglicherweise keiner von ihnen den rettenden Zug erreichen. Rod ließ den Fuß sinken.

Aristide blickte über die Schulter nach unten. Stumpfe gewölbte Dächer geschlossener Waggons, soweit er sehen konnte.

»Spring doch endlich«, schrie Rod von oben aus dem Fenster.

»Alles geschlossene«, schrie Aristide zurück.

Endlich konnte er, noch weit entfernt, einen Absatz in der Wagenkette sehen, der die Hoffnung auf offene Waggons verstärkte. Aber als die Lücke heranrückte, bemerkte Aristide zu seinem Entsetzen, daß auch diese Waggons mit landwirtschaftlichen Geräten beladen waren, deren stählerne Arbeitsaggregate den Sprung auf einen dieser Wagen zum Selbstmord hätten werden lassen. Aristide fühlte die Kraft seiner Finger allmählich erlahmen. Verzweifelt spähte er nach rückwärts und sah etwas, das seine Hoffnungen beflügelte.

»Panzerwagen«, schrie er, den Kopf hebend, zu Rod hinauf. »Mindestens zwanzig. Ich springe. Komm dann nach vorn.«

Endlich sah Aristide unter seiner Achsel hindurch den ersten Waggon mit einem der erdgrünen Ungetüme unter sich hindurchrollen. Er starrte auf die glatte Kuppel des Turms, die zackigen Raupenplatten des Gleiskettenfahrwerks, das nach rückwärts unten gezurrte Rohr der mächtigen Kanone. Und er sah auch zu seinem Schrecken, daß der Zug jetzt seine Geschwindigkeit erhöhte. Als der Zwischenraum zum nächsten Waggon direkt unter ihm war, ließ er sich fallen und landete mit einem heftigen Schmerz in beiden Schienbeinen auf der abgeflachten stählernen Frontabdeckung des Rumpfes. Trotz seiner Schmerzen nach oben blickend, sah er Rods Körper an dem rötlichschwarzen Mauerwerk baumeln, sich dann von der Fensterbrüstung lösen und nach unten fallen.

Während alles das geschah, machte drüben auf der anderen Seite des Silos, wo die übrigen Häftlinge ihr Essen einnahmen, der Fahrer der Großküche, der es ausgab, eine sonderbare Entdeckung.

»Es sind noch zwei Stück Schweinebraten da«, rief er nach einem Blick in seinen Behälter und musterte die Runde. »Komisch, die haben sich doch noch nie verzählt.

Als sich niemand meldete, der noch keinen Schweinebraten erhalten hatte, rief der Mann einem der Wärter zu:

»Wollen Sie noch eine Portion, Sie und Ihr Kollege?«

Der Wärter und sein Kollege hatten nichts dagegen, um so mehr, als sie noch nicht wußten, welchen Vorwurf ihnen später der Staatsanwalt daraus machen würde, daß sie nicht auf den Gedanken gekommen waren, es könne sich möglicherweise nicht um zwei Stück Schweinebraten zuviel, sondern um zwei Strafgefangene zu wenig handeln. Heute ließen sie es sich jedenfalls noch schmecken, während auf der anderen Seite des Silos der Güterzug 7818 seine Fahrgeschwindigkeit immer mehr erhöhte und in das trübe, neblige Grau des freudlosen Wintertages hineindampfte.

Rod war, ebenfalls nicht gerade glücklich, auf dem drittletzten Panzertransportwaggon zu Boden gekommen und hatte sich an den stählernen Laufrollen nicht unerheblich verletzt. Da aber der Waggon keine Seitenwandungen besaß, konnte er auf ihm nicht bleiben. Fluchend kroch er auf den rissigen Planken nach vorn, ergriff das kalte, glatte Kanonenrohr des Panzers, der auf dem nächsten Waggon stand, und hangelte sich hinüber. Mißtrauisch musterte er Waggon nach Waggon und suchte jeden nach Aristide ab, während der Zug über die letzten Weichenstraßen des Bahnhofs klirrte und jetzt an einem langen Damm entlangkroch, der von verdorrtem Gras überwachsen war und auf dessen Krone ein anderer Güterzug entgegenkam.

Bis zum vorletzten Panzerwaggon hatte Rod keine Spur von Aristide bemerkt. Als er jedoch diesen erreichte, sah er, daß die seitliche Turmklappe geöffnet war. Trotz der Schmerzen, die er verspürte, raffte er sich hoch und erklomm das Ungetüm. Aufatmend und stöhnend ließ er sich durch das Mannloch in das Innere des Panzers. Unten kauerte Aristide, der sich eine Zigarette angezündet hatte und ihm entgegensah.

»Mach das Loch zu, Rod«, sagte er, »es zieht.«

Mit einem dumpfen, saugenden Dröhnen ließ Rod die Stahlklappe zufallen.

Die Abende Eberhards und Doris' verliefen seit dem Tag, da Bayar angerufen hatte, in der gleichen freudlosen und eintönigen Langeweile wie vorher. Seit damals und wie schon die ganze Zeit vorher blieb Eberhard abendelang in seinem Büro, um zu arbeiten, und Doris widmete ihre Kraft und Energie der Tätigkeit im Institut. Sie gingen sich auch zu Hause aus dem Wege und hatten sich wenig zu sagen.

So war es auch an diesem Tag kurz vor Weihnachten, an dem Eberhard das unerfreuliche Gespräch mit Kommissar Gracht und vorher mit Albrecht Kübler gehabt hatte. Er hatte, nachdem er den Nachmittag in seinem Büro zugebracht hatte, Matthi im Wagen zum Bahnhof gefahren und, neben dem abfahrbereiten TEE-Zug auf und ab wandernd, hatten sie nochmals ein längeres Gespräch geführt.

»Es ist im Augenblick die einzig sichtbare Chance«, sagte Eberhard. »Was kann denn schon passieren? Ich hatte den Eindruck, daß die Frau Vernunft angenommen hat. Ich muß mir einfach anhören, was sie mir sagen will. Sie ist sicher, daß es mich überzeugen wird. Ich kann Albrecht nicht verstehen.«

»Du mußt es aus seiner Sicht sehen«, sagte Matthi. »Er ist ein Bankier der alten Schule, und das hat heutzutage auch sein Gutes. Natürlich kann sie dich bluffen. Aber ich glaube nicht, daß sie viel davon hätte. Sie ist noch frei, und mit einem Betrug würde auch sie sich der Verfolgung aussetzen.«

Eine Weile schwieg Matthi und blieb stehen.

»Nein«, sagte er, als sie sich umwendeten, um am Bahnsteig zurückzuschlendern, »ich sehe es wie du. Es gibt keinen Grund, diese Möglichkeit nicht zu nützen. Ich rate dir zu.«

»Danke, Matthi«, sagte Eberhard.

»Ich habe die hunderttausend schon in der Tasche. Ich hätte es auch ohnedies getan. Aber daß du mir zurätst, macht es mir leichter.«

Sie erreichten den Wagen, in dem Matthi seinen Platz hatte. »Ich würde dir nur raten, zu Doris erst dann davon zu sprechen, wenn du Erfolg gehabt hast. Es würde vielleicht Hoffnungen, Befürchtungen und Enttäuschungen geben.«

»Natürlich«, sagte Eberhard. »Die hunderttausend sind ein beträchtlicher Teil meines Vermögens. Aber sie sind es mir wert, diese Situation zu beenden.«

»Wenn damit das andere Geld wieder herangeschafft wird, gehen die hunderttausend letztlich zu Lasten der Versicherung«, sagte Matthi. »Dafür werde ich jedenfalls sorgen.«

Vom Bahnhof aus war Eberhard nach Hause gefahren und hatte Doris vorgefunden, die oben in ihrem Schlafzimmer, das schon seit langem von dem Eberhards getrennt war, ihre Koffer gepackt hatte.

»Du willst weg?« hatte Eberhard gesagt.

»Ich will über die Feiertage zu den Eltern«, hatte Doris geantwortet.

»Also läßt du mich allein?«

»Du brauchst mich ja doch nicht, Eberhard. Und Papa braucht mich. Vielleicht ist es ganz gut, wenn wir mal ein bißchen auseinanderrücken.«

»Noch weiter?« hatte Eberhard gesagt und war seufzend die Treppe wieder nach unten gestiegen.

Er hatte die einhundert Tausendmarkscheine in der Schublade seines Schreibtisches eingeschlossen, die im Augenblick die einzige Hoffnung darstellten, alles dies vielleicht schon morgen zu ändern. Und dennoch hatte er kein Zutrauen in die Zukunft. Er saß an seinem Schreibtisch und hatte, da er Doris oben beschäftigt wußte, das Gesicht in die Hände gestützt. Blicklos starrte er vor sich hin. Er hatte zweifellos eine tüchtige Ohrfeige vom Schicksal verdient. Aber einen K. o., wie er ihn seit Monaten zu verarbeiten hatte, nein, einen K. o. hatte er nicht verdient, wenngleich ihn auch das intensivste Grübeln nicht darauf brachte, wem anders er einen Vorwurf machen sollte als sich selbst.

In seine Gedanken versunken, überhörte er, wie Doris durch die hübsch getäfelte Paneeltür den Raum betrat. Als sie merkte, daß Eberhard sie gar nicht gehört hatte, blieb sie stehen und sah auf ihren Mann. Sie hatte ihn so wirklich noch nie gesehen. Er wirkte niedergeschlagen, müde und durch und durch unglücklich, wie er da, völlig unbeweglich und starr vor sich hinblickend, in dem warmen Lichtkegel seiner Schreibtischlampe saß, das männliche Gesicht mit der stark vorspringenden Nase unter dem kurzen Schnitt des schon ein wenig ergrauenden Haares etwas gesenkt.

Fast eine Minute mochte Doris so gestanden sein, als sie sich bewegte, hinüber zu der Polstergarnitur ging und sich, etwas nach vorn gerückt, auf dem Sofa niederließ. Er hatte diese Bewegung gehört, aber trotzdem den Kopf nicht gewendet. »Wir haben uns doch mal geliebt, Eberhard«, hörte er ihre Stimme und hob jetzt das Gesicht.

»Ich liebe dich noch, Doris«, sagte er. »Nur finde ich keinen Weg mehr zu dieser Liebe.«

»Mir geht es genauso. Wollen wir das so weitergehen lassen, bis es endgültig zu spät ist?«

»Doris«, sagte Eberhard, »ich habe seit Monaten das Gefühl, daß es schon endgültig zu spät ist.«

Eine Weile schwiegen beide.

»Ich weiß, was ich dir angetan habe«, sagte Eberhard schließlich. »Ich kann jetzt auch verstehen, was es für eine Frau bedeutet, wenn eine andere Frau zwischen sie und ihren Mann tritt, weil ich spüre, was es bedeutet, wenn eine andere Frau zwischen einen Mann und seine Frau tritt.«

Wieder schwieg er eine Weile und stand dann auf.

»Ich habe das mit mir abgemacht. Ich bin mir darüber klargeworden, was ich falsch gemacht habe, und trotzdem steht das alles zwischen uns wie ein Berg. Es kommt mir vor, als hätte diese Frau Eigengesetzlichkeit angenommen und wäre aus unserem Leben nicht mehr zu löschen.«

»Vielleicht kommt das wirklich nur auf uns an«, sagte Doris.

»Wäre es dann nicht schon längst anders?«

»Wir tun nicht genug dafür«, murmelte Doris.

Eberhard ging langsam auf sie zu und blieb vor ihr stehen.

»Würdest du wirklich noch einmal zusammen mit mir etwas dafür tun?«

Sie schwieg und sah zu ihm hoch.

»Ich kann aber nichts, gar nichts dagegen tun, daß sie vielleicht wieder und wieder in unser Leben eingreift, hörst du? Ich kann nichts dagegen tun, wenn sie vielleicht jetzt in diesem Augenblick hier anruft oder mich morgen auf der Straße anspricht. Es gibt sie, und ich habe Angriffsflächen, wie Albrecht mir heute morgen gesagt hat.«

»Was hat er sonst noch gesagt?« fragte Doris.

»Ich soll in meiner Ehe anfangen«, sagte Eberhard.

»Das hat er mir auch gesagt«, murmelte Doris. »Er meint es gut, und vielleicht hat er recht.«

Eberhard begann langsam und wie es seit Jahren seine Art war, im Zimmer hin und her zu gehen.

»Ich habe versucht, was ich konnte«, sagte er. »Ich bin so weit gegangen, mich mit Verbrechern gemein zu machen, um die Anwürfe zu entkräften, die an mir klebengeblieben sind. Ich habe Geld geboten, mich vor Albrecht gerechtfertigt und mich mit Polizisten herumgestritten …«

Er blieb stehen und schwieg.

»… es gibt eine letzte vage Möglichkeit, aber dann weiß ich nicht, was ich noch tun soll.«

»Ich weiß«, sagte Doris. »Ich habe es eben gesehen, als du am Schreibtisch saßest. Es gibt noch irgend etwas, was du nicht weißt, und deswegen kommst du nicht dagegen an.«

Doris stand auf und näherte sich langsam ihrem Mann.

»Ich habe das Gefühl, ich kann dir helfen, wenn ich Vertrauen zu dir habe.«

»Doris«, sagte Eberhard.

»Sag jetzt nichts«, hörte er Doris' Stimme. »Ich habe dich eben lange beobachtet. Und so sieht kein Mann aus, der etwas verschweigt oder verheimlicht. Ich glaube dir, und damit fange ich in meiner Ehe an, wie Albrecht es vorgeschlagen hat.«

»Doris«, stammelte Eberhard noch einmal und zog sie zu sich heran, »mein Gott, Doris, ich habe so unendlich viel gutzumachen.

»Red keinen Unsinn, Eberhard«, sagte Doris. »Wir müssen beide noch Berge abtragen. Möchtest du ein Steak? Ich habe welche zu Hause.«

»Mein Gott«, sagte Eberhard ein zweites Mal, »könnte es möglich sein, daß wir noch mal ganz normal zusammen leben?«

»Wir können jedenfalls versuchen, damit anzufangen«, sagte Doris, wendete sich um und ging in die Küche. Eberhard hörte sie draußen mit den Pfannen klappern und wußte zum erstenmal seit Monaten, daß sie zu ihm zurückkommen würde, wenn sie damit fertig war.

Sie hatten am Abend vorher noch lange zusammen geredet. Es war spät geworden, und es war beiden schwergefallen, sich zur rechten Zeit zu erheben. Dann hatte Doris doch noch ein Frühstück zustande gebracht, und kurz vor sieben Uhr waren beide in ihre Wagen gestiegen, um ihrer Arbeit nachzugehen. Das Gefühl, mit dem Eberhard heute am Steuer saß, hatte er schon beinahe vergessen. Es war ein Gefühl der Geborgenheit, des Dazugehörens, und zum erstenmal seit langer Zeit überraschte er sich dabei, daß seine Gedanken noch an zu Hause festhielten, um den vergangenen Abend, das behagliche Frühstück und um seine Frau kreisten.

Er hatte, was auch schon lange nicht mehr geschehen war, das Radio eingeschaltet, hatte der Musik gelauscht und drehte jetzt, als die Morgengymnastik begann, am Knopf, um andere zu suchen. Dabei kam er beim Abstimmen über die Welle des Sprechfunks der Streifenzentrale. Nur für den Bruchteil einer Sekunde, nur am Lautklang eines einzigen halben Wortes hörte er etwas, das wie ein Name klang, der ihn seit Monaten Tag und Nacht beschäftigte. Er drehte den Abstimmknopf zurück und vernahm für wenige Augenblicke den Klartext einer Durchsage der Zentrale an alle Streifenwagen, ehe der Verzerrer eingeschaltet wurde und die Stimme des Sprechers in ein unartikuliertes Quarren überging.

Aber das wenige, das er hörte, genügte. Es ging daraus hervor, daß im Laufe des gestrigen Tages die beiden Verbrecher aus dem Zuchthaus Cralshagen geflohen waren, die vor acht Monaten den Einbruch in die Handels- und Kreditbank durchgeführt hatten. Den Namen Roderich Zlamitzer hatte Eberhard zweifelsfrei verstanden.

»... alle Wagen achten auf die beschriebenen beiden Männer, wenn es auch unwahrscheinlich ist, daß sie sich in der Stadt ...«, dann war der Verzerrer eingeschaltet worden.

Diese Mitteilung brachte Eberhard Morissey in Sekundenschnelle in die Wirklichkeit zurück. Das also war es, was Albrecht Kübler, Matthi und, wenn er ehrlich war, auch ihm selbst als das unbekannte X in der Gleichung erschienen war, die Lenora Zlamitzer ihm aufgegeben hatte. Er selbst sollte auf dem Fußballplatz in Bergedorf in möglichst großer Entfernung festgehalten werden, während die Verbrecher ihren zweiten großen Coup durchführten, nämlich das Vermögen sicherzustellen, das sie geraubt hatten. Eines wußte Eberhard in diesen Sekunden genau, daß er mit seinen hundert Tausendmarkscheinen in Bergedorf auf Lenora Zlamitzer vergeblich warten würde. Er wußte aber auch noch etwas anderes, als er sich überlegte, warum man gerade ihn, gerade zu dieser Zeit dort hinaus hatte locken wollen, und ein ungeheuerlicher Gedanke fuhr durch sein Gehirn, als er sich in diesem Moment wieder ganz genau an die Adresse erinnerte, die gestern im Polizeipräsidium genannt worden war. Westerstraße 11a, Rückgebäude, dritter Hof, zwischen Hafen- und Markthallengelände.

Er war sich noch gar nicht bis in alle Konsequenzen klar, welches Wasser der Ausbruch der beiden Häftlinge auf Grachts Mühlen brachte, folgte aber dennoch einem augenblicklichen Impuls, stellte den Winker und bog an der nächsten Kreuzung in die Richtung ab, die ihn am schnellsten in die Nähe der Markthallen brachte.

Drunten am Hafen wehte ein strenger winterlicher Wind, und das Gewirr der Masten, Schornsteine und Stags der dort vertäuten Schiffe verschwamm in einem diffusen, tiefhängenden Grau. Das Wasser des Hafenbeckens sah aus wie geripptes Blei.

Eberhard mußte lange suchen und zweimal fragen, bis er endlich die Mündung einer schmalen, zwischen verrotteten Häuserfassaden hineinführenden Straße fand, an deren Ecke er den Namen entziffern konnte, den er suchte. Wie vorher schon Aristide, Danylos und Rösch fand auch er den Eingang zwischen der Briefmarkenhandlung und der Schiffahrtsagentur, stellte den Wagen ab, verschloß ihn und durchschritt die Torfahrt, die ihn in die rückwärtigen Höfe brachte. Die Stufen knarrten, als er die Treppe emporstieg und wie Danylos oben im Bodengeschoß die einzige Tür fand, die diejenige zu Bayars Wohnung sein konnte, obschon Bayar die Karte, die Rösch mitgenommen hatte, noch nicht wieder erneuert hatte.

Eberhard suchte nach einem Klingelknopf und klopfte, als er keinen fand, mit den Fingerknöcheln der rechten Hand gegen das Holz der Tür. Einige Sekunden lang dachte er schon, Bayar sei nicht zu Hause, oder er habe sich doch in der Wohnung geirrt, bis er hinter der Tür ein Geräusch vernahm. Bayar öffnete ihm im Morgenmantel und starrte ihn aus dem dämmrigen Flur heraus erst eine Weile verständnislos an, ehe sie sich vergegenwärtigte, wer vor ihrer Tür stand.

»Eberhard, du?« stammelte sie dann und strich sich eine verirrte Haarsträhne aus der Stirn. »Was willst du denn hier?«

»Ich will dich sprechen, Bayar«, sagte Eberhard. »Und es ist sehr wichtig. Kann ich hereinkommen?«

Nach einem kurzen Zögern öffnete Bayar die Tür ein wenig weiter und ließ Eberhard wortlos eintreten. Sie zog die Gardinen auseinander und deckte das Bett zu, das sie offenbar soeben erst verlassen hatte. Dann fuhr sie sich vor dem Spiegel durch die Haare, schlüpfte in ein Paar Hausschuhe und wendete sich zu Eberhard um.

»Ich wollte dich nach deinem letzten Anruf in der Rothenbaumchaussee besuchen«, sagte Eberhard. »Aber du warst fortgezogen.«

»Es war mir zu teuer«, sagte Bayar. »Willst du dich nicht setzen?«

»Nein«, sagte Eberhard. »Ich stehe lieber.«

»Es ist dir zu dreckig, nicht wahr?« sagte Bayar und setzte sich auf den Rand des Bettes, wo sie die Beine übereinanderschlug. Er blickte auf sie herunter und beobachtete, wie sie sich eine Zigarette entzündete. Während sie den Rauch ausstieß, sah sie zu ihm hoch.

»Gestern abend hat dich ein Priester besucht, der mit dir einen Zettel gegen einen Brief tauschte.«

»Woher weißt du das?« sagte Bayar überrascht.

»Er ist von der Polizei beobachtet worden«, sagte Eberhard. »Er kam aus dem Zuchthaus Cralshagen, wo er vorher einen Zyprer besucht hatte. Ich will die Wahrheit wissen. Ich will wissen, was du mit dem Zyprer zu tun hast.«

Eine kurze Weile rauchte Bayar schweigend. Dann stippte sie die Asche der Zigarette auf den Boden.

»Er ist mein Mann«, sagte sie und beobachtete die Wirkung ihrer Worte auf Eberhards Gesicht. Ein wenig schönes Lächeln huschte über ihre Züge. Eberhard schwieg eine lange Weile.

»Und das sagst du mir mitten ins Gesicht?«

»Du wolltest doch die Wahrheit wissen«, sagte Bayar. »Das ist sie.«

Eberhard wendete sich ab und ging zum Fenster, wo draußen über den Dächern, Firsten und Schornsteinen soeben ein tristes Grau heraufzog.

»Dann war das alles also nur ein Teil eurer Pläne«, sagte er, gegen die Scheibe gewendet. »Du hast dich an mich herangemacht, um mich in der entscheidenden Nacht von der Bank fernzuhalten.

Er wendete sich um und starrte zu ihr hinüber. »So ähnlich war es, ja.«

Eberhard Morissey versuchte fast vergeblich, sich alles, was geschehen war, seitdem er damals Bayar kennengelernt hatte, noch einmal ins Gedächtnis zurückzurufen. Er sah wieder Körner, den Leiter der Safe-Abteilung, vor sich stehen, der ihm sagte, drunten sei eine Dame, die unbedingt den zuständigen Direktor selber sprechen wollte. Er sah sich hinuntergehen und Bayar im Vorraum stehen, hilflos, schutzbedürftig, mit dem Koffer in der Hand, in dem sich ihr einziges Besitztum …

Mit drei riesigen Schritten war Eberhard drüben am Bett, packte Bayar an den Schultern und schüttelte sie, daß ihre langen Haare flogen und die Zigarette aus ihrer Hand auf den Boden fiel.

Eberhard trat mit dem Fuß die Glut aus.

»Dann waren die zweieinhalb Millionen vom Montag nach dem Einbruch an im Safe Nummer dreihundertneunzig in meiner eigenen Bank …« keuchte er. »Dann waren die Anrufe deiner Leute seit Wochen fingiert, um an dem entscheidenden Abend sicher zu sein, daß ich nicht in mein Büro kommen würde …?«

Bayar versuchte ihre Schultern aus Eberhards Griff zu befreien.

»Ja«, sagte sie. »Laß mich doch los, du tust mir weh.«

Eberhard ließ sie los, verschränkte die Arme vor der Brust und sah auf sie hinunter.

Auf einmal verstand er alles. Auf einmal fiel es ihm wie Schuppen von den Augen, und alle Rätsel, denen er gegenübergestanden hatte, lösten sich auf in klare, wohltuende Erkenntnis.

»Jetzt verstehe ich auch, warum der Zyprer sich selbst der Polizei gestellt hat«, sagte er langsam und wie abwesend. Dann schüttelte er den Kopf.

»Er tat es, als deine Angst um deine Stellung größer wurde als deine Angst um deinen Ruf. Er mußte es tun, denn Rod hatte nicht in Betracht gezogen, daß du selbst in Verdacht kommen konntest. Und wenn du deine Moral geopfert und dein Alibi bei mir preisgegeben hättest ...«, sie zuckte mit den Schultern, »die Sache war einfach zu gut geplant.«

»Bayar«, sagte Eberhard langsam, »es fällt mir schwer, es zu sagen: Du bist ein völlig verkommenes Geschöpf, das nur hinter Geld her ist und sonst nichts.«

»Und du?« Sie stand auf und ordnete ihr Haar. »Das sagst du mir«, fuhr sie vom Spiegel aus fort. »Das bist du doch auch. Bei dir ist es sogar dein Beruf. Du darfst es, und andere dürfen es nicht.«

Wieder starrte Eberhard Bayar eine Weile sprachlos an.

»Bayar«, sagte er dann noch einmal langsam und ging auf sie zu, »Bayar, nimm Vernunft an und gib mir sofort den Schlüssel. Dein Spiel ist verloren. Deine Komplicen haben dich im Stich gelassen. Sie sind gestern aus dem Zuchthaus ausgebrochen.«

Bayar fuhr herum und starrte, die Hände noch zum Haar erhoben, Eberhard an.

»Was sagst du da?« stammelte sie. Dann faßte sie sich und ließ die Hände sinken. »Das ist nicht wahr«, sagte sie. »Du lügst, Eberhard, um mich weich zu machen ...«

»Bayar«, sagte Eberhard, »du brauchst nur das Radio einzuschalten. Auf dem Kanal des Polizeifunks wirst du es hören. Gib mir den Schlüssel. Vielleicht finde ich einen Weg, um dich zu schonen. Aber nimm Vernunft an.«

»Ich?« sagte Bayar und blieb dicht vor Eberhard stehen. »Ich habe gar nichts zu fürchten. Wenn du vernünftig bist, wirst du den Mund halten. Oder meinst du, irgend jemand wird dir glauben, daß du von alledem nichts gewußt hast? Ich werde aussagen, wie eng du mit mir befreundet warst und daß du es am besten fandest, das Geld im Safe deiner eigenen Bank zu deponieren. Deine Frau wird bezeugen, daß ich dich nach dem Prozeß noch angerufen habe. Ich habe dir bei diesem Gespräch gesagt, daß alles gutgegangen ist und niemand dich belasten wird. Und du weißt genau, wie gerne Kommissar Gracht das alles als die reine Wahrheit hinnehmen wird. Nein, Eberhard ...«, setzte sie nach einer kleinen Pause hinzu, »... wir haben an alles gedacht. Und mir würde es leid um dich tun.«

Sie sah jetzt unmittelbar in Eberhards Augen, die einen Ausdruck angenommen hatten, vor dem sie Angst bekam.

»Auch das würde nichts nützen, Eberhard«, sagte sie heiser. »Ich weiß, was du jetzt denkst, aber auch das wäre umsonst, denn jeder würde sagen, du hättest mich getötet, um das zu verhindern, was ich dir eben klargemacht habe.«

Eberhard Morissey stand vor ihr und sah in ihr Gesicht. Und während er das tat, wußte er verzweifelt genau, wie recht sie mit jedem Wort hatte, das sie sagte.

Es hatte nur Stunden gedauert, bis das Fernschreiben der Polizeibehörde der nordhessischen Industriestadt über das Bundeskriminalamt an alle Landeskriminalämter weitergegeben worden war, und schon gegen acht Uhr bestand auch im Polizeipräsidium in Hamburg Einmütigkeit darüber, daß das Objekt, das um sechs Uhr siebzehn morgens in dem achthundert Meter langen Tunnel zwischen Wiesbruck und Hödlingen mindestens zum zweitenmal von den Rädern des Personenzuges P 8404 zermalmt worden war, die sterblichen Überreste eines der beiden Männer sein mußten, die gestern im Lauf des Tages aus dem Zuchthaus Cralshagen ausgebrochen waren. Schuhe und Kleidungsstücke der Zuchthausverwaltung, die an der Leiche fetzenweise zu erkennen gewesen waren, hatten keinen Zweifel an dieser Tatsache zugelassen, und daran, daß es sich um einen kaltblütigen Mord handelte, bestand mindestens von dem Augenblick an ein Zweifel ebenfalls nicht mehr, da Hennigmann das durchschnittene Kabel der Streckenleitung entdeckt hatte.

Man war sich im Präsidium rasch schlüssig geworden, und bereits eine Dreiviertelstunde später saß Kommissar Ketterle mit einem Team seiner Kommission und mehreren Herren der Staatsanwaltschaft im Flugzeug. Kurz nach zehn befanden sie sich am Tatort.

Dürecke hatte zwar den Achttausendvierhundertvier mit einiger Verspätung weiter an seinen Zielbahnhof gefahren, aber dann war die Strecke gesperrt und der Personenverkehr mit Omnibussen aufrechterhalten worden. Die Routinearbeiten hatten eine gute Stunde in Anspruch genommen. Mit riesigen Strahlern hatte man den Tunnel so hell ausgeleuchtet, wie er seit seiner Existenz noch niemals gewesen war, hatte Fotos gemacht und die Vermessungen durchgeführt.

Dann hatte es nur kurze Zeit gedauert, bis man zusammen mit Herren der Bundesbahndirektion rekonstruiert hatte, was zu rekonstruieren war. Es war klargeworden, daß die beiden Ausbrecher vom Getreidesilo aus auf den Güterzug 7818 gesprungen sein mußten, auf dem einundzwanzig Panzerkampfwagen einer norddeutschen Garnison zu dem nahe gelegenen Truppenübungsplatz Hödlingen transportiert wurden, und daß sie wahrscheinlich im Inneren eines dieser Panzerkampfwagen eine völlig ungestörte Reise hinter sich gebracht hatten. Was dann allerdings geschehen war, blieb im dunklen. Nur eines stand für Kommissar Ketterle fest:

»Der Bursche hat uns in eine unglaubliche Situation gebracht«, sagte er im Dienstraum des Bahnhofs Hödlingen zu den um ihn versammelten Herren. »Es ist ziemlich sicher, daß er seinen Komplicen ums Leben gebracht hat, um den gesamten Anteil für sich zu sichern. Gleichzeitig hat er uns außerstande gesetzt, uns darüber klarzuwerden, nach welchem von ihnen wir fahnden müssen. Es bleibt uns nichts anderes übrig, als eine Alternativfahndung hinauszugeben, bis wir die Leiche identifiziert haben. Und Alternativfahndungen zersplittern erfahrungsgemäß die Geschlossenheit und Zielsicherheit der Arbeit. Dabei haben wir möglicherweise nur noch Stunden Zeit, um den Burschen zu erwischen. Vielleicht ist es überhaupt schon zu spät. Wir haben uns überrumpeln lassen. Wir hätten darauf kommen müssen, daß nur der Ausbruch eine Chance für sie bot, ihre Beute zu retten. Und wir sind nicht darauf gekommen. Wir haben uns Vorwürfe zu machen, meine Herren ...«

Danach hatte Ketterle unter Zustimmung des Staatsanwalts angeordnet, daß die Leiche noch heute mit dem Kraftwagen in das gerichtspathologische Institut nach Hamburg transportiert wurde, und hatte selbst vom Bahnhof Hödlingen aus das Fahndungsbegehren abgesetzt. Er hatte seinen Stellvertreter bei der Mordkommission angewiesen, sich die Persönlichkeitsmerkmale der beiden Häftlinge aus der Kartei des Zuchthauses Cralshagen durchgeben zu lassen und über Rods ehemalige Arbeitgeberin, Sozialversicherungsträger, Arbeitsämter, Gesundheitsbehörden und alle anderen Stellen, wo vielleicht Krankenblätter oder ähnliches vorlagen, Aufschluß über körperliche Besonderheiten zu erhalten, die eine rasche Identifizierung des Toten ermöglichten und dadurch die Fahndung nach dem Flüchtigen erleichtern würden.

»Setzen Sie alle Hebel in Bewegung«, hatte er gesagt, »denn sonst gelingt es dem Burschen, an sein Geld zu kommen, und dann haben wir das Nachsehen. Mit zweieinhalb Millionen hat er sämtliche Chancen für sich. Vom Charterflugzeug bis zum Küstentrawler.«

Danach hatte er aufgelegt und zugesehen, wie man den mit einer Plane eingehüllten Toten auf einer Draisine aus dem Tunnel gebracht, in einen Zinksarg gebettet und auf den Lastwagen geladen hatte, den die Verwaltung der Bahn für diesen Zweck zur Verfügung stellte. Unmittelbar darauf hatte die Kommission die Wagen wieder bestiegen, um zum Flugplatz zu fahren und den Rückflug anzutreten, während Meyer telefonisch sich um die Freigabe der Strecke bemühte und Dürecke im Zimmer seines Vorgesetzten vor dem Schreibtisch stand und darum bat, auf einer anderen Strecke eingesetzt zu werden. Er wußte genau, daß er sonst jedesmal, wenn sein Zug durch den Tunnel brauste, an jenen entsetzlich verstümmelten Mann würde denken müssen, den die Räder seines Zuges bis zur Unkenntlichkeit zugerichtet hatten. In schrecklicher Weise hatte sich die Drohung Rod Zlamitzers erfüllt, die er ausgestoßen hatte, als es aussichtslos geworden war, auf jener Straße in Schleswig-Holstein den fünf Polizeiwagen zu entkommen, die ihn jagten.

Während sich alle diese Dinge ereigneten, hatte Eberhard Morissey Bayars Wohnung verlassen. Er hatte nur einige wenige Sekunden, betroffen, bestürzt und wie vor den Kopf geschlagen von so viel Niedertracht, geschwankt. Aber dann hatte er sofort gewußt, worauf es ankam, und entschlossen alle persönlichen Rücksichten beiseite geschoben und die einzig richtige Taktik eingeschlagen.

»Ich sehe ein, daß du recht hast, Bayar«, hatte er nämlich gesagt. »Ich habe mich in eine entsetzliche Situation gebracht. Ich hätte mich niemals auf das Verhältnis mit dir einlassen dürfen.«

»Aber dazu ist es jetzt zu spät«, hatte sie geantwortet, und Eberhard hatte niedergeschlagen genickt.

»Es wäre besser gewesen, du hättest das alles gar nicht gewußt«, war Bayar fortgefahren, »dann hättest du keine Konflikte. Aber nun bist du der Sache nachgegangen, und nun mußt du der Wahrheit auch ins Auge sehen.«

Das hatte Eberhard uneingeschränkt zugegeben und sich dann frostig verabschiedet. Dabei war ihm das feine Lächeln entgangen, das Bayar ihm nachgeschickt hatte, als er die Treppe nach unten stieg. Auch für den Fall hatten sie nämlich vorgesorgt, daß Eberhard Morissey etwa auf den Gedanken kam, nur zu heucheln.

Unten schritt Eberhard durch die drei Höfe und die drei Torfahrten, schloß seinen Wagen auf und bestieg ihn. Er rangierte ihn aus der Parklücke und steuerte ihn ohne allzu große Hast und ohne Aufsehen zu erregen in die Innenstadt, wo neben der pulsierenden Geschäftswelt der Versicherungsgesellschaften, Reedereien und Schiffahrtslinien auch die Handels- und Kreditbank residierte. In dem weiträumigen Innenhof des pompösen Gebäudes hatte er als leitender Direktor einen eigenen Platz für seinen Wagen, und schon lange nicht mehr war er mit einem solchen Gefühl von Selbstbewußtsein, Klarheit und Sicherheit an dem Pförtner vorbei durch das Eisengittertor gefahren.

Er sah, während er den Wagen verschloß, an den würdigen und verschnörkelten Mauern, die den Hof umschlossen, nach oben. Das war seine Welt, seriös, zurückhaltend, das vornehme Pathos einer Klasse ausstrahlend, in die er sich durch Zähigkeit, Ausdauer, Fleiß und Begabung hineingearbeitet hatte. Und er würde sich aus dieser Umgebung nicht verdrängen lassen, weder durch Intrigen noch durch Erpressungen, noch durch Drohungen. Jetzt, nachdem die Schleier des Geheimnisvollen und Ungreifbaren zerrissen waren und die Grenzen zwischen Schuld und Irrtum feststanden, gab es für Eberhard Morissey nur einen einzigen Weg.

Es war fünf Minuten vor neun Uhr, als er auf den Griff der Tür drückte, die unmittelbar vom Flur aus in Albrecht Küblers Zimmer führte. Als er sie versperrt fand, betrat er das Sekretariat.

»Ist Herr Kübler denn noch nicht da?« fragte er die Chefsekretärin, die an ihrem Schreibtisch die Eingangspost für Albrecht Kübler sortierte.

»Nein, Herr Morissey«, sagte sie. »Herr Kübler ist doch heute für einen Tag in Kopenhagen. Er wird erst morgen früh wieder hiersein.«

»Ach so«, sagte Eberhard. »Daran habe ich gar nicht mehr gedacht. Zu erreichen ist er dort wahrscheinlich nicht. Nein, das würde auch gar nichts nützen ...«, fuhr er fort, als die Sekretärin zögerte, »... ich brauche ihn persönlich.«

Eine kleine Weile überlegte er.

»Sagen Sie«, setzte er dann nochmals an, »... das Passepartout für die rechten Schlösser der Sicherheitsfächer ist nicht zufällig greifbar?«

Es war eine törichte Frage, und wie töricht sie gewesen war, las Eberhard an dem verblüfften Gesicht der Frau ab. »Aber Herr Morissey«, sagte sie, »Sie wissen doch, daß das Passepartout im Tresor beim Notar liegt.« Selbstverständlich wußte Eberhard als zuständiger Direktor für diese Abteilung, daß das Passepartout rechts, der Schlüssel also, mit dem man zusammen mit dem Passepartout links, das die Beamten unten in der Stahlfachkammer hatten, jedes der sechshundert Safes öffnen konnte, unter strengem neutralem Verschluß war, und daß nach den Satzungen der Bank der Schlüssel nur von Albrecht Kübler selbst und in Anwesenheit von zwei Zeugen, darunter dem Notar, benutzt werden durfte.

»Natürlich«, sagte er deshalb. »Entschuldigen Sie. Ich werde morgen mit Herrn Kübler darüber sprechen. Sollte er zufällig anrufen, verbinden Sie ihn bitte auch mit mir.«

Nachdenklich schloß er, nachdem er das Sekretariat verlassen hatte, hinter sich die Tür. Ein ganzer Tag war eine lange Zeit. Ein ganzer Tag, während dessen Verlaufs er an das Stahlfach dreihundertneunzig nicht herankonnte, barg enorme Risiken. Am liebsten hätte er das Fach aufschweißen und seinen Inhalt sicherstellen lassen. Aber das verstieß gegen die Satzung und war eine Eigenmächtigkeit, die er sich in seiner Situation nur erlauben konnte, wenn es keinen anderen Weg gab. Zudem hätte er für diese Zeit die Stahlfachkammer schließen lassen müssen, und gerade jetzt vor den Festtagen herrschte dort besonders starker Publikumsverkehr. Nein, er würde es anders machen müssen, und das, was dann geschah, mußte er einfach an sich herankommen lassen.

Drunten im Vorraum der Stahlfachkammer hatten die beiden Beamten alle Hände voll zu tun. Die meisten Kunden, die an ihre Stahlfächer wollten, kannten sie. Heute waren viele dabei, die Coupons von ihren Aktien schneiden wollten, die Steuertermine rückten heran, Frauen nahmen für die Feiertage die Kassetten mit ihrem Schmuck aus den Fächern, andere die Koffer mit kostbaren Bestecken oder Geschirren oder teure Geschenke für anspruchsvolle Freunde. Den meisten von ihnen war der unvermeidliche Ritus geläufig, mit dem man seine Unterschrift gab, den Schlüssel vorwies, woraufhin dann die Karteikarte verglichen und der Kunde in die Kammer geführt wurde, wo er je nach Wunsch an einem Pult oder in einer beichtstuhlartig geschlossenen Kabine mit seinen Preziosen alleine gelassen wurde. Bei den meisten ging das alles routinemäßig, rasch und mit ein paar verbindlichen oder unverbindlichen Worten vor sich. Besucher, die größere Umstände erforderten, waren selten und bei den Beamten auch unbeliebt, wenngleich sie auch bei ungeschickten und weniger erfahrenen Kunden die größtmögliche Höflichkeit zu wahren hatten.

So sah auch in diesem Augenblick Rosener geduldig zu, wie der unbeholfene Geistliche in der malerischen Tracht der griechisch-orthodoxen Kirche, der unmittelbar nach der Öffnung des Tresorkellers den Vorraum betreten hatte, aus den Tiefen seiner Soutane zuerst einen doppelt gefalteten und verklebten Briefumschlag hervorzog, den er umständlich öffnete, ehe er Rosener den Safeschlüssel hinhielt. Rosener kontrollierte die Nummer und reichte dann dem Mann das Kärtchen.

»Wenn Sie hier bitte Ihre Unterschrift vollziehen würden.« Er gab dem Kunden einen Kugelschreiber und sah zu, wie er gravitätisch in kyrillischen Lettern seinen Namen auf das Kärtchen setzte. Danach nahm Rosener das Kärtchen, um die darauf befindliche Unterschrift mit der Unterschrift auf der Karteikarte zu vergleichen. Schon nach wenigen Augenblicken kam er zurück.

»Herr und Frau Kapas?« fragte er, und der Geistliche lächelte.

»Nicht Herr und Frau ... ich bin der Schwager und möchte meiner Schwägerin den Schmuck holen.«

»Ach so«, sagte Rosener, warf noch einen vergleichenden Blick auf die Karte und führte den Kunden nach rückwärts, wo er ihm zeigte, wie er seinen Schlüssel in das rechte Schloß der Safetür zu stecken hatte, während er, Rosener selbst, mit seinem Passepartout das linke betätigte. Die Tür sprang auf, und ohne einen neugierigen Blick in das Innere zu werfen, zog Rosener sich diskret zurück. Das weitere hatte ihn nicht mehr zu interessieren, und draußen warteten schon neue Kunden. Rosener war bereits wieder mit einer eleganten Fünfzigerin in Nerz beschäftigt, als der unbeholfene Geistliche, höflich grüßend, mit dem schwarzledernen Koffer in der Hand, den Vorraum verließ.

Das war genau der Augenblick, da rückwärts auf Körners etwas erhöhtem Pult das Telefon klingelte. Körner hob den Hörer ab und nannte seinen Namen.

»Guten Morgen, Herr Morissey«, sagte er, als er vernahm, wer am anderen Ende der Leitung sprach. Ob viel Publikumsverkehr herrsche, wollte Morissey wissen, und Körner bejahte.

»Wie in der Vorweihnachtszeit üblich, Herr Morissey.«

»So«, sagte oben in seinem Zimmer Eberhard Morissey.

»Trotzdem muß ich Sie um etwas bitten, Herr Körner. Ich muß ab sofort jede einzelne Safeöffnung gemeldet bekommen. Es genügt, wenn Sie mir mit einem Wort die Nummer durchgeben. Ich weiß, es ist lästig, aber sehr wichtig. Ich werde während der ganzen Zeit, in der die Schalter geöffnet sind, hier in meinem Büro sein. Wenn nicht, geben Sie die Nummer an mein Sekretariat.«

»Gesammelt oder jede einzeln?« fragte Körner zurück.

»Jede einzeln«, sagte Morissey. »Ich würde das nicht anordnen, wenn nicht sehr viel darauf ankäme.«

»Aber selbstverständlich, Herr Morissey«, sagte Körner und machte eine Notiz auf einen Zettel. »Ist schon veranlaßt.«

Während Körner auflegte, zu Rosener nach vorn ging und den Zettel vor ihn auf das Pult legte, rief Morissey von oben aus in der Loge des Pförtners an.

»Achten Sie auf eine junge, auffallende Dame«, sagte Morissey, »schlank, dunkel, wahrscheinlich im Ozelot, mit syrisch-türkischen Gesichtszügen. Vermutlich wird sie zur Stahlkammer gehen. Wenn diese Dame das Haus betritt, geben Sie es mir bitte sofort durch.«

»Jawohl, Herr Morissey. Ich habe verstanden«, sagte der Pförtner, während er auflegte und dem Geistlichen in der Tracht der griechisch-orthodoxen Kirche nachsah, der mit einem schwarzledernen Koffer in der linken Hand durch das Portal trat und die Stufen nach unten stieg. Was es alles gibt, dachte der Portier. Denn so einen hatte er hier im Hause wahrhaftig noch nie gesehen.

Das erste, was am nächsten Morgen in der Sache Ausbruch Cralshagen auf die Männer im Präsidium zukam, war ein Anruf aus dem gerichtspathologischen Institut, daß der Tote aus dem Tunnel bei Hödlingen, der noch im Lauf des gestrigen Tages mit dem Lastkraftwagen eingetroffen war, zur Autopsie vorbereitet sei.

Am Telefon, das Kommissar Ketterle abgenommen hatte, war Dr. Stöckl, der Chefpathologe, ein ebenso erfahrener wie kurz angebundener Mediziner, dessen Können der Kriminalpolizei schon über mancherlei Klippen hinweggeholfen hatte, denen sie ohne ihn machtlos gegenübergestanden hätte.

»Todesursache oder Identität«, sagt der Arzt am Telefon. »Zur Erforschung der Todesursache muß ich obduzieren. Wenn ich aber obduziert habe, wird die Identifizierung noch weiter erschwert, das wissen Sie ja.«

Ketterle wußte es. Er erinnerte sich an den Anblick, der sich ihm und der gesamten Kommission gestern in dem feuchten Tummel im taghellen Schein der Natriumstrahler geboten hatte.

»Was hat also den Vorrang?« hörte er den Arzt fragen. »Todesursache oder Identität?«

»Identität«, sagte der Kommissar. »Warten Sie mit der Obduktion, Doktor. Wir werden alles versuchen, zuerst die Identität festzustellen. Es geht nämlich nicht um den, sondern um den anderen.«

»Ich verstehe«, sagte Dr. Stöckl. »Aber beeilen Sie sich. Ich will ihn heute noch vom Tisch haben.«

»In Ordnung, Doktor«, sagte der Kommissar und legte den Hörer auf.

»Was wollte er denn?« sagte Gracht und steckte sich die Zigarette an, die er schon während der ganzen Dauer des Gesprächs zwischen den Lippen gehabt hatte.

»Ganz klar«, sagte Ketterle. »Er will, daß wir jemand zur Identifizierung schicken.«

Ketterle schwieg einen Augenblick und erinnerte sich noch einmal an den Anblick des Toten.

»Das muß aber schon jemand sein, der ihn ganz genau kannte, Gracht«, sagte er. »Für jemand anderen ist es gar nicht möglich.«

»Am besten die Frau«, sagte Gracht. »Aber die habe ich nicht im Griff, das Luder.«

»Sie denken an Zlamitzer«, sagte Ketterle. »Wir müssen aber an beide denken. Wir dürfen nicht tippen. Wir müssen es wissen.«

»Bei dem anderen ist es leicht«, sagte Gracht plötzlich. »Der hat doch den Bruder hier, diesen schmuddeligen Heiligen, der muß ihn doch kennen. Der kennt vielleicht auch das Amulett.

»Ich glaube ohnehin, daß es der Zyprer ist«, sagte Hornschuh aus dem Hintergrund. »Amulette am Hals trägt man meist im Süden. Und dann war doch Zlamitzer der Motor der ganzen Sache. Was glauben Sie, was der für einen Haß gegen den im Bauch hat, der ihn ins Zuchthaus brachte. Ich glaube, es ist der Zyprer.«

»Glauben, glauben«, sagte Ketterle. »Während wir hier glauben, fährt jedenfalls der andere in der Geographie umher, bemächtigt sich der Beute und verschwindet. Wo wohnt denn der Bruder von dem Griechen, Gracht?«

»Das weiß ich noch nicht«, sagte Gracht. »Ich kann ja nicht überall sein.«

»Sie waren zuviel bei dem Bankdirektor«, sagte Ketterle.

»Sonst wüßten Sie jetzt, wo der Bruder wohnt. Aber das kann ja nicht schwer herauszufinden sein. Los, Hornschuh, versuchen Sie es. Kirchenbehörden, Konsulate, Arbeitsamt, Stadtverwaltung. Rufen Sie überall an, wo man etwas mit ausländischen Gastarbeitern zu tun hat, und bringen Sie heraus, wo der Bruder wohnt. Und wenn Sie ihn haben, fahren Sie ihn in die Gerichtspathologie. Und von dort aus rufen Sie mich an. Ich will dabeisein, wenn er vernommen wird.«

Hornschuh ging hinüber in sein Büro und machte sich unverzüglich an seine Aufgabe. Es war weiter nichts als eine Fleißarbeit, mit der er schließlich nach etwa einer halben Stunde bei einer Nebenstelle des städtischen Arbeitsamtes Erfolg hatte.

Ungefähr zur gleichen Zeit saß in Albrecht Küblers Arbeitszimmer Eberhard Morissey seinem Onkel gegenüber, der ihm staunend zuhörte, ohne indessen dieses Staunen in der geringfügigsten Form zum Ausdruck zu bringen.

»Ich bin in diese Geschichte hineingeschliddert wie ein dummer Junge, Onkel Albrecht«, sagte er. »Zwischen mir und Doris ist nie etwas Ernsthaftes gewesen. Kein Zerwürfnis, keine schwerwiegende Meinungsverschiedenheit, nichts. Aber du hast mich so in Anspruch genommen …«

»Ich?« sagte Kübler ablehnend und überrascht. »Du phantasierst ja.«

»Ja, du«, sagte Eberhard. »Denn du hast gerade von mir ein Maß an Arbeitsleistung verlangt, das mich völlig ausgelastet hat. Für zu Hause hatte ich kaum noch Zeit und für Doris auch nicht. Wir kamen immer mehr auseinander.«

»Ich?« schnaufte Kübler noch einmal. »Jetzt bin ich noch daran schuld, daß du ein Verhältnis eingegangen bist. Aber lassen wir das jetzt. Und weiter?«

»Die Frau gehört zu diesen Leuten. Sie hat unten das Stahlfach dreihundertneunzig gemietet und dort angeblich wertvollen Schmuck eingestellt. Über das Wochenende holte sie ihn oft heraus, brachte ihn zu mir ins Büro, und ich fuhr ihn ihr dann gelegentlich in die Wohnung. Montag oder Dienstag brachte sie den Koffer wieder zurück in den Safe.«

Eberhard schwieg einige Augenblicke, in denen er sich die ganze Ungeheuerlichkeit dessen nochmals vor Augen führte, was er jetzt im Begriffe war, seinem Onkel zu sagen.

»Na ja, und?« hörte er Kübler fragen und fuhr fort:

»Na ja, und so war es auch an diesem Wochenende. Nur daß am Montag nicht ihr Schmuck, sondern unsere zweieinhalb Millionen in dem Koffer waren.«

Ein oder zwei Sekunden lang starrte Kübler Eberhard wortlos ins Gesicht. Dann holte er aus und schlug mit der flachen Hand so heftig auf die Platte seines Schreibtischs, daß die hübsche Empirelampe zitterte und Blätter und Dokumente hochstoben.

»Das ist doch das Unglaublichste, was ich jemals gehört habe. Das ist eine Dreistigkeit, die ihresgleichen sucht. Zum Donnerwetter …«, fuhr er, nachdem er sich ein wenig beruhigt hatte, fort, »… auf so etwas wäre ich nie gekommen.«

»Ich auch nicht«, sagte Eberhard. »Und ich schwöre dir, ich habe davon nichts gewußt.«

Albrecht Kübler rieb sich mit der schmerzenden Hand die Wange und sah Eberhard an.

»Wann hast du es erfahren, Eberhard?« fragte er knapp und sachlich, während er die Hand sinken ließ.

»Durch reinen Zufall, vorgestern, als ich bei Gracht im Präsidium war. Dort wurde ihr Name und ihre jetzige Adresse genannt. Gestern war ich bei ihr und habe sie zur Rede gestellt.«

»Und?« sagte Albrecht Kübler.

»Sie hat mir alles ins Gesicht eingestanden.« Albrecht Kübler schüttelte den Kopf.

»Ist sie denn …?« er machte eine bezeichnende Handbewegung zur Stirn.

»Keineswegs«, sagte Eberhard. »Sie meinte, ich müßte schon deshalb den Mund halten, weil kein Mensch mir glauben würde, daß es so gewesen ist, wie ich es dir eben erzählt habe.«

Albrecht Kübler erhob sich hinter seinem Schreibtisch und ging, die Hände in die Hosentaschen schiebend, langsam zum Fenster, wo er mit einer Hand den Vorhang etwas zur Seite zog.

»Was ist mit Doris?« fragte er von dort aus und drehte den Kopf.

»Wir haben uns vorgestern ausgesprochen«, sagte Eberhard. »Ich glaube, es wird alles gut werden.«

»Siehst du«, sagte Kübler. »Ich habe euch gesagt, Ihr sollt mit der Ehe anfangen.«

Er kam zurück und blieb vor dem Stuhl, auf dem Eberhard saß, stehen.

»Und was hast du angeordnet?«

»Ich habe mir seit gestern Vormittag jede einzelne Stahlfachöffnung melden lassen und den Pförtnern die Personalbeschreibung der Frau durchgegeben. Wenn ich das Passepartout gehabt hätte, hätte ich das Fach sofort öffnen lassen. Über deine Abwesenheit hätte ich mich in diesem Fall hinweggesetzt.«

»Das ist selbstverständlich, Eberhard. Aber ich fürchte, Dr. Katner hätte dir das Passepartout gar nicht ausgehändigt.« Kübler griff nach dem Hörer des Telefons. »Sofort eine Verbindung mit Notar Dr. Katner«, sagte er, als das Mädchen in der Vermittlung sich meldete.

Die Enttäuschung der Männer vollzog sich in einem fast feierlichen Akt. Für die wenigen Minuten der Stahlfachöffnung hatte Kübler die Tresorräume sperren lassen, hatte dann dem Notar den Empfang des Schlüssels schriftlich quittiert und schließlich in Anwesenheit des Notars und Körners zusammen mit Eberhard die Stahltür aufgeschlossen.

»Leer«, hatte er dann gesagt und sich zu Eberhard umgewendet.

»Leer, mein Junge. Und was nun?«

»Mein Gott«, murmelte Eberhard, »dann muß sie den Koffer Minuten vorher herausgeholt haben. Aber das kann gar nicht sein. Sie war noch nicht einmal angezogen, als ich sie verließ, und ich war noch vor Öffnung der Schalterhalle und Stahlfachräume für den Publikumsverkehr hier im Haus. Sie müßte dann in den wenigen Minuten hiergewesen sein, während denen ich mit deiner Sekretärin sprach. Ich habe dem Pförtner die Beschreibung der Frau gegeben, und er hätte es mir bestimmt gesagt, wenn er sie kurz vorher gesehen hätte. Das ist ganz ausgeschlossen.«

Kübler zuckte mit den Schultern.

»Du siehst doch, daß es geschehen ist«, sagte er. »Oder ist das Ganze vielleicht ein Produkt deiner Phantasie?«

»Aber ich bitte dich ...«, sagte Eberhard. »Dafür steht für mich zuviel auf dem Spiel.«

Danach rief er nach Rosener.

»War jemand in den letzten Tagen am Fach dreihundertneunzig?« fragte er, als der schüchterne junge Mann vor ihnen stand.

»Aus dem Kopf kann ich das nicht sagen, Herr Direktor«, sagte Rosener. »Ich muß nachsehen.«

Rosener ging zurück in den Vorraum und kam nach wenigen Augenblicken mit der Liste wieder.

»Ach ja«, sagte er, als er sich vergewissert hatte. »Ich erinnere mich. Es war gestern, kurz nach neun Uhr. Ein Geistlicher griechisch-orthodoxen Ritus. Er holte den Schmuck für seine Schwägerin.«

»Der Bruder«, murmelte Eberhard dann verstört. »Woher hätte ich das wissen sollen?«

»Und die Karte?« sagte Kübler zu Rosener. »Holen Sie die Karte und die Karteikarte.«

Als sich Sekunden darauf die Herren über die beiden Karten beugten, starrten sie auf Schriftzüge in kyrillischen Lettern von solcher Simplizität, daß der Notar sagte:

»So kann jeder einen Namen schreiben, Herr Kübler, der diese Schrift beherrscht. Ob es eine Fälschung ist, werden erst die Graphologen sagen können. Wenn ich so etwas sehe, habe ich jedenfalls die größten Bedenken, ob die Unterschrift als Beweisfunktion überhaupt genügt.«

»Da haben Sie recht«, sagte Kübler. »Aber das ist eine andere Frage.« Er wendete sich an Eberhard. »Wir müssen diesen Bruder finden, Eberhard, koste es, was es wolle.«

»Ich werde sofort die Polizei ...«, sagte Eberhard.

»Um Himmels willen«, unterbrach ihn Albrecht Kübler, »alles, was dir einfällt. Aber nur nicht die Polizei ...«

Die Polizei suchte in der Gestalt Kommissar Hornschuhs zur gleichen Zeit ebenfalls nach Danylos Kapas, nur daß sie den Herren von der Handels- und Kreditbank insofern um einiges voraus war, als sie bereits wußte, wo er wohnte. Da, wo die Stränge der Stadtbahn und der Güterbahnlinien zu einem riesigen Gleisdreieck zusammenliefen und den großen Verschiebebahnhof bildeten, zwischen Kühlanlagen, Getreidespeichern und Brauereien, suchte Hornschuh nach einer Straße, die Viehhofstraße hieß. Dort sollte in dem Gebäudekomplex einer evangelischen Hilfseinrichtung dem Geistlichen der kleinen griechisch-orthodoxen Gemeinde der Gastarbeiter der Stadt eine Wohnung und ein Betsaal zur Verfügung gestellt worden sein. Es war hier ebenso schwer wie unten an den Markthallen, eine der winkligen und trostlosen Straßen zu finden, die sich zwischen Backsteingebäuden und Industrieanlagen hindurchzogen.

Endlich, als Hornschuh wirklich nicht mehr weiterwußte, kam er zwischen Reihen zweistöckiger, schmutziger Ziegelhäuser an einen kleinen freien Platz, in dessen Mitte eine Spielanlage eingerichtet war, wo eine Horde schreiender Kinder herumtobte. Hornschuh hielt an und drückte, um die Kinder auf sich aufmerksam zu machen, zweimal auf die Hupe. Lärmend kam die Schar auf sein Winken hin auf den Wagen zugestürzt. Einige umringten ihn und stiegen auf die Trittbretter. »Ich suche einen Pfarrer«, sagte Hornschuh, »und eine kleine Kirche. Für Griechen.«

»Für was?« fragten einer oder zwei von den Jungen.

»Na ja, für Ausländer eben«, sagte Hornschuh. »So 'n bißchen anders als unsere.«

Er sah fragend in die Gesichter der Kinder.

»Wissen wir auch nicht«, sagte einer der Jungen.

»Doch«, lispelte plötzlich ein Mädchen mit blassem Gesicht unter einer roten Wollmütze.

»Ist das so einer, der aussieht wie 'ne Frau mit 'n Bart? Und so 'ner Haube auf'm Kopf, die hinten runterhängt?«

»Stimmt«, sagte Hornschuh. »Genau den suche ich. Wo wohnt denn der?«

»Fahren Sie man los«, sagte das Mädchen und klammerte sich mit den rotgefrorenen Händen in die Fensterbrüstung. »Aber langsam.«

Während zwei oder drei der Kinder auf den Trittbrettern standen und mitfuhren und die anderen johlend hinter dem Wagen herliefen, lotste das kleine Mädchen Hornschuh durch eine schmale Gasse und schließlich durch eine Einfahrt in einen Hof. Dort war wirklich, zwischen zwei Häusern eingebaut, eine Art kleine Kirche oder Kapelle zu sehen, auf deren Spitzdach ein griechisches Doppelkreuz leuchtete.

»Da drin wohnt der«, sagte das Mädchen und sprang vom Trittbrett, um Hornschuh herauszulassen. Hornschuh ließ den Motor laufen, stieg aus dem Wagen und setzte den Hut auf. Die Kinder liefen spielend hinter ihm her, als er auf den Eingang der kleinen Kirche zuging. Neugierig schoben sie die Köpfe an Hornschuhs Hüften vorbei, als er die Tür aufzog. Drinnen kam noch ein dunkler Filzvorhang, und dann sah Hornschuh in die Kapelle.

Es herrschte ein gedämpftes, ruhiges und schönes Licht. Die Einrichtung der Kapelle war einfach, aber warm und zweckmäßig. Gerätschaften aus Messing blinkten schwach. Über dem mit einem weißen Spitzentuch bedeckten Altar hing ein durchbrochenes Rauchfaß. Und unter diesem Rauchfaß lag Danylos Kapas und hatte die Hand um das silberne Kreuz auf seiner Brust gekrampft.

»Ob der krank ist?« meinte eines der Kinder scheu, als Hornschuh nach vorn zum Altar ging und sich zu dem Priester hinunterbeugte.

»Nein«, sagte Hornschuh nach einem Blick in die starren Augen hinter den scharfen Gläsern. »Ich glaube, der ist tot. Macht, daß Ihr rauskommt ...«

Hornschuh richtete sich auf.

»Wo ist denn hier ein Telefon?«

»Erschlagen«, sagte Hornschuh. »Nach meiner Schätzung gestern morgen. Mit einem der Stühle aus dem Betraum. Direkt auf den Hinterkopf.«

»Genau wie Weidenstock«, sagte Gracht nachdenklich. »Auch auf den Hinterkopf und auch mit einem Stuhl. Merkwürdig.«

»Das ist mit der gleichen Präzision wie der Einbruch gemacht«, sagte Ketterle. »Er hat ihn umgebracht, während wir noch in dem Tunnel den anderen fotografierten.«

»Wenn ich nur wüßte, warum«, sagte Gracht.

»Na, jedenfalls ist jetzt klar, daß der Lebende Zlamitzer heißt«, sagte Hornschuh. »Oder haben Sie schon mal einen gesehen, der seinen Bruder erschlägt?«

»Ja«, sagte Ketterle. »Einen namens Kain. Das haben Sie schon in der Schule gelernt.«

»Na ja, in der Bibel«, sagte Hornschuh. »Aber in Wirklichkeit ...?«

»Hm«, brummte Ketterle, »Sie sind doch eigentlich schon lange genug bei uns, um das zu wissen.«

Nachdem er das gesagt hatte, nahm Ketterle den Hörer des Telefons ab, das zu klingeln begonnen hatte. »Mordkommission, Ketterle«, meldete er sich und vernahm in der Muschel die ungeduldige Stimme Dr. Stöckls. »Ich warte hier seit eineinhalb

Stunden auf Ihren versprochenen Pfarrer«, sagte er. »Was ist denn mit ihm?«

»Wir auch, Doktor«, sagte Ketterle. »Aber der kann jetzt nicht mehr kommen. Hornschuh hat ihn vor zwanzig Minuten gefunden. Tot.«

»Auch Mord?« wollte Dr. Stöckl wissen. »Allem Anschein nach ja«, sagte Ketterle.

»Aber warum soll einer denn einen harmlosen Priester ermorden«, fragte Stöckl.

»Vielleicht deswegen, daß er den anderen nicht identifizieren kann, Doktor. Wir müssen erst noch selbst dahinterkommen.«

Einige Sekunden war Schweigen in der Muschel. »Dann hat er aber an eines nicht gedacht, Ketterle«, fuhr der Arzt fort. »Der Tote hier hat rechts oben im Gebiß eine Brücke von vier nach sieben mit zwei Goldkronen. Vielleicht hilft Ihnen das weiter. Ich habe ihn mir nur oberflächlich angesehen, aber das ist das Auffallendste.«

»Gut, Doktor«, sagte Ketterle. »Wir werden uns darum kümmern. Fangen Sie doch bitte jetzt mit der Obduktion an. Wir können hier niemand mehr zur Identifizierung ausfindig machen. Vielleicht ergeben sich bei der Autopsie noch Anhaltspunkte.«

Ketterle legte den Hörer auf.

»Eine Brücke rechts oben von vier nach sieben mit zwei Goldkronen«, sagte er und sah, wie Gracht aufhorchte.

»Von vier nach sieben?« sagte Gracht und zog sein Notizbuch aus der Brusttasche. »Von vier nach sieben mit zwei Goldkronen? Die hat er sich in insgesamt elf Sitzungen während der Monate Oktober und November beim Zuchthauszahnarzt in Cralshagen machen lassen«, fuhr er fort. »Ich habe auf alles aufgepaßt. Ich weiß alles.«

»Welcher denn?« fragten Ketterle und Hornschuh fast zur gleichen Zeit.

»Aristide Kapas«, sagte Gracht und klappte sein Buch zu. »Um sich vom Kartoffelklauben zu drücken. Der Zahnarzt hat es mir selbst erzählt.«

Ketterle stieß befriedigt die Luft aus.

»Dann haben wir ja endlich Klarheit«, sagte er, und es erschien ihm eine der erfreulichsten Perspektiven dieses Falles, daß er damit die Alternativfahndung aufheben und eine saubere und eindeutige Weisung herausgeben konnte: Zu fahnden war nach dem deutschen Staatsangehörigen Roderich Zlamitzer, neunundvierzig Jahre alt, einen Meter zweiundsiebzig groß, dunkle Augen, dunkler Haarwuchs, verheiratet, gesucht wegen Ausbruchs und Mordes in zwei Fällen. Ein Foto aus den Personalakten der früheren Arbeitgeberin des Flüchtigen war bereits angefertigt und würde in Kürze an den Korridorwänden sämtlicher deutscher und vieler ausländischer Polizeistationen prangen, verbunden mit dem Hinweis, daß der Gesuchte möglicherweise sein Aussehen verändert habe und über bedeutende Geldmittel verfüge. Es sei nicht auszuschließen, daß der Flüchtige zusammen mit seiner Ehefrau Lenora auftrete, einer ein Meter siebenundsechzig großen, auffallend schönen, sechsundzwanzigjährigen Dänin mit hellgrauen Augen und blondem Haar.

Warum er denn die Fahndung nicht direkt auf Lenora Zlamitzer ausstehen wolle, wollte Hornschuh wissen. »Sie hat keine strafbare Handlung begangen, Hornschuh«, sagte Ketterle. »Sie ist freigesprochen worden, und gegen sie liegt nichts vor. Möglicherweise ist sie die treibende Kraft für alle diese Verbrechen. Eine Frau, für die Männer fast alles tun. Ehrgeizig, vital, geldgierig, schön und gefährlich. Ich habe sie während des Prozesses beobachtet. Sie ist glatt wie eine Schlange und ebenso kalt. Es ist möglich, daß sie hinter allem steckt. Aber gegen sie liegt nichts vor. Und wir haben unsere Gesetze, damit sie eingehalten werden.« Danach setzte sich der Kommissar hinter seinen Schreibtisch, um noch eine besondere Anweisung für die Polizeistellen der Stadt zu diktieren, obschon er wenig Hoffnung hatte, daß sich Roderich Zlamitzer und Lenora in diesem Augenblick überhaupt noch in der Stadt aufhielten. Jedenfalls, dachte er, müßten sie wahnsinnig sein, wenn sie es täten.

»Und Sie, Gracht?« sagte er, bevor er sein Sprechgerät einschaltete, »Sie wollen in Kürze Herrn Morissey verhaften, nehme ich an.«

»Ich?« sagte Gracht. »Ich habe immerhin noch eine Chance. Ich habe mir nämlich den Zettel übersetzen lassen, den Aristide Kapas durch seinen Bruder Danylos an eine Frau in der Gegend der Markthallen schickte.«

Gracht zog seine Brieftasche hervor und entnahm ihr Aristides Zettel und die Übersetzung dazu. »Westerstraße 11 a, dritter Hof, fünfter Stock«, las er vor. »Sie soll dir den Schlüssel geben. Fach dreihundertneunzig. Hol den Koffer mit dem Schmuck Dienstag neun Uhr. Unterschreibe mit meinem Namen und warte auf Nachricht.« Gracht faltete den Zettel zusammen und steckte ihn wieder weg.

»Seit heute morgen ist Rösch unterwegs und sucht ein Fach dreihundertneunzig, Ketterle. Und wenn ich dieses Fach gefunden habe, dann reden wir weiter über Herrn Morissey. Ich kann nicht verschweigen, daß ich eine ganz bestimmte, scharf umrissene Vorstellung habe. Inzwischen werde ich mir diese Frau vornehmen. Die Fälle Kapas sind Ihre Fälle. Aber der Fall Handels- und Kreditbank ist immer noch meiner.«

»In den Sie sich auch gar nicht hineinreden lassen, nicht wahr«, sagte Ketterle und drückte den Knopf seiner Diktieranlage, als Zeichen, daß er jetzt gerne alleine wäre.

Albrecht Kübler hatte keine großen Erklärungen abgegeben, nichts von Vertrauen und Rehabilitation gesagt, aber er hatte Eberhard zweimal »mein Junge« genannt, und das hatte Eberhard vollauf als Anzeichen genügt, daß Albrecht Kübler ihm glaubte. Kübler hatte ihn nur noch gefragt, warum er denn seine Anordnung nicht ausdrücklich auf das Fach dreihundertneunzig beschränkt hatte, und Eberhard hatte Kübler seine Überlegungen erläutert. Einmal habe er befürchtet, bei einer Beschränkung auf das einzige Fach würden die Beamten durch ihr Verhalten den Abholer des Koffers vielleicht stutzig machen, bevor er, Eberhard, sich über seine unmittelbaren Maßnahmen hätte schlüssig werden können, und zum zweiten – und das hatte Eberhard freimütig eingestanden – habe er sich davor gescheut, durch Nennung dieser Nummer Herrn Körners Erinnerung wieder auf Dinge zu stoßen, von denen er gerne gehabt hätte, daß sie aus dem Gedächtnis der Angestellten gelöscht wären.

Diese Unterredung hatte nur kurz gedauert, und danach war Eberhard in seinen Wagen gestiegen. Der Schlüssel zu allem, was geschehen war, lag bei Bayar Tyssatsis. Der Schlüssel zum Fach dreihundertneunzig allerdings befand sich nicht mehr in ihrem Besitz. Und während Eberhard zum zweitenmal in zwei Tagen seinen Wagen in eine Gegend steuerte, in der er vorher noch nicht ein einziges Mal gewesen war, kreisten seine Gedanken um alle Schlüsse, die sich aus dieser eindeutigen Tatsache ziehen ließen.

Das am nächsten Liegende war selbstverständlich, daß Bayar gestern morgen, während er bei ihr war, genau gewußt hatte, daß in ebendiesen gleichen Minuten der kostbare Koffer aus dem Stahlfachraum seiner Bank herausgeholt werden würde. Wie anders, so jedenfalls überlegte er nachträglich, hätte sie eigentlich den Mut haben können, einfach auf seine Feigheit zu vertrauen, darauf, daß er nichts sagen konnte, wollte und durfte.

Wenn es sich so verhielt, würde er jetzt in wenigen Minuten vor einer leeren und verlassenen Wohnung stehen. Und davor hatte er am meisten Furcht. Es gab natürlich auch noch eine zweite Möglichkeit, die darin bestand, daß Bayar von ihren Komplicen ausgebootet worden war. In diesem Fall, so glaubte er, würde sie aber doch Anhaltspunkte haben, was mit dem Koffer beabsichtigt war, und sich vielleicht in verständlichem und ihrer Rasse durchaus gemäßem Haß auf seine Seite geschlagen.

Es berührte Eberhard merkwürdig, wie gleichgültig, alltäglich und gewohnheitsmäßig sich das Leben in einer kleinen Straße abspielen konnte, während ihn selbst so große Probleme bewegten. Auch hier lärmten und tobten Kinder auf den Bürgersteigen, Lastwagen wurden entladen, Frauen unterhielten sich vor den Läden, und auf dem Bürgersteig marschierte ein pensionierter Kapitän, um, wie wahrscheinlich jeden Vormittag, mit einem prüfenden Blick zu kontrollieren, wie die Schiffe an den Kais festgemacht worden waren. Heute war das ja alles verschlampt und verkommen. Heutzutage hatten die Matrosen ja sogar eine Gewerkschaft. Zu seiner Zeit …

Mürrisch wich er dem jungen Mann aus, der mit hochgeschlagenem Mantelkragen, die durchbrochenen Fahrhandschuhe an den Händen, zwischen der Briefmarkenhandlung und der winzigen Schiffahrtsagentur die Höfe des Hauses Westerstraße 11 a betrat. Das waren auch solche Schnösel, die sich ihr Geld damit verdienten, anderen etwas aufzuschwatzen, das sie nicht brauchten. Das taten ja heute die meisten.

Der alte Mann seufzte wehmütig, während Eberhard zum zweitenmal in seinem Leben die knarrenden Treppen des dritten Aufgangs nach oben stieg. Durch die geschlossenen Wohnungstüren hörte er die Geräusche eines alltäglichen Vormittags in einem alltäglichen Haus. Töpfeklappern, Mütterschelte und im dritten und vierten Stock den gleichen Walzer aus dem Radio. Heftig atmend stand er endlich im Bodengeschoß vor der verschlossenen braunen Holztür mit dem matten Messingknauf in der Mitte. Und sonderbar, er wußte sofort, als er die Tür sah, daß ihm niemand öffnen würde. Eigentlich hob er, dicht vor ihr stehend, nur pro forma die Hand und schlug mit den Fingerknöcheln gegen das Holz. Hinter der Tür war nichts zu hören. Noch ein zweites und drittes Mal versuchte Eberhard sein Glück. In der Pause zwischen dem zweiten und dem dritten Mal bildete er sich ein, das Tropfen von Wasser in ein Spülbecken zu hören, aber sonst war es still.

Schließlich wendete er sich um und stieg die Treppe wieder nach unten. Er wußte später selbst nicht mehr zu sagen, was ihn bewogen haben mochte, auf dem zweithöchsten Absatz noch einmal stehenzubleiben und dann, wie von einem Impuls getrieben, die Treppe wieder emporzusteigen. Vielleicht war es nur das Geräusch eines herunterfallenden Topfes in einer der Wohnungen, vielleicht das klägliche Schreien eines Kindes oder das Keifen seiner abgehetzten und verdrossenen Mutter. Jedenfalls stand Eberhard ein zweites Mal der Tür gegenüber, hob den Fuß und trat mit einem kräftigen Tritt die Füllung aus ihrem klapprigen Schloß.

Eberhard war weiß Gott auf einiges gefaßt gewesen, aber der Blick in Bayars dämmriges Zimmer, in dem die Gardinen noch halb geschlossen waren und nur fahles Licht eindringen ließen, raubte ihm um ein Haar die Fassung. In dem Zimmer sah es furchtbar aus. Schübe waren aufgerissen, die Schranktür geöffnet, Kleider lagen ringsherum verstreut, das Bettzeug war von der Schlafcouch gezerrt, und halb auf dem herunterhängenden Teil lag, nur mit ihrem Nachthemd bekleidet, Bayar.

Eberhard brauchte, wie er glaubte, Viertelstunden, um sich zu vergegenwärtigen, was hier geschehen war. Er fuhr sich mit der Hand über die Stirn und sah den Handschuh, dunkel von Schweiß, als er ihn anstarrte. Dann war er doch mit drei oder vier raschen Schritten bei ihr, bückte sich und suchte nach ihrem Puls. Seine Empfindung jedoch sagte ihm, daß das reine Formsache war, und außerdem hatte er auch gar kein Geschick dafür. Daß in dieser Frau kein Funke Leben mehr war, sah man schon an ihrem Gesicht.

Langsam richtete Eberhard Morissey sich auf und erhob sich dann. Er starrte auf die Frau hinunter, deren gebrochene Augen man sich nicht einmal die Mühe gemacht hatte, zuzudrücken. Würde er denn niemals aus dem Bannkreis dieser unheilvollen Verstrickung herauskommen? Fast körperlich bildete Eberhard sich ein, Grachts näselnde zynische Stimme zu hören. Er riß sich zusammen. Das nächste, was zu tun war ...

Aber es war ja gar keine Einbildung gewesen. Deutlich und mit jedem Schritt ihres Besitzers weiter nach oben kommend, hörte Eberhard jetzt mit vollem Bewußtsein die Stimme Kommissar Grachts, der sich mit jemand unterhielt, während er ohne allzu große Eile die Treppe emporstieg. Eberhards erster Impuls war, diese Begegnung zu vermeiden. Seine Augen wanderten zu dem halbverhangenen Fenster. Aber Grachts erster Blick würde ein Blick von hier aus auf das flache Dach sein. Draußen im Treppenhaus war doch noch ein Fenster gewesen, und eine Tür.

Eberhard stürmte hinaus. Die Tür zum Boden war verschlossen, und Gracht und sein Begleiter erreichten soeben das vorletzte Stockwerk.

Nein, dachte Eberhard, er würde seinem Gegner den Triumph nicht lassen, ihn, Eberhard Morissey, mit verschmutzten Kleidern, auf dem dreckigen Dach eines Hauses in der Hafengegend hockend, aufzugreifen. Er versenkte die Hände in die Manteltaschen und lehnte sich mit den Hüften gegen das Bord des Fensters, durch welches Rösch vor noch nicht allzu langer Zeit auf das Blechdach hinausgestiegen war und den Stein ins Rollen gebracht hatte. In dieser Haltung sah Eberhard Gracht entgegen.

Gracht unterbrach sich mitten im Satz, als er Eberhards ansichtig wurde. Die Architektur des Hauses wollte es, daß er im gleichen Augenblick wie Eberhard durch die offene Tür des Zimmers auch die Tote bemerkte.

»Aha«, sagte er, nachdem er eine oder zwei Sekunden stehengeblieben war, während er jetzt so betont langsam die letzten Stufen nach oben kam, wie es ihm das Gefühl gestattete, daß ihm sein Opfer absolut sicher war. »Nehmen Sie mal die Hände aus der Tasche.«

Er blieb direkt vor Eberhard stehen, der langsam die Hände aus den Taschen des Mantels zog. Gracht griff nach innen und drehte sie um.

»Handschuhe«, sagte er und sah Eberhard ins Gesicht, während Rösch das seine über Grachts Schulter schob. »Handschuhe und Blut.«

Gracht drehte die eine Hand Eberhards so, daß sie besser ins Licht kam.

»Schweiß«, sagte Eberhard. »Mein eigener. Ich habe sie gefunden. Vor fünf Minuten vielleicht. Hören Sie …«

»Ich sehe«, sagte Gracht, der in das Zimmer gegangen war und sich zu der Toten hinunterbeugte. »Ich brauche nicht zu hören. Mit einem Stuhl erschlagen«, fuhr er dann fort, während er sich wieder erhob. »Direkt auf den Hinterkopf. Genau wie Weidenstock und der Priester.«

»Lassen Sie mich das doch erklären«, sagte Eberhard. »Es ist doch alles ganz anders.«

»Erklären Sie das dann dem Staatsanwalt«, sagte Gracht. »Der hat das richtige Ohr dafür. Ich habe nur Tatsachen. Such die Bude durch«, fuhr er, zu Rösch gewendet, fort, »ich gehe mal telefonieren.«

Gracht warf noch einen langen Blick auf Eberhard.

»Setzen«, sagte er und deutete auf einen Stuhl. »Der Anblick wird Ihnen ja wohl nichts ausmachen.«

Erschöpft ließ sich Eberhard Morissey auf dem Stuhl nieder, während Rösch systematisch damit begann, Bayars Sachen nach Gegenständen zu durchsuchen, und Grachts Schritte sich im Treppenhaus entfernten. Das nächste Telefon fand Gracht in der winzigen Schiffahrtsagentur. Stehend und behaglich wählte er die Nummer des Präsidiums.

»Kommissar Ketterle von der Mordkkommission«, verlangte er, als die Vermittlung sich meldete. Während er wartete, sah er durch die Glasscheibe mit ihren Goldbuchstaben in Spiegelschrift draußen den alten Kapitän von seinem Morgenspaziergang zurückkehren. Auch so ein alter Trottel, dachte Gracht, der nichts anderes zu tun hat, als Löcher in die Luft zu starren. Komisch, wie viele Leute es gibt, die Zeit zum Spazierengehen haben, anstatt nützliche Arbeit ...

»Ja«, sagte er und wendete sich dem Apparat zu, als er Ketterles Stimme in der Muschel hörte.

»Hier Gracht«, sagte er, und sein Auge leuchtete. »Kommen Sie mal rasch hierher. Ich habe eine Überraschung für Sie. Westerstraße 11 a. Und bringen Sie gleich ein Team von der KTU mit.«

Er hörte gar nicht mehr lange hin, was der Alte noch alles sagte, sondern hängte ein und bezahlte sein Gespräch. Auf dem Weg durch die Höfe zündete er sich eine Zigarette an. Er hatte sie weiß Gott verdient.

Oben hatte Rösch bei Bayars Gegenständen eine Menge Sachen gefunden, die Aufschluß gaben. Nacheinander händigte er Gracht Dokumente, Fotografien und Briefe aus, die Gracht, unterbrochen von zahlreichen befriedigten »Ahas« eingehend studierte. Er war noch gar nicht einmal ganz damit fertig, als er Ketterle draußen die Treppe heraufkommen hörte. Auch er schob jetzt die Hände in die Manteltaschen und sah dem Kollegen entgegen, als er das Zimmer betrat.

»Mein Gott im Himmel«, sagte der Kommissar, nachdem er mit zwei Blicken erfaßt hatte, was vorgefallen war. »Der läuft ja Amok. Der räumt sich seine Teilhaber bis auf den letzten aus dem Weg. Jetzt fehlt nur noch die Frau.«

»Was für eine Frau?« sagte Gracht.

»Die andere«, sagte Ketterle. »Die Blonde. Aber vielleicht hat er gerade ihretwegen das alles getan.«

»Ketterle«, sagte Gracht nach einer Pause, »Sie haben verloren. Denn jetzt werde ich Ihnen sagen, wie es wirklich war. Diese Tote hier ist Herrn Morisseys Alibi für die Nacht des Einbruchs. Er hat sie nicht so schamhaft verschwiegen, weil er so zartfühlend ist, sondern weil diese Dame das Stahlfach dreihundertneunzig in seiner eigenen Bank gemietet hat. Und in diesem Stahlfach war das bei der gleichen Bank gestohlene Geld verwahrt. Dann kam Johannes Gracht dieser Frau hier auf die Spur. Alles drohte zu platzen, und bevor sie zu erzählen anfing … na ja …« Gracht deutete auf die Tote, »… Sie sehen ja selbst.«

Kommissar Ketterle schwieg eine ganze Weile.

»Können Sie das alles beweisen, Gracht?« sagte er schließlich.

»Ja«, sagte Gracht, »das kann ich. Und er kann es vor allem gar nicht widerlegen.«

Einige Sekunden lang blickte Ketterle zu Eberhard hinüber. »Und was haben Sie dazu zu sagen?«

»Er ist verrückt«, sagte Eberhard trocken. »Er leidet an einer Psychose.

»Aber an einer, die Motiv, Indizien und Beweise für sich hat«, sagte Gracht.

»Also werden Sie ein Geständnis brauchen«, sagte Ketterle.

»Der und gestehen?« sagte Gracht. »Das haben Sie doch damals schon gesehen. Er kann das alles ja nicht mal seinem Onkel sagen. Und seiner Frau schon gar nicht.«

»Sie irren sich«, sagte Eberhard. »Ich habe es sogar beiden gesagt.«

Einige Sekunden lang starrte Gracht in Eberhards Gesicht. »Pah«, sagte er dann, »es ist das gleiche wie damals. Eine Krähe hackt der anderen kein Auge aus. Daß die Familie dem Sprößling aus der Patsche helfen will, ist wohl klar. Vor ein paar Tagen habe ich Ihnen prophezeit, ich würde Ihnen ins Gesicht sagen, was Sie mit der Sache zu tun haben. Und das habe ich hiermit eingelöst. Johannes Gracht täuscht sich selten.«

»Hoffentlich«, sagte Ketterle und nahm jetzt endlich den Hut ab. »Hoffentlich, Gracht. Denn wenn Sie es getan haben, werden Sie in ziemliche Schwierigkeiten kommen.

»Was soll ich denn tun? Ich kann sie doch nicht umbringen.« Diesen Satz, den Eberhard an dem Abend der Urteilsverkündung so unbeherrscht herausgestoßen hatte, glaubte Doris mit der bohrenden Regelmäßigkeit einer Schallplatte an der Peripherie ihres Bewußtseins immer wieder zu hören, seitdem sie Eberhards Verhaftung erfahren hatte. Sie hatte damals, an jenem Abend, nicht gewußt, wohin Eberhard nach ihrem heftigen Gespräch gefahren war. Aber sie hatte es vermutet, und für eine kurze Weile hatte sich die Furcht bei ihr eingenistet, er könne wirklich das Gespinst der Verwicklungen in einem Affektakt durchschnitten haben. Sie kannte seine Impulsivität und seine aufbrausende Leidenschaftlichkeit. Dann war nichts geschehen, und ihre Angst hatte sich beruhigt. Aber wenn eine Erkenntnis aus alldem, was hinter ihnen lag, in ihr zurückgeblieben war, dann die, daß sie wahrscheinlich ihren Mann noch immer nicht völlig kannte. Sie zweifelte nicht an Eberhards Aufrichtigkeit und gutem Willen. Woran sie aber zweifelte, war seine Beherrschung.

Sie hatte eine entsetzliche Stunde hinter sich gebracht und dann hatte sie das Bedürfnis gehabt, nicht alleine zu sein, und hatte bei Albrecht Kübler angerufen, der gerade im Begriff war, seinerseits ein Gespräch mit ihr vermitteln zu lassen. Onkel Albrecht hatte noch wesentlich schlechtere Nachrichten gehabt als sie selbst. Er hatte nämlich erfahren, daß der Staatsanwalt den Haftbefehl gegen Eberhard beantragt und der Untersuchungsrichter ihn auch bereits erlassen hatte. Seit morgens, da Gracht ihn bei der Toten angetroffen hatte, befand Eberhard sich in Untersuchungshaft, genau wie damals, an jenem schrecklichen Wochenende nach dem Einbruch in der Bank.

Natürlich war Onkel Albrecht von der Entwicklung der Dinge ebenso überrascht und über sie bestürzt wie Doris. Aber er behielt wenigstens einen klaren Kopf und dachte und veranlaßte das Nächstliegende und Wichtigste. Noch von der Bank aus hatte er in Hannover in Matthis Kanzlei angerufen und dem Anwalt ausrichten lassen, daß er ihn sofort in Hamburg brauche. Schon eine halbe Stunde später hatte Matthi Kübler zurückgerufen und die Neuigkeiten erfahren. Er werde am nächsten Morgen um neun Uhr dreißig mit dem Flugzeug in Hamburg sein.

Doris hatte sich entschlossen, ihn dort abzuholen. Nach einer schlaflosen Nacht, die sie nur mit Hilfe starker Tabletten, halb vor sich hindämmernd, verbracht hatte, sah sie an diesem Morgen bejammernswert aus. Und wenn schon nichts anderes, dann hätte ihr Anblick Matthi deutlich gemacht, wie notwendig es gewesen war, alles liegen- und stehenzulassen, um hierher zu fliegen. Das Flugzeug kam pünktlich, und mit unbeschreiblicher Erleichterung sah Doris zwischen anderen Reisenden ihren Bruder durch den Ausgang zu den Flugsteigen kommen.

»Kopf hoch, Doris«, sagte Matthi, nachdem sie sich begrüßt hatten. »Das kann nicht aufrechterhalten werden. Reg dich nicht auf und behalt die Nerven. Ich werde als erstes zur Kriminalpolizei fahren und dann mit Eberhard sprechen. Und jetzt erzähle mir erst mal, wie alles gekommen ist.«

Während Matthi seinen Koffer hochnahm, begann Doris zu berichten. Sie erzählte von dem Abend, an dem sie sich mit Eberhard ausgesprochen hatte, über den Morgen, da der Ausbruch der beiden Verbrecher bekanntgegeben worden war, bis hin zu der Entdeckung, daß die Beute des Einbruchs im Safe der Handels- und Kreditbank lag, dem Mord an Danylos und der

Verhaftung Eberhards. Sie sprach so temperamentvoll, daß sie die Halle erst zu einem kleinen Teil durchquert hatten, als eine Ansage über die Lautsprecher kam »Achtung, Achtung, die Condor-Flugdienst-Süd ruft ihren Charterflug dreihundertsieben auf, über Düsseldorf, Lyon, Madrid, Casablanca nach Las Plamas. Die Passagiere werden gebeten, sich auf Flugsteig vier zu begeben.« Die Ansage wurde in Englisch wiederholt, und die Passagiere, die zu diesem Flug gehörten, erhoben sich und drängten in Richtung auf die Flugsteige.

Doris verzieh es Matthi, daß sein Blick für Zehntelsekunden einer Frau folgte, die sich zwischen den anderen Passagieren zur Abfertigung begab. Flüchtig folgte auch sie mit den Augen Matthis Blick. Die Erscheinung der Frau in eleganten Stiefeln, locker hängendem Wollmantel mit Breitschwanzkragen, den großflächigen Hut auf den dunklen, locker geflochtenen Haaren und der modischen Sonnenbrille hatte für Männer sicher etwas Faszinierendes. Da er aber weder ihr Mann war, noch sein Interesse für diese Frau in taktloser Weise bekundet hatte, hatte sie den kleinen, belanglosen Vorfall bei der Dringlichkeit ihrer eigenen gemeinsamen Probleme schon bald vergessen. Ihre Gespräche kreisten um die Ereignisse, die hinter ihnen lagen.

»Und wir hatten schon gedacht, alles sei in Ordnung«, sagte Doris. »Aber das war eine Illusion.«

»Hast du denn ernsthaft an Eberhard gezweifelt?« sagte Matthi.

»Ich habe mich kindisch benommen, Matthi«, sagte Doris nachdenklich. »Kindisch und töricht. Eberhard ist ein Mann, der eine Frau ganz braucht. Und ich war jahrelang nur halb für ihn da. Ich war egoistisch und eitel. Natürlich ist er auch egoistisch. Aber ich fange an, mich damit abzufinden, daß Männer das eben sind.«

»Sieh mich an«, sagte Matthi. »Ich bin so egoistisch, daß ich überhaupt nicht heirate.«

»Es ist ja noch nicht zu spät«, sagte Doris und wunderte sich, daß sie im Zusammenhang mit dieser Bemerkung noch einmal an die Frau in der Flugsteighalle dachte, obschon das Taxi jetzt bereits die dicht belebten Bezirke der Innenstadt erreichte. Das sind Frauen, von denen Männer immer träumen, dachte sie. Und wenn sie sie haben, merken sie, daß sie frigide und leer sind. Eine von diesem Zuschnitt war bestimmt keine Frau für Matthi. Und trotzdem war es sonderbar, daß ihr diese Frau noch einmal einfiel.

Nach einer Weile hielt der Chauffeur das Taxi vor dem Betonklotz des Polizeipräsidiums am Berliner Tor an und ließ die Uhr zurückschnappen. Matthi Kübler bezahlte, und danach gingen sie auf den Eingang des Gebäudes zu.

»Kommissar Gracht«, sagte Matthi zu dem Beamten in der gläsernen Pförtnerloge.

»In welcher Angelegenheit bitte?« wollte der Mann wissen.

»Es handelt sich um eine Sprecherlaubnis für einen Untersuchungshäftling«, sagte Matthi. »Ich bin Anwalt.«

»Ach so«, sagte der Beamte. »Zimmer 747 im siebten Stock. Hier links ist der Aufzug.«

Sie standen vor dem Aufzug, und als die Kabine aus dem Kellergeschoß hochkam, zog Matthi die Tür auf und ließ Doris vorausgehen. Die Kabine war nicht leer. Ein paar Sekunden lang sah Kommissar Ketterle Doris an.

»Wir kennen uns doch?« sagte er dann.

»Ja«, sagte Doris. »Sie haben damals geglaubt, es sei eine persönliche Sache und keine kriminelle.«

»Das glaube ich auch heute noch«, sagte der Kommissar. »Sie wollen zu meinem Kollegen Gracht?«

»Ja«, sagte Matthi. »Ich muß eine Sprecherlaubnis haben.«

»Die können Sie von mir auch bekommen«, sagte Ketterle und drückte die Tür nach außen, als der Aufzug im siebten Stock angelangt war. »Kollege Gracht ist außer Haus.«

Da es Matthi egal war, von wem er die Sprecherlaubnis bekam, wenn er sie nur überhaupt bekam, folgten sie dem Kommissar den Flur entlang bis zu seinem Zimmer, das Ketterle aufschloß. Er ließ Doris und Matthi eintreten.

»Nehmen Sie Platz«, sagte er. »Ich lasse die Bestätigung sofort herausschreiben.«

Während Doris und Matthi sich setzten, ließ auch der Kommissar sich hinter seinem Schreibtisch nieder. Sein Kopf hob sich klobig von der Helligkeit des Fensters ab. Er hatte borstenartig kurzgeschnittene Haare, die langsam ergrauten, und über schweren Tränensäcken eisengraue Augen von illusionsloser Sachlichkeit. Er drückte den Knopf seiner Sprechanlage und gab dem Schreibzimmer die notwendigen Weisungen.

»Nützt es etwas, daß Sie das auch heute noch glauben?« sagte Matthi, als der Kommissar die Anlage wieder abgeschaltet hatte, und Ketterle wußte sofort, was er meinte.

»Nein«, sagte er, »nicht das geringste. Kollege Gracht hat eine lückenlose Indizienkette aufgebaut, und der Staatsanwalt glaubt sie ihm. Da kann niemand etwas machen außer den Geschworenen. Hoffentlich sind keine Frauen darunter. Tja …«, fuhr Ketterle fort, als Matthi schwieg, »… Ihr Schwager muß beweisen, daß die Indizien trügen. Das tun sie zwar, aber beweisen kann er es nicht. Dieser Prozeß wird ein Prozeß persönlicher Imponderabilien. Ein Glücksspiel mit mehreren Unbekannten. Als Anwalt kennen Sie das ja.«

Matthi kannte es zur Genüge.

»Die Logik spricht für die Schuld meines Schwagers«, sagte er, »und die Lebenserfahrung dagegen.«

»So ist es«, sagte Ketterle. »Aber über Lebenserfahrung steht nichts in der Prozeßordnung.«

Ketterle lehnte sich in seinem Sessel zurück.

»Für mich ist der Fall ganz eindeutig«, sagte er. »Zwei lebenshungrige und mit sozialen Ressentiments beladene Verbrecher kommen auf einen beinahe genialen Gedanken, führen ihn durch und führen ihn so gut durch, daß ein Dritter in Verdacht gerät, der sich nichts hat zuschulden kommen lassen als eine schwache Stunde. Es ist nicht neu, daß die Komplicen eines Verbrechens sich nachher zu hassen beginnen bis zur Vernichtung. Warum vier, denken die drei anderen, für drei reicht es länger. Dann kommt man auf den Geschmack, denn für zwei reicht es noch länger. Und es sollte mich gar nicht wundern, wenn wir es am Schluß nur noch mit einem zu tun haben, dem die zweieinhalb Millionen für seine Fehlvorstellung vom Leben so gerade eben genügen. Und je mehr von ihnen sich umbringen, desto schwerer wird es für Ihren Schwager, Zeugen dafür zu finden, daß nicht er, sondern die anderen die Frau ermordet haben, an deren Schweigen er das größte Interesse hatte.«

Einige Augenblicke schwieg der Kommissar und spielte nachdenklich mit einem Federmesser.

»Er kann aber doch auch Glück haben«, sagte Doris.

»Er hat Glück«, sagte Ketterle, »eine Frau zu haben wie Sie.«

»Glück würde mir auch gar nicht genügen«, sagte Matthi Kübler. »Einem Mann in seiner Stellung darf nicht der geringste Makel anhaften. Sonst ist er erledigt. Sie wissen, was Rufmord ist. Ich brauche einen Freispruch wegen erwiesener Unschuld.«

Eine Weile schwieg der Kommissar und hielt das Federmesser ruhig zwischen den klobigen Händen. Dann drehte er es hin und her, als wolle er es betrachten.

»Dafür gibt es allerdings nur eine einzige Chance«, sagte er dann und sah Matthi an.

»Welche?« sagte der Anwalt.

»Wir müssen Rod Zlamitzer finden«, sagte der Kommissar und legte das Federmesser zurück in die Schale.

In diesem Augenblick fiel es Doris ein. Natürlich war es gar nicht die Tatsache, daß Matthi auf dem Flughafen dieser Frau nachgesehen hatte, die ihr aufgefallen war, sondern die Frau selbst. Ihr Anblick hatte sie durchzuckt wie elektrischer Strom, und es wäre schließlich lächerlich gewesen, auch nur zu registrieren, daß ihr Bruder einer Frau nachsah, wenn diese Frau nicht die Frau von Rod Zlamitzer gewesen wäre.

»Rod Zlamitzer?« sagte Doris hastig. »Seine Frau ist vor einer Stunde auf dem Flughafen in eine Maschine gestiegen.«

»Was?« sagte Ketterle verblüfft und richtete sich hoch, und ein vorwurfsvolles, nachsichtiges »Doris !« kam aus Matthis Richtung.

»Du hast ihr sogar noch nachgesehen, Matthi«, sagte Doris. »Die in der Sonnenbrille und dem großgemusterten Wollmantel.«

Matthi Kübler zuckte mit den Schultern.

»Ich habe keiner Frau nachgesehen, Doris«, sagte er. »Du phantasierst. Das ist ein Wunschgedanke.«

»Nein, Matthi, nein«, sagte Doris. »Du hast es vielleicht ganz unbewußt getan, aber ich habe gespürt, daß sie es war. Sie hatte die Haare dunkel getönt und eine Sonnenbrille auf. Aber ich weiß, daß sie es war. Glaube es mir, bitte. Ich weiß, daß sie es war.«

Matthi Kübler schüttelte noch einmal geduldig den Kopf.

»Nehmen wir einmal an, Sie hätten recht, Frau Morissey«, sagte Ketterle, »wohin ist sie denn geflogen?«

»Mein Gott«, sagte Doris, »ich weiß es nicht. Es waren so viele Menschen und Ansagen. Ich habe sie auch nur zwischen anderen gesehen. Ich weiß es nicht.«

»Sie müssen sich erinnern«, sagte Ketterle, erhob sich von seinem Sessel und kam um den Schreibtisch. Vor Doris blieb er stehen. »Sie müssen sich für Ihren Mann daran erinnern. Schließen Sie die Augen ... Frauen haben nämlich einen sechsten Sinn ...«, sagte er zu Matthi Kübler, während Doris die Augen schloß und verzweifelt versuchte, sich die Stimmung, die Atmosphäre und die Geräusche der Flugsteighalle wieder ins Gedächtnis zurückzurufen.

»War es ein Flug nach Skandinavien?« hörte sie die Stimme des Kommissars. »Nach Osteuropa, nach USA, Südosten, Süden? Athen, Kairo, Nairobi ...? Denken Sie doch nach.«

Condor-Flugdienst-Süd, geisterte es durch Doris' Gedächtnis. Charterflugzeug über Düsseldorf ... Lyon ... mein Gott ja, das war die Richtung. Madrid ... Casablanca ... und noch etwas mit mehreren ›A‹ war dabeigewesen. Was war es denn nur? Doris Morissey öffnete die Augen.

»Ich glaube«, sagte sie, »Lenora Zlamitzer stieg in ein Flugzeug nach Las Palmas. Kann das sein?«

Die Triebwerke der Maschine jagten in einer langen graugelben Fahne den feinen Sand hoch, den der Sturm über die Piste geweht hatte. Die Fahne riß ab, als das Flugzeug den Boden unter sich ließ, das Fahrwerk in den Rumpf zurückkroch und die gebogenen Klappen sich schlossen. Die Maschine startete gegen den regelmäßigen Nordostwind und zog in einer langen Linkskurve über den tiefgrünen Atlantik hinaus, dessen Dünung wie ununterbrochen sich erneuernder schneeweißer Spitzensaum gegen den ockergelben Strand rollte, der sich tief im Süden und hoch im Norden in bläulichgrauen Dunst verlor.

Matthi Kübler und Kommissar Ketterle blickten nach unten auf das weißliche Geflecht der Stadt Casablanca, in welches die Schatten der Straßen tiefgekerbte schwarze Furchen zeichneten. Inmitten der Hochhäuser und modernen Wohnblocks der Europäerstadt lag das Medaillon der Kasbah mit Minaretten und Torbögen, runzlig und vernarbt wie das Gesicht einer alten Frau. Die Reede mit ihren vor Anker liegenden Schiffen blieb zurück, die lange einsame Hafenmole, und schließlich versanken Küste, Stadt und Brandung im Dunst.

»Unglaublich, wenn man sich an den Schneesturm von heute morgen erinnert«, sagte Ketterle und dachte an den von eiskalten Schauern gepeitschten öden Flugplatz, von dem aus sie die Reise angetreten hatten. Seit diesem Zeitpunkt waren erst viereinhalb Stunden vergangen.

»Ich verstehe den Hang aller Verbrecher nach dem Süden«, sagte Matthi. »Es ist aber auch der einzige Anhaltspunkt, der dafür spricht, daß meine Schwester recht hat.«

»Außer ihrer Intuition«, sagte Ketterle. »Ich sagte Ihnen doch schon gestern, Frauen haben für so was einen sechsten Sinn.«

»Hoffen wir es«, murmelte Matthi und nahm die dampfende Mokkatasse, die ihm von der Stewardeß herübergereicht wurde.

»Es ist schon ein Risiko, einen dreifachen Mörder zu jagen, mit nichts als Grundlage als der Intuition einer erschöpften und nervösen Frau.«

Kommissar Ketterle zuckte mit den Schultern und sah zum Fenster hinaus, wo jetzt nichts zu sehen war als die grünlichgraue, dunstig umgrenzte Horizontlinie und einige federgleiche weiße Wolkengebilde, zart wie zerfaserte Watte.

»Sie müssen es doch versuchen, nicht wahr?« sagte er. »Wir müssen Rod Zlamitzer vor der Hauptverhandlung haben. Und wir können es uns nicht leisten, eine Spur außer acht zu lassen, selbst wenn sie noch so vage ist.«

»Und wenn er nicht auftaucht?« sagte Matthi. »Und wenn die Frau, die Doris gesehen hat, gar nicht Lenora ist?«

»Sie wollen viel auf einmal wissen«, sagte Ketterle. »Aber für mich ist es viel wichtiger, mir darüber klarzuwerden, was ich mache, wenn sie es ist, ihr Mann aber nicht auftaucht.«

»Aber das ist doch gar keine Frage«, sagte Matthi Kübler im Brustton der Überzeugung.

»Doch«, sagte der Kommissar. »Das ist sogar eine sehr wichtige Frage. Denn verhaften kann ich sie nicht. Wenn ich das täte, wäre Zlamitzer sofort gewarnt. Und wenn wir nur Fühlung mit ihr aufnehmen, auch. Strenggenommen darf sie uns nicht einmal sehen. Und wie sich die spanische Polizei verhält, muß sich erst noch herausstellen. Wir haben einen raschen Entschluß gefaßt, dessen Tragweite mir jetzt erst klar wird.«

Eine Weile schwiegen die beiden Männer, tranken ihren Kaffee, gaben die Tassen zurück und musterten zum wiederholten Mal die Passagiere des Flugzeugs. Es war wirklich keiner unter ihnen, der auch bei stärkster Veränderung seiner äußeren Erscheinung für Rod oder Lenora Zlamitzer hätte gehalten werden dürfen. Aber beide wußten genau, daß sie von dem Augenblick an, da sie das Flugzeug verließen, keinen einzigen Menschen, der ihnen begegnete, aus den Augen lassen durften. Darüber hinaus würden sie von sich aus Nachforschungen anstellen und recherchieren müssen, und schließlich würde es doch nur ein Zufall sein, wenn sie einen von den beiden Menschen finden würden, die sie suchten.

»Bei der Meldebehörde können wir auch nicht fragen«, sagte Ketterle nach einiger Zeit. »Denn wenn sie dort unter ihrem wirklichen Namen auftauchen würde, dann hätte sie sich ebensogut in Hamburg auf dem Polizeipräsidium melden können.«

»Ich tippe auf die mondäneren Lebensgewohnheiten«, sagte Matthi. »Feudale Hotels, Klubs, Golf, Polo. Verbrecher sind in dieser Beziehung töricht. Sie meinen, sie müßten alles in einem Zug schlürfen, was das Leben bietet. Deshalb begehen sie ihre Verbrechen.«

»Wir werden sehen«, murmelte der Kommissar und wies mit der Hand durch das Fenster. »Sehen Sie, wir sind da.«

Und wirklich hatte die konstante Kraft, die das Flugzeug nach vorn geschoben hatte, merklich nachgelassen. In leichtem Dunst, wie unwirklich schwebend, hob sich vor ihnen graues Gestein in bizarren Formen aus den violetten und bläulichen Tinten der See.

In einer weit ausholenden Kurve nahm das Flugzeug die Anflugschneise. In wenigen Minuten war es auf gleicher Höhe mit den Spitzen der grauen felsigen Berge, dann tiefer und noch tiefer und plötzlich und ganz unerwartet kam von vorne der Flugplatz mit seiner sandigen Piste auf sie zu.

Ein sanft nachfedernder Schlag und noch einer, und dann raste der Boden der Kanarischen Inseln unter ihnen dahin.

»So«, sagte Ketterle, während er den Verschluß des Gurtes wieder löste und sich erhob, »jetzt kommt es darauf an, ob Ihr Schwager Glück hat.«

Die Formalitäten dauerten nur kurz, und wenig später saßen sie in einem Taxi, dessen Fahrer laut schrillende Musik im Radio eingeschaltet hatte und die kurvige Straße der Küste entlang, die vom Flughafen nach Las Palmas führte, mit reichlich ungenierter Geschwindigkeit befuhr. Bald kamen sie in die Außenbezirke, tauchten dann zwischen die schneeweißen Häuserfronten moderner Geschäftsstraßen, und schließlich hielt das Taxi vor einem dreistöckigen Gebäude in einer schattigen Gasse, das abweisende Fenster und ein abweisendes Holzportal zeigte, über dem ein buntes Wappen und eine verblichene Fahne prangten. Der Fahrer bedeutete ihnen, daß sie ihr Ziel erreicht hätten, und nahm sein Geld in Empfang.

Sie wurden eingelassen und mußten in einem öden und kühlen Raum so lange warten, daß sie sicher waren, man habe den

Polizeipräfekten erst aus seiner Siesta wecken müssen, als sie endlich nach oben geführt wurden. Der Polizeipräfekt war ein hagerer Mann mit öligem Haar und Schnurrbart und trug einen beneidenswerten Tropical in Elfenbeintönung.

Matthi Kübler, der einige Brocken Spanisch beherrschte, übernahm die Übersetzung, und es gelang, dem Mann begreiflich zu machen, was seine beiden Besucher hierher nach Las Plamas geführt hatte. Der Präfekt nahm es mit freundlicher, aber undurchdringlicher Miene zur Kenntnis. Am Ende versprach er, alles seiner vorgesetzten Behörde vorzutragen und so bald als möglich einen Bescheid zu erteilen. Natürlich müßten die Herren auch unterkommen, und wenn sie seine Empfehlung des Hotels ›Canberra‹ drei Straßen weiter an einem kleinen und ruhigen Platz akzeptieren würden, wäre es ihm eine Ehre und ein Vergnügen. Einer seiner Beamten würde die Gäste begleiten und ihre Koffer tragen. Matthi und der Kommissar stimmten zu, und nach kurzer Zeit erschien ein Polizist in spanisch-korrekter Uniform, den Hemdkragen über den Uniformrock nach außen geschlagen, mit breiter eleganter Tellermütze, hob die Koffer hoch und ließ sie vorausgehen.

»Ich wette, denen ist es gar nicht so unlieb, wenn sie wissen, wo wir uns aufhalten«, sagte Ketterle auf dem Wege, aber das Hotel war behaglich und ruhig und verfügte über eingebaute Betten und Brausen, so daß es ihnen egal war, ob der Polizeipräfekt wußte, wo sie wohnten, oder nicht. Es wunderte Ketterle, daß die Straßen so leer waren, und Matthi belehrte ihn, daß es die Zeit der traditionellen Siesta war und daß sie am besten beraten wären, sich dieser Gewohnheit anzuschließen.

Beide erwachten nach einer oder zwei Stunden Schlaf von brausendem Lärm, und als Ketterle auf den Balkon trat und auf den Platz hinuntersah, kam er sich vor wie in einer anderen Stadt. Der Platz war voller Menschen, die sich durcheinanderdrängten, in kleinen Cafés auf den Bürgersteigen saßen, rauchten, Tee tranken oder vor den Auslagen der Geschäfte klebten, die, während Matthi und Ketterle geschlafen hatten, wieder geöffnet worden waren. Mit einemmal schien diese Stadt erst zu leben, und der

Kommissar nahm es mit Interesse in sich auf, bis ihm plötzlich einfiel, wie gut er sichtbar war und wie gut es möglich sein könnte, daß Lenora Zlamitzer dort unten zwischen den Menschen auf dem Platz war und ihn sah. Rasch zog er sich zurück.

Wenig später traf er Matthi Kübler drunten in der Halle, und sie verließen das Haus, um sich Sonnenbrillen, helle Sachen und leichte, bequeme Schuhe zu kaufen. Sie taten das in den am nächsten liegenden Läden, und als sie endlich erstanden hatten, was sie brauchten, hätte niemand mehr die beiden Männer für das gehalten, was sie in Wirklichkeit waren, fanatische Jäger einer schönen Frau, denen es um zweieinhalb Millionen und den Ruf eines Mannes ging.

Der Tag neigte sich dem Abend zu. Je länger Matthi und Ketterle durch die Straßen gingen und die Menschen musterten, desto schrecklicher wurde die Erkenntnis, die ihnen kam. Las Palmas diente im Winter den wohlhabenden, sonnenhungrigen Schweden als Urlaubs- und Erholungsort. Viele waren hier nur auf einige Wochen oder Monate, viele hatten sich aber auch auf der Insel angesiedelt und besaßen hier Häuser, Bungalows, Appartementwohnungen oder Jachten. Und es war wie verteufelt, daß der größte Teil dieser Skandinavier aus Frauen zu bestehen schien. Wohin sie blickten, sahen sie blonde Frauen, silbergetönte, stroh- oder goldblonde mit langflutenden, hochgeknoteten oder kurzgeschnittenen Frisuren, in knappen Strandhosen oder Miniröcken und Pullovern in aufregenden Farben. Es war, als habe Lenora Zlamitzer wie ein Tintenfisch eine Wolke von Frauen um sich her verbreitet, in der sie sich tarnen konnte wie ein Sandkorn zwischen anderen.

Der Abend war lau und angenehm. Die Stadt sah, wie sie sich an den Hängen des karstigen Gebirges terrassenförmig empordrängte mit ihren langsam erwachenden Lichtern, aus wie ein prunkendes Geschmeide. Und die beiden Männer lernten sie an diesem Abend kennen bis in ihre letzten Winkel. Sie lungerten vor den Türen und in den Hallen der großen Hotels herum, durchstreiften Bars und Nachtklubs, mischten sich unter die rhythmisch klatschenden Zuschauer einer tamburingepeitschten

Flamencogruppe in einem malerischen Winkel, sie flanierten durch die mit Menschen voll-gedrängten Straßen, saßen in Cafés und tranken Tee oder auf den Bürgersteigen und löffelten Eis, sie gingen mit laut hallenden Schritten durch die ruhigen und vornehmen Straßen, wo weiter oben am Hang des Gebirges die Wohlhabenden des alten Erdteils ihre Häuser und Bungalows besaßen. Sie musterten die mondänen Frauen, die in bildschöne Autos stiegen, und die billigen Mädchen, die in den Toreinfahrten in der Hafengegend standen, und sanken gegen elf Uhr völlig erschöpft noch einmal in die Strohsessel des Cafés Toledo und bestellten sich einen letzten Kaffee.

»So hat das gar keinen Zweck«, sagte der Kommissar. »Auf diese Weise können wir hundertmal aneinander vorbeilaufen. Wir müssen einen ruhenden Pol bilden und alle anderen Revue passieren lassen.«

»Was halten Sie von diesem Café hier?« meinte Matthi und blickte um sich. »Irgendwann muß hier jeder einmal vorbeikommen, der in dieser Stadt wohnt. Wir brauchen nur Geduld.« Diese Aussicht war dem Kommissar wesentlich angenehmer, als noch einen Tag lang sich die Schuhe von den Füßen zu laufen. Er trank seinen Kaffee zu Ende und stimmte zu, den größten Teil des morgigen Tages hier auf diesem Platz zuzubringen. Der stetige Wind wehte schon wesentlich kühler und die Straßen wurden leerer, als sich die beiden Männer endlich in ihr Hotel begaben. Sie hatten nicht die geringste Hoffnung, daß der nächste Tag ihnen den Erfolg ihrer Hartnäckigkeit bringen würde. Er tat es aber doch, wenn auch auf eine völlig andere Weise, als sie es erwartet hatten.

Sie erhoben sich schon frühzeitig, und nach dem Frühstück bestand Matthi darauf, noch einen Spaziergang am Strand entlang zu machen, ehe sie sich im Café Toledo einquartierten. Den Badestrand von Las Palmas bildet eine schöne, tief in das Land eingeschnittene Bucht, gesäumt von weißem Sand und teuren Hotels, auf deren Dächern sich Swimmingpools und Mini-Golfanlagen befanden. Sie wanderten die ganze Bucht entlang, sahen jeder Frau, die im Liegestuhl die Sonne genoß, jeder Wasserskiläuferin und jeder Dame, die aus ihrem Auto stieg, ins Gesicht. Aber so sehr sie sich auch abmühten, Lenora Zlamitzer war nirgends zu entdecken.

Als die Sonne anfing heftiger zu brennen, begaben sie sich zurück in die Stadt, um ihren Beobachtungsposten im Café Toledo einzunehmen. Aufatmend sanken sie im Schatten der tief heruntergezogenen Markise in die Korbsesselchen, bestellten sich einen Eiskaffee und begannen den Platz, ihre nähere Umgebung und die Bürgersteige in Augenschein zu nehmen. »Es sieht so aus, als ob es hier keine Lenora Zlamitzer gäbe«, sagte Matthi und schlürfte mit dem Strohhalm aus seinem Becher, während er genau wie Ketterle keinen einzigen der Menschen aus den Augen ließ, die vor ihnen hin und her promenierten. Und dieser Umstand war es auch, der ihre Verblüffung fast ins Grenzenlose steigerte, als sie plötzlich, unmittelbar hinter sich, die Stimme Lenora Zlamitzers hörten.

Sie kam ganz undramatisch, wie belanglos, und so banal, daß es ihnen nach der ersten Überraschung sonderbar vorkam, daß sie überhaupt so lange nach ihr gesucht hatten. Lenora hatte an einem Tischchen Platz genommen, das innerhalb der großen heruntergekurbelten Glasscheibe stand, und bestellte sich einen Martini mit viel Eis. Sie erkannten die Stimme, die sie beide während des Prozesses in allen Tonlagen kennengelernt hatten, sofort. Matthi berührte instinktiv Ketterles Unterarm, und beide wußten, daß sie jetzt kein Wort sagen, ja nicht einmal den Kopf bewegen durften, solange die Frau unmittelbar hinter ihnen saß, wenn sie nicht sofort von ihr erkannt werden wollten. Und das Schlimmste war, daß sie während der ganzen zwanzig Minuten, in denen das der Fall war, nicht wußten, ob sie sie nicht schon längst erkannt hatte.

Es kostete Matthi eine ungeheure Beherrschung, sich nicht einfach umzudrehen und ihr ins Gesicht zu rufen: »Wo ist Ihr Mann, Frau Zlamitzer? Ich muß ihn vor der Hauptverhandlung gegen meinen Schwager haben.«

Aber er sah ein, daß es das beste war, genau wie Ketterle mit in die Stirn gezogenem Hut so zu tun, als döse er vor sich hin, während ihn innerlich gespannteste Aufmerksamkeit verzehrte.

Sie hielten das aus, während Lenora Zlamitzer ihren Martini trank, eine Zigarette rauchte und danach mit der Puderdose klapperte. Schließlich hörten sie ihre Stimme wieder, als sie den Kellner zum Zahlen rief. Kurze Zeit später stand sie auf und trat nach draußen. Sie ging keinen Meter entfernt an ihnen vorbei, so nah, daß sie ihr Parfüm rochen, bewegte sich zwischen den Tischen hindurch, trat auf den Gehsteig, wo sie ihre Sonnenbrille zurechtrückte, ihre Tasche unter den anderen Arm klemmte und das nächste vorbeifahrende Taxi anhielt.

Beide Männer erwachten aus ihrer Lethargie.

»Die Nummer«, sagte Ketterle, als Lenora eingestiegen war, »merken Sie sich die Nummer auch. Jetzt haben wir sie, und Ihre Schwester hatte doch recht. Am liebsten würde ich ihr ein Telegramm schicken.«

Matthi hatte seinen Kalender aus der Tasche gezogen und sich die Nummer notiert. Danach spähte er nach einem zweiten Taxi aus.

»Was wollen Sie denn?« sagte Ketterle, der Matthis Nervosität belustigt beobachtete.

»Ja, wollen Sie sie denn einfach wegfahren lassen?«

»Natürlich«, sagte der Kommissar. »Von der Insel kann sie nicht runter. Das Taxi kommt in Kürze doch wieder hierher, und dann können wir uns in aller Ruhe überlegen, was wir machen werden.«

Widerstrebend hatte sich Matthi gefügt, und Ketterle hatte recht behalten. Es dauerte nicht ganz zwanzig Minuten, bis sie das Taxi wieder in den Platz einbiegen und bei anderen Taxis halten sahen. Der Fahrer stieg aus und unterhielt sich mit seinen Kollegen. Ketterle und Matthi zahlten ihren Eiskaffee und gingen dann hinüber zu dem Taxi. Matthi zog den Fahrer in ein Gespräch und fragte ihn, wohin er die Dame gefahren habe. Aber erst ein größerer Geldschein löste ihm die Zunge. Als der Fahrer ihn genau betrachtet hatte, erbot er sich sogar, die Señores ebenfalls dorthin zu bringen, wo er die Dame hingefahren habe, und

Ketterle willigte ein. Sie bestiegen das Taxi, und der Mann fuhr los. Aber wenn die beiden Männer erwartet hatten, das Taxi werde sie zu einem geheimnisvollen und romantischen Versteck bringen, hatten sie sich getäuscht.

»Das ist doch wohl nicht möglich«, sagte Matthi, als das Taxi nach wenigen Minuten vor dem Tor der Polizeipräfektur anhielt, vor dem sie gestern auch schon gestanden hatten. Sie wollten dorthin, wo die Señora auch hingefahren sei, sagte Matthi energisch zu dem Fahrer. Aber der Mann bestand darauf, daß sein Fahrgast hier ausgestiegen sei und durch dieses Tor die Polizeipräfektur betreten habe. Ketterle und Matthi sahen sich an, aber dann bezahlten sie, stiegen aus und standen schließlich vor dem Tor, das ihnen, wie gestern, durch einen uniformierten Beamten geöffnet wurde. Sie fragten, ob vor kurzem eine Dame das Haus betreten habe, und der Mann bejahte. Sie sei vom Präfekten empfangen worden.

Kurze Zeit danach saßen sie dem Präfekten wieder gegenüber, und Matthi dolmetschte.

»Was ist mit der Señora?« sagte der Präfekt, und Ketterle teilte es ihm mit.

»Sie ist die Frau von Roderich Zlamitzer, der bei einem Bankeinbruch zweieinhalb Millionen Mark erbeutet und drei Menschen ums Leben gebracht hat. Sie ist die Frau, hinter deren Mann wir her sind und um dessentwillen der Schwager von Señor Kübler verurteilt werden wird, wenn wir ihn nicht fassen.«

»Sind Sie sicher?« sagte der Präfekt, der seine lächelnde Liebenswürdigkeit abgestreift hatte wie eine Haut und jetzt zeigte, daß auch er ein Polizeimann war.

»Ja«, sagte der Kommissar.

»Die Dame will sich hier ankaufen«, sagte der Präfekt. »Sie hat ihre Papiere und Dokumente vorgelegt und sich nach den Formalitäten erkundigt.«

»Unter welchem Namen hat sie das getan?« fragte Ketterle, und der Präfekt wühlte zwischen den Papieren auf seinem Schreibtisch.

Endlich fand er, was er suchte.

»Sie gab sich aus als Christina Lenora Fredangsgatten und zeigte gültige Personalausweise, ausgestellt von den dänischen Behörden, vor. Das ist hier nichts Seltenes.«

»Ihr Mädchenname«, sagte Ketterle. »Ich fange an, diese Frau zu bewundern. Wir müssen wissen, wo sie wohnen, Señor Präfekt.«

»Das hat sie mir nicht mitgeteilt«, sagte der Beamte. »Und ich habe sie auch nicht gefragt. Und außerdem ist sie alleine. Von einem Mann hat sie nichts gesagt.«

Die beiden Besucher schwiegen verdutzt.

»Aber das ist doch gar nicht möglich«, murmelte Ketterle schließlich, und sein spanischer Kollege zuckte mit den Schultern.

»Haben Sie gar keine Anhaltspunkte, wo sie zu finden ist?«

»Sie hat mir den Namen des Maklers genannt, der ihr einen Besitz angeboten hat. Wenn Sie wollen, kann ich ihn anrufen.«

Der Beamte griff nach dem Telefon und wählte eine Nummer.

Nach einem temperamentvoll und lautstark geführten Gespräch in spanischer Sprache, von dem die beiden Männer kein einziges Wort verstanden, wendete er sich ihnen wieder zu.

»Señor Alvarez erwartet Sie, meine Herren. Sie können einen Wagen der Präfektur benutzen. Ich habe übrigens auch die Weisung meiner vorgesetzten Behörde erhalten. Sie können Verhaftungen vornehmen, aber nur in Anwesenheit spanischer Sicherheitsorgane.«

Der Präfekt begleitete seine Besucher zur Tür und gab dem draußen wartenden Polizisten eine Weisung.

»Rufen Sie mich an, wenn es soweit ist, daß Sie sie brauchen«, sagte er abschließend.

Ketterle und Matthi bedankten sich und saßen kurze Zeit später in einem erdbraunen Jeep der Las-Palmas-Polizei, der sie quer durch die ganze Stadt zu dem Büro Señor Alvarez' brachte. Als Matthi sich bei dem Fahrer bedankte, sagte der Mann, er habe den Auftrag, hier auf die Señores zu warten. Matthi und der Kommissar betraten das Haus und stiegen eine ausgetretene

Treppe empor. Señor Alvarez war ein älterer Mann mit Halbglatze und randloser Brille, dem der Schweiß in Strömen von der Stirn floß. Er rang die Hände und empfing die beiden Männer mit einer Flut von Klagen. Ob er denn schon mit Lenora abgeschlossen habe, fragte Matthi. Fernando Alvarez verneinte. Aber wie leicht hätte es sein können ... Wie leicht ... O Santa mia madre ... welches Unglück ...

»Der schönste Besitz auf der ganzen Insel, Señores. Er gehörte einem schwedischen Schuhfabrikanten aus Göteborg, der eine zu junge Frau geheiratet hatte.«

»Wieso zu junge Frau?« fragte Matthi.

»Sie hat ihn zuerst arm gemacht und dann sitzenlassen. Jetzt lebt sie mit einem Barmusiker. Drüben in Teneriffa. O Santa Maria.«

Aber die Familienverhältnisse des schwedischen Schuhfabrikanten interessierten den Kommissar weitaus weniger als die Lenora Zlamitzers. Ob er den Mann der Señora auch kennengelernt habe, fragte er den nervösen Menschen, der immer noch die Hände rang. Nein, sagte Alvarez, die Señora sei allein gewesen. Ohne Mann, und von einem Mann habe sie auch nichts gesagt. Aber wenn er den Herren den Besitz zeigen solle ... einen der schönsten Besitze der ganzen Insel ...

Der Polizist hatte den Jeep auf der Gebirgsseite aus der Stadt gesteuert und fuhr ihn jetzt im zweiten Gang eine schmale, kurvige Straße den Berghang hinauf. Zwischen Oliven, Akazien und breitgefächerten Zedern lagen herrliche Gärten mit herrlichen Villen in stiller Verschwiegenheit. Alvarez dirigierte den Polizisten an einer bestimmten Stelle in einen noch schmaleren Seitenweg. Der Wagen durchfuhr ein offenstehendes Gittertor aus Schmiedeeisen, und seine Reifen knirschten auf feinstem Kies, als er anhielt. Die Männer stiegen aus dem Wagen und musterten das Haus. Es war nicht groß, aber von bezaubernder Schönheit. Einstöckig gebaut mit maurischen Stilelementen, lag es unter schattigen Bäumen, nach vorne zum Meer hin eine Terrasse bildend, die man durch einen Torbogen in einer glyzinienüberwucherten schneeweißen Mauer erreichte.

Der Makler rief nach einem Mann namens Juan, der nach einiger Zeit, kein Mensch wußte woher, auftauchte. Man brauchte gar nicht erst zu fragen, um zu sehen, daß dieser Mann mit dem grauen, borstigen Haar und dem fast noch dunklen Bart seit Jahrzehnten in diesem Haus die Dienste versah. »Schließe uns auf, Juan«, sagte der Makler. »Die Herren möchten das Haus sehen.«

Juan nickte und ging mit klappernden Schlüsseln voraus. Das Haus war teils in orientalischer Manier, teils modern eingerichtet. Es gab eine bemerkenswerte Sammlung antiker optischer Geräte, aber die Möbel waren mit grauen Überzügen verhangen und die Teppiche zusammengerollt.

»Wollen Sie die Villa nicht gleich für Herrn Kübler übernehmen?« fragte der Kommissar Matthi in dem großen Zimmer, von dem aus man die Terrasse erreichen konnte. »Die Zlamitzer hätte sein Geld nicht schlecht angelegt.«

»Sie unterschätzen den Geiz von Bankiers«, sagte Matthi. »Onkel Albrecht besitzt ein Blockhaus mit Fischweiher in der Nähe von Bad Segeberg. Das Geldausgeben überläßt man den Leuten, die keins haben, war die erste Lehre, die er mir erteilte.«

Danach traten sie auf die schattige Terrasse, die einen herrlichen Ausblick auf die Stadt und die Bucht bot. Ketterle lehnte sich über die Einfriedungsmauer und sah nach unten. Irgendwo in dem Gewirr der Straßen, Gassen und Gäßchen, in einem provisorischen Logis vielleicht, in einem einfachen Pensionszimmer oder bei privaten Vermietern mußte die Frau zu finden sein, deren Spur sie bis hier oben zu diesem herrlichen Platz verfolgt hatten. Ketterle richtete sich auf und wendete sich an den Makler:

»Ihnen hat die Frau auch nicht gesagt, wo sie sich aufhält, bis sie hier einzieht?«

Fernando Alvarez verneinte wortreich. Dann drehte er den dicken Kopf zu Juan, der ihm flüsternd etwas ins Ohr sagte und danach fragend auf den Kommissar blickte.

»Juan sagt, daß er weiß, wo sie wohnt.«

»Sie?« sagte Ketterle und Matthi fast gleichzeitig, und Juan nickte eifrig. Wieder flüsterte er dem Makler etwas ins Ohr, und Alvarez erklärte:

»Er hat sehr wenig Arbeit, sagt Juan, wenn keine Herrschaften das Haus bewohnen. Er hat viel Zeit und er kann sehr viel Interessantes sehen. Natürlich verdient er auch sehr wenig dabei … und das Leben ist teuer.«

Matthi Kübler zog die Brieftasche und reichte dem Mann einen größeren Geldschein.

»Er soll uns zeigen, wo die Señora wohnt«, sagte er zu dem Makler, und Alvarez gab dem Mann einen Wink. Juan wendete sich um und verschwand im Haus. Nach kurzer Zeit kam er mit einem alten Teleskop-Perspektiv aus der Sammlung des Schuhfabrikanten zurück, das zu Anfang des neunzehnten Jahrhunderts einem französischen General oder einem englischen Kapitän gehört haben mußte. Juan zog es auseinander und schraubte es vorne an dem Mäuerchen auf ein Stativ. Er sah durch das Perspektiv und richtete es ein.

»Wenn Sie sehen wollen«, sagte er zu dem Kommissar, der das Auge an das Okular legte.

Mindestens eine Minute sah Ketterle durch das Fernglas, ohne ein Wort zu sagen oder auch nur eine Miene zu verziehen. Dann richtete er sich auf.

»Sehen Sie durch«, sagte er zu Matthi.

Als Matthi durch das Glas blickte, sah er, daß es auf einen schneeweißen hochbordigen Motorkreuzer eingerichtet war, der weit draußen in der Bucht vor Anker lag und in der Dünung schwojte. Auf dem Heckteil des Bootes lag unter dem ausgespannten Sonnensegel im Badeanzug die Frau, die sie suchten, und lackierte sich die Nägel. In der Hitze des Mittags leicht flimmernd, zeigten sich sämtliche Einzelheiten an Bord des Kreuzers wie durch ein Teleobjektiv fotografiert. Matthi sah das Gesicht Lenora Zlamitzers so unmittelbar vor sich, daß es ihn nicht gewundert hätte, wenn sie gemerkt hätte, wie intensiv sie beobachtet wurde. Ab und zu wechselte sie das Instrument, ließ die Nägel in der Sonne spiegeln und lehnte sich dann in den Liegestuhl zurück. Sonst zeigte sich kein Zeichen von Leben auf dem Schiff.

»Auf diese Weise hat sie die Meldung bei der Fremdenverkehrsbehörde umgangen«, sagte Ketterle und stockte. »Mein

Gott, Kübler«, sagte er nach einer Pause, »daß wir darauf nicht früher gekommen sind.«

Matthi richtete sich auf und starrte den Kommissar an.

»Worauf?« sagte er heiser. Er ahnte, was Ketterle meinte.

»Haben Sie vielleicht den Mann auf dem Schiff gesehen?« fragte Ketterle zurück.

»Das gibt es doch gar nicht«, sagte Matthi nach einer weiteren Pause.

»Es gibt alles«, sagte Ketterle. »Aber wenn es so ist, dann hat sie den Toten entweder schon beiseite gebracht oder noch auf dem Schiff. Dann müssen wir sehen, daß wir sie kriegen, bevor sie mit dem Ding aus der Hoheitszone geht. Das Schiff ist schneller als jeder Zerstörer, da wette ich meinen Kopf.«

Nacheinander sahen die Männer noch einmal minutenlang durch das Glas, und immer bot sich ihnen das gleiche unveränderte Bild.

»Los«, sagte Ketterle endlich. »Ich will die Sache hinter mir haben.«

Sie fuhren an der Präfektur vorbei, wo sich ihnen ein weiterer Jeep mit vier bewaffneten Polizisten anschloß. Der Kommissar setzte den Makler an seinem Büro ab.

»Steigen Sie auch aus«, sagte er dann zu Matthi Kübler. »Das ist nichts für Sie.«

»Aber hören Sie ...«, widersetzte sich Matthi.

»Sie sollen aussteigen«, sagte Ketterle noch einmal. »Diese Frau ist zu allem fähig. Und das ist mein Beruf und nicht Ihrer. Warten Sie im Toledo auf mich. In einer Stunde bin ich dort.«

Matthi fügte sich, und die beiden Jeeps setzten sich in Bewegung in Richtung auf den Fischereihafen, wo, wie Sardinen aneinandergedrängt, Dutzende von Ruderbooten lagen. Der Korporal der Spanier ließ zwei seiner Polizisten an der Stelle zurück, wo sie das Boot ausliehen, in das er, der Kommissar und zwei weitere Polizisten hineinsprangen.

Sie hatten die Entfernung zu dem Schiff unterschätzt, denn es dauerte fast eine halbe Stunde, bis sie sich ihm so weit genähert hatten, daß Ketterle dem Korporal ein Zeichen machen konnte, die Jacht möglichst geräuschlos und von der Bugseite her anzusteuern. Dort lag nämlich das Beiboot außenbords, und eine Strickleiter baumelte von Deck. Ein Trossenfender verhinderte, daß das Boot in der sanften Dünung an der Jacht scheuerte. Mit behutsamen Ruderschlägen legten sie die letzten Meter zurück, bis Ketterle, der im Bug stand, mit seinen weichen Schuhen auf das Beiboot überstieg. Auf der Jacht mußte es eine Rundfunkanlage geben, denn Ketterle hörte das gedämpfte Murmeln einer Stimme von rückwärts her über das Deck. Sonst war nur das satte, träge Klatschen zu vernehmen, mit dem das Beiboot in die leichten Wellen schlug.

Ketterle klomm die Jakobsleiter nach oben und kam an Deck. Noch verbarg der Aufbau des Kommandostandes Lenora seinen Blicken, aber wenn sie so liegengeblieben war wie vorhin, mußte sie ihm ohnehin den Rücken zukehren. Vorsichtig und lautlos glitt er weiter, erreichte den Kommandostand und konnte sie jetzt unter sich sehen. Sie kehrte ihm wirklich den Rücken zu und trug einen der großen Hüte, die sie so liebte. Aber das Sonderbare war, daß sie sprach.

»Ein paar Wochen werden genügen«, sagte sie. »Ich bringe dir, was du brauchst. Dann wächst Gras über die Geschichte, und du kannst dich offen zeigen. In der Stadt habe ich alles geregelt.«

Eine männliche Stimme antwortete aus der Kajüte, auf deren Dach Ketterle stand.

»Ein paar Wochen halte ich das hier nicht aus, Lena. Mir kommen Gedanken, die ich nicht verjagen kann. Nur noch mit Whisky.«

»Dann trinke Whisky, mein Liebling«, sagte Lenora. »Und jetzt komm und gib mir einen Kuß.«

Nach unten blickend, sah Ketterle den Mann aus der Kajüte kommen. Er trug eine Badehose, beugte sich zu Lenora hinunter und küßte sie.

»Ich möchte das alles vergessen, Lena«, sagte er.

Einige Zehntelsekunden lang stand der Kommissar völlig erstarrt, als er den Mann erkannte, der sich jetzt langsam wieder aufrichtete.

»Das wird aber gar nicht so einfach sein, Kapas«, sagte er.

Lenora fuhr hoch, schwankte und stieß einen Schrei aus, der schrill weithin über das Wasser hallte. Danach klammerte sie sich mit beiden Händen an ein Stag und fing hemmungslos an zu schluchzen. Aristide sah zu Ketterle hoch, zog den Kopf ein, schob das Kinn vor und ballte die Fäuste.

»Was wollen Sie hier?« brüllte er. »Scheren Sie sich zur Hölle. Was wollen Sie hier auf meinem Schiff?«

Ketterle sprang in das Cockpit und stand vor Aristide.

»Ich will Ihre Zähne sehen, Kapas«, sagte er. »Sonst nichts.« Es sah aus, als wolle Aristide sich auf Ketterle stürzen. Da schlug Ketterle den Zyprer mit der Hand ins Gesicht. »Sie sollen den Mund aufmachen, ich will wissen, ob Sie sich im Zuchthaus wirklich die gleiche Brücke haben machen lassen, wie ihr Freund sie hatte, den Sie umgebracht haben.«

Aber Aristide krampfte die Kinnbacken zusammen, daß die Halsschlagadern scharf hervortraten. In diesem Augenblick trampelten die Polizisten über das Vordeck. Ketterle wendete sich zu Lenora um.

»Ziehen Sie sich an, Frau Zlamitzer«, sagte er. »Diesmal wird es keinen Freispruch mehr geben. Und machen Sie rasch. Ich habe nicht so lange Zeit.«

Es war trotzdem später geworden, als Ketterle gedacht hatte, und seine Erzählung hatte noch eine weitere halbe Stunde in Anspruch genommen. Er hatte Matthi Kübler an demselben Tischchen im Café Toledo getroffen, an dem sie auch den gestrigen Abend verbracht hatten. Der Abend war schön und warm wie der vorige. Die Menschen flanierten auf den Bürgersteigen, und die beiden Männer konnten sich nur schwer an die Tatsache gewöhnen, daß mit absoluter Sicherheit keiner von ihnen Rod oder Lenora Zlamitzer war.

»An so etwas hätte aber auch niemand denken können«, sagte Matthi, als Ketterle seinen Bericht beendet hatte.

»Doch«, sagte der Kommissar. »Es liegt alles ganz offen auf der Hand, wie mein Kollege Gracht so gerne sagt. Lenora brauchte einen jüngeren Mann und mehr Geld als ihren Teil an der Beute. Und Kapas ist ein geborener Verbrecher, ein griechisch-türkischer Mischling von atavistischer Triebhaftigkeit, der für Unabhängigkeit und eine blonde Nordländerin sogar Frau und Bruder ums Leben bringt. Seine Idee mit der Zahnbrücke eröffnete ihm eine reelle Chance, durch die Maschen zu schlüpfen, indem man nämlich glaubte, der Tote sei er. Es ist ebenso entsetzlich wie einfach. Aber wir hätten alle darauf kommen können. Tja ...«, sagte er dann, als Matthi nicht mehr antwortete, ... das war eigentlich alles. Und jetzt lassen Sie uns von etwas anderem sprechen, denn morgen ist schließlich Weihnachten ... Du lieber Gott«, fuhr er nach einem Blick auf seine Armbanduhr fort, »... wir müssen uns beeilen, wenn wir noch zur Post wollen. Oder möchten Sie kein Telegramm schicken?«

»Natürlich«, sagte Matthi. An wen, meinen Sie, soll ich es schicken? An Doris, an Eberhard oder an Onkel Albrecht?«

»Ihres würde ich an alle drei schicken«, murmelte der Kommissar, schwenkte seine Kaffeetasse, um seinen Zucker aufzulösen, und sah dabei einem arabischen Händler nach, der beladen mit Teppichen zwischen den Tischen davonschwankte.

»Meines?« sagte Matthi. »Und Sie?«

»Ich?« sagte Ketterle, trank die Tasse leer und stellte sie zurück auf den Tisch. »Ich freue mich schon seit Mittwoch darauf, meines an Gracht zu schicken.«